走·近·巴·金

纪念巴金诞辰 120 周年

四爸巴金

李致 著

四川人民出版社

图书在版编目（CIP）数据

四爸巴金/李致著. -- 成都：四川人民出版社，2024.9. -- (走近巴金). -- ISBN 978-7-220-13714-3

Ⅰ.I267.1

中国国家版本馆CIP数据核字第202442M0W6号

SIBA BAJIN

四爸巴金

李　致　著

出 品 人	黄立新
项目统筹	谢　雪　邓泽玲
责任编辑	董　玲
封面设计	今亮后声·张今亮　于　杰
版式设计	张迪茗
责任印制	祝　健

出版发行	四川人民出版社（成都三色路238号）
网　　址	http://www.scpph.com
E-mail	scrmcbs@sina.com
新浪微博	@四川人民出版社
微信公众号	四川人民出版社
发行部业务电话	（028）86361653　86361656
防盗版举报电话	（028）86361653
制　　版	四川胜翔数码印务设计有限公司
印　　刷	成都东江印务有限公司
成品尺寸	170mm×240mm
印　　张	20.75
字　　数	305千
版　　次	2024年9月第1版
印　　次	2024年9月第1次印刷
书　　号	ISBN 978-7-220-13714-3
定　　价	78.00元

■版权所有·侵权必究

本书若出现印装质量问题，请与我社发行部联系调换

电话：（028）86361656

1955年,成人后的李致第一次在重庆与巴金见面

· "往事随笔"总序 ·[1]

我是受"五四"新文学影响踏上人生旅途的。

在众多作家中，我最喜爱鲁迅、巴金、曹禺、艾青等人的著作。这些作品启发了我，自己也提笔学习写作。1943年冬，我的一篇作文入选校刊，铅字印出，时年十四岁。接下来的五年时间，我写了近百篇习作，揭露旧社会的黑暗，抒发对现实的不满，分别发表在成都、重庆和自贡等地的报刊上。1948年后，我全身心投入学生运动，迎接解放和新中国成立初期的工作，暂时停笔。

1955年，开展肃清"胡风反革命集团"运动，我因为与所谓的"胡风分子"有过接触而受到隔离审查达半年之久，导致早年的习作受到批判。"运动"结束后，我的思想被搞乱了。我认为自己长期在共青团从事学生工作，很少接触工农兵大众，不熟悉他们火热的斗争，写作难与时代同步。按所谓的阶级分析，我把自己定位为"小资产阶级"。既然小资产阶级一定要"用各种办法顽强地表现他们自己"，那么最安全的做法就是"夹起尾巴"做人，再也不动笔。只是在1959年，"奉命"与人合写过报告文学《刘文学》。

---

[1] 《四爸巴金》系李致"往事随笔"系列之一。

四爸巴金

"文革"中，我发誓再也不写任何作品。

重新提笔是在党的十一届三中全会前后，思想得到解放。巴金老人建议我六十岁以后再写，因为身任公职，不便畅所欲言。1992年，我从领导岗位退下来。当时，老伴生病，我以照顾她的生活为主，不敢有什么"宏伟"计划，只能有时间就写，想到哪里写到哪里，可长可短。这些文章的总题目叫"往事随笔"。

回想自己人生几十年，时代几度变迁。许多难以忘怀的人和事，我曾为之喜悦或痛苦。这些人和事可以说是时代的某些缩影或折射，也许有一些史料价值；我有感情需要倾诉，也想借此回顾自己走过的道路，剖析自己。我没有按时间顺序写，作品独立成篇：好处是写作起来比较灵活，缺点是某些内容难免重复。

我写的都是自己的经历，于人于己于事，务求真实，不对事实做任何加工。这是我恪守的原则，不越雷池一步。如有误差，一经发现，尽快更正。

我喜欢真诚、朴实、动情、幽默的散文。不无病呻吟，不追求华丽，不故弄玄虚，不作秀，不煽情，不搞笑。我将继续这方面的探索。

向巴老学习，我力求讲真话，把心交给读者。

写于2001年春

目 录

| 人 格 魅 力 |

讲真话的作家——巴金　/003

永远不能忘记的四句话　/007

我淋着雨，流着泪，离开上海
　　　——记"文革"中去上海看望巴金　/012

巴金的心　/024

两个"最后一息"　/031

春　蚕　/034

不做盗名欺世的骗子
　　　——巴金二三事　/040

　　附：茶楼风波　/049

为人着想
　　　——巴金与我的藏书　/052

要有信仰

　　——《巴金教我做人》后记　/055

只有讲真话的人才可能追求到真理　/059

从"存目"谈起

　　——兼致范用兄　/064

《寒夜》与光明　/069

读几本巴金的著作

　　——《四川日报》记者曾鸣专访　/072

我心中的巴金　/075

向巴金学习，当好出版家

　　——在纪念巴金诞辰110周年出版座谈会上的讲话　/097

| 难 舍 亲 情 |

永恒的手足情　/103

　　附：李尧枚给巴金的四封信　/106

终于理解父亲　/113

大妈，我的母亲　/123

带来光和热的人　/142

　　附：挽三哥　李健吾　/147

一部旧书，一片兄弟情　/149

唱片《小宝贝》　/152

目录

"她仍和我在一起!"
　　——巴金对萧珊的深情 /156

巴老对我健康的关爱 /162

不知如何弥补 /165

心留巴老家 /170

白　发 /174

叔侄情(三则) /177

一定要学好中文
　　——珊珊不忘巴金的叮嘱 /183

第一次去杭州看望巴老(1995年) /188
　　附：三辈人给巴老的信 /197

第二次去杭州看望巴老(1997年) /199

上海日记(1999年) /207

与四爸的历次会面 /212

巴金的头像 /230

"巴金赠书"章 /232

最后一次握手
　　——在巴老弥留之际 /235

故土之恋

巴金偏爱川剧 /241

003

附：巴金致成都市川剧院的一封信 /246

巴金历次回故乡 /250

巴金最后一次回故乡 /252

1987年巴金回乡纪要 /260

| 故 友 情 深 |

巴金与《雷雨》 /277

何日再倾积愫

　　——怀念曹禺 /280

黄金般的心不会消失 /289

故友情深

　　——巴金与李劼人的友谊 /294

不忍告诉巴金 /298

　　附：巴金风骨今犹在

　　　　——《天津日报·北方周末》记者张星专访 /302

| 附　录 |

读《家书——巴金、萧珊书信集》后致李致的三封信　李　累　/311

人格魅力

讲真话的作家——巴金

"人为什么需要文学？需要它来扫除我们心灵中的垃圾，需要它给我们带来希望，带来勇气，带来力量。"这是巴金对文学的见解。巴金多次说明他不是为当作家而提笔的，他只是"有感情必须发泄，有爱憎必须倾吐"，他是"在作品中生活，在作品中奋斗"。他说："我写作不是因为我有才华，而是我有感情，对我们祖国和同胞我有无限的爱，我用作品来

巴金的代表性作品

四爸巴金

[表]①达我的感情。"

作家巴金，姓李，名尧棠，字芾甘。

巴金于1904年出身于四川省成都市的一个封建大家庭。封建社会的黑暗，封建家庭的腐败，使他产生了强烈的不满。伟大的五四运动，对巴金产生了巨大影响。年轻的巴金在成都参加了新文化运动，他自称为"五四的产儿"。为了追求光明，1923年巴金和他的三哥离开四川，到了南京和上海。

1927—1928年巴金旅居法国期间，写出了他的处女作长篇小说《灭亡》。迄今为止，巴金从事文学创作已满六十五周年。六十多年来，除了"十年动乱"期间被迫停笔，巴金勤勤恳恳地写作，为中国人民和世界人民留下了约一千二百万字的创作和翻译著述。他大量的作品，教育了几代青年。他的小说"激流三部曲"——《家》《春》《秋》和《憩园》《寒夜》等，一直受到海内外读者的喜爱；晚年的力作《随想录》，赢得广泛的赞誉。巴金的作品先后被译成日、俄、英、法、德、意、西、匈、波、捷、瑞典等二十多个国家的文字，在世界上广为流传。

巴金一贯主张讲真话。早在1942年，巴金就勉励我"说话要说真话，做人得做好人"。巴金曾被迫讲过一些违心的话，为此他不断剖析自己。他说："我提倡讲真话，并非自我吹嘘我在传播真理。正相反，我想说明过去我也讲过假话欺骗读者，欠下还不清的债。我讲的只是我自己相信的，我要是发现错误，可以改正。我不坚持错误，骗人骗己。"

巴金对读者的爱是很真诚的。1987年，巴金返回阔别二十六载的家乡，无数读者请他签名留念。巴金长期患帕金森病，写字困难，但仍高兴地用颤抖的手为读者签名。读者感激地对他表示谢意，巴金却说："该我感谢你们，是你们买我的书，养活我。读者是我的'衣食父母'。"最近，巴金又说："读者是最好的评判员，也可以说，没有读者就没有我。"

---

① 此处引文内容中的方括号注是编者后来加的，书中若无特别说明，类似的引文中的括注即为此种情形。

巴金的故居在成都市正通顺街，现在是战旗歌舞团的宿舍。许多国际友人、读者主张恢复巴金故居，但巴金不同意，他反对为此花费国家的钱。他说："我必须用最后的言行证明我不是盗名欺世的骗子。"

广大读者理解巴金的心，他们热爱巴金的作品，同时更敬仰巴金的人品。

鲁迅早在1936年就对巴金做出评价，赞誉"巴金是一个有热情的有进步思想的作家，在屈指可数的好作家之列的作家"。

巴金获得的但丁国际奖奖章

1981年12月，巴金当选为中国作家协会主席。

1982年，意大利但丁学会颁给巴金"但丁国际奖"。

1983年，法国总统密特朗访华，到上海亲自授予巴金"法兰西共和国荣誉军团勋章"。

法国总统密特朗到上海亲自授予巴金"法兰西共和国荣誉军团勋章"

四爸巴金

1984年，巴金获香港中文大学荣誉文学博士学位。

1985年，巴金获美国文学艺术研究院名誉外国院士称号。

1990年，巴金先后获苏联授予的"人民友谊勋章"和日本福冈市颁发的"亚洲文化奖特别奖"。

这些充分说明了巴金在国内外的巨大影响：巴金不仅属于中国，巴金也属于世界！他的文学成就已广为世人所瞩目。

巴金已达八十八岁高龄。因为病，写字吃力，但是巴金并不甘心沉默。他说："我最后还是要用行动来证明我所写的和我所说的到底是真是假，说明我自己究竟是一个怎样的人。"巴金不止一次表示"要用行动补写"他"用笔没有写出来的一切"。

1993年5月4日

永远不能忘记的四句话

作家巴金是我的叔父，我叫他四爸。

四爸在1923年离开四川去南京读书，以后又到法国留学。我出生的时候他在上海，所以我十一岁前没有见过他。1941年，正是抗日战争时期，他第一次回成都，但我当时在读初小，不懂事，没有留下更多的印象。只记得他经常带我的几个姐姐去看电影，说我看不懂，就给我钱买邮票。我是集邮爱好者。大墙西街有一家卖中外邮票的小商店，我拿着钱就往大墙西街跑。

1942年，四爸第二次回家。那时，我们住在成都北门蓥华寺街。大门很简陋，进去是一条小巷，巷子两边各有一家独院。正中的院子比较大，住有五六家人，我们家租了两间房子。院子里有各式各样的人，经常为一些生活小事发生争吵，很像四爸后来在《小人小事》一书中所写的情景。然而我和邻居的孩子们却很要好，放学回来，一起打仗、藏猫猫，或者跳房、扯响簧，无论吃饭、睡觉，都要大人"捉拿归案"。一天，四爸对我说："你一天到晚不回家，我给你改个名字，叫李国飞吧！"（我原名为李国辉——李致自注）我不知道这是批评，心里想：要真能飞起来，那才好玩哩！

我和四爸住在正房，睡一张大床，这张大床有很结实的床架。我上

四爸巴金

1941年,巴金(右三)离家十八年后第一次回到成都探亲,与他的九妹(后排左三)和大哥的子女合影。右一着童子军服的是李致

床以后,总觉得没有玩够,便在床架上翻来翻去,等到实在疲倦了,才肯睡下。我睡在床里面,占地不多,把大部分"领土"留给四爸。而四爸往往一个人坐在书桌前写文章。据说写得很晚,但我不知道,因为我钻进被窝很快就睡着了。第二天被叫起来上学,我总是轻脚轻手,从他脚后爬下床,生怕把他惊醒。我还记得家里摆供的时候,上自祖母下到我,都对祖宗牌位叩头,只有四爸一人鞠躬。我很奇怪,大人解释说四爸是"新派",令我佩服不已。如果说我拥护"新派",这算是开始。虽然我什么也不懂,但我顶讨厌叩头。我立志长大了也要当个不叩头的"新派"。

那个时候,青年学生中很盛行请人签字留念。许多人都有一本"纪念册",一般都请教师或同学题词。四爸在家的时候,来找他的人很多。青年学生来找他,大多拿着纪念册请他题词。我有时也伏在他旁边看,不过有些字不认得,有些认得的字并不懂得什么意思——例如,"路是人走出来的"。我想，乡下田里的路是我们上学时走近道踩出来的，这对；但城里的马路哪是走出来的呢？我看见过修马路，一条马路要修很长的时间。直到长大以后，才知道这话的意思是鼓舞青年勇往直前。

孩子喜欢模仿大人，特别愿意和哥哥姐姐享受同等待遇。我终于也做了一本"纪念册"，请四爸给我题词。我担心他又说我小，把我和几个姐姐区别对待，只给我钱买邮票，不给我写字。没想到他欣然同意，坐在大书桌前，用毛笔给我写下这样四句话：

读书的时候用功读书，
玩耍的时候放心玩耍，
说话要说真话，
做人得做好人。

我高兴地看着四爸写字。这些字，我既认得，也懂得是什么意思。尽管我并不知道要做到这四句话很不容易，但我认为这是对的，应该这样做。我把"纪念册"放在枕头下面，只要一想起，便拿出来看看。当时，桂王桥南街和北街有不少裱糊铺，我母亲常去裱她的画。我灵机一动，提出要把四爸给我的题词裱成一张小单条。我母亲表示同意。裱糊铺的老板是熟人，破例为我裱糊了一张一尺半的小单条。我把它挂在墙上，天天看见这四句话。我感到很神气，别的小孩没有一个有类似的小单条。小孩子的兴趣和注意力经常变化，但我对它的珍惜可以说是始终如一的。

当然，真正的珍惜是在更深地理解以后。

最初我只是对"玩耍的时候放心玩耍"有点理解。因为它和外祖母的教导完全背道而驰。我的外祖母是一个非常慈祥和有教养的人，说话和气，笑不出声。偶尔和我玩的时候，也是教我背唐诗。"春眠不觉晓，处处闻啼鸟。夜来风雨声，花落知多少。"这类唐诗就是她教我背诵的。她有一个宝库似的大立柜，随时可以拿出云片糕或鸡蛋糕给我吃。我非常喜欢外祖母，但也有一点不满：她不许我玩。有段时间我们和外祖母住在一起，她只要一看见我在玩，就要问我："为什么不读书？"如果我回答已经读过了，她就要教导我古人是如何发奋学习的，结论总是"一有空就要读书"。我想，一有空就要读书，哪还有空？什么时候才能玩呢？我不敢公开反对她，但心里很不高兴，甚至对作为榜样要我学习的古人也很不感兴趣。四爸说"玩耍的时候放心玩耍"，这代表了我的"利益"，我十分拥护。

随着年龄的增长，通过读书和社会实践，我对这四句话的理解才逐步加深。这四句话中最主要的是"做人得做好人"。不做好人就不会讲真话，不做好人，"用功读书"和"放心玩耍"就失去意义，甚至会起相反的作用。我不是说不该用功读书和放心玩耍；放心玩耍可以长身体，用功读书既可以长知识，还可以懂得如何做好人。也许有人会问：好人的标准是什么？从我的思想发展来看，我上初中起喜欢读文艺书，鲁迅的作品中有许多我喜欢的好人。读《狂人日记》，我认为狂人是好人，他第一个看出几千年来的历史都歪歪斜斜地写着"吃人"两个字，呼吁"救救孩子"。读《过客》，我认为过客是好人，尽管他不知道前面是野百合花还是坟，但他勇往直前，绝不回头；因为"回到那里去"，"没有一处没有地主，没有一处没有驱逐和牢笼"。读《聪明人和傻子和奴才》，我认为傻子是好人，他不怕讽刺打击，敢讲真理。上高中的时候，我参加学生运动，以后又加入党的地下组织。无数事实证明，我们的革命先烈和老一辈革命家是好人。特别是周总理，他的光辉一生，永远是我们最好的学习榜样。"十年浩劫"把人们的思想搞乱了，我仍认为好人应该具有"毫无自私自利之心的精神"，并深信"从这点出发，就可以变为大有利于人民的人"。共产党员更应该是这种高尚、纯粹、有道德、脱离了低级趣味的好人。

要真正做到这四句话是有斗争的，有时甚至是相当困难的。这不仅要和自己的坏思想、坏习惯做斗争，还要和外界的某些干扰做斗争。"十年浩劫"时期，我靠边站了，被关进"牛棚"了，被加上了各种诬陷之词。我对一般青年人的偏激情绪并不介意。但个别抱有其他目的的人，用威胁、诱骗等方法，逼迫我承认自己是反革命修正主义分子或什么小爬虫，逼迫我揭发谁是特务、谁是反革命时，我没有唯命是从。说实在的，当时我经常想到的就是"说话要说真话,做人得做好人"。

不用说,四爸在"十年浩劫"一开始就被打倒了,我不愿在这里来历数那些强加在他头上的罪名。使我感到欣慰的是,即使在我还没有被"解放"的时候,我仍听到不少正直的人为他鸣不平。1973年,我从北京返回设在河南的"五七"干校,曾悄悄绕道上海去探望四爸。那一次,由于各种条件的限制,不可能深谈,但能见面已经是幸福了。我转达了一些老同志对他的关心和尊敬,希望以此安慰他老人家。晚上,我住在他家里。当时楼上的屋子还没有启封,他要我和他睡在一张床上。我打鼾比较厉害,有意先让他睡着了,然后我才睡。他不久就入睡了,但我躺在床上,辗转不能入眠。我想起早在1936年,鲁迅就称他是"一个有热情的有进步思想的作家,在屈指可数的好作家之列的作家"。怎么能这样对待他呢?……他不时转动身子,不知他梦见什么。我深切期望他能摆脱这不幸的处境,但我自己也不知道那黑暗的日子什么时候才能结束……

粉碎"四人帮"以后,四爸恢复了名誉,又焕发了青春,夜以继日地为人民写作,讲真话,把心交给读者。我们有过多次见面和深夜长谈,这里就不记叙了。有一次,我突然想起他给我写的四句话,便总结似的向他汇报说:"第一句是用功读书,我在学校时没有做到,离开学校以后才有了自觉性;第三句是讲真话,我基本上这样做了,但也讲过某些违心的话;第四句是做好人,这是奋斗目标,还要不断努力。"我停顿了一下,又接着说,"只有第二句话放心玩耍,执行得最好!一贯如此。"

四爸一边听我讲,一边慈祥地笑了。

我也笑了,为自己所讲的最后一句话。

1981年5月22日

我淋着雨,流着泪,离开上海
——记"文革"中去上海看望巴金

夜读作家徐开垒著的《巴金传》(续卷),其中《患难见真情》一节,提到有关我的一些记叙。先摘其一段:

> 这一年10月底,巴金的大哥李尧枚的儿子李致给巴金来了信,给巴金带来了成都老家对萧珊去世后巴金处境的关心。在一年以前,李致就曾从北京返回设在河南的干校时,悄悄地绕道上海来武康路看过巴金。当时他与巴金同睡在一张床铺上,曾给他转述过一些老朋友对巴金的怀念。但由于受当时各种条件的限制,虽同睡在一张床上也不敢深谈。在这次来信之前,李致就曾有信给小林①。那时萧珊住院动了手术,小林曾把李致来信的事告诉她,但萧珊已不能说话了,她只点了点头,就闭上眼睛休息。这次李致来信,是萧珊去世后给巴金的第一封信。它给巴金带来安慰。②

---

① 小林:李小林,巴金的女儿。
② 这里叙述的时间有误。"文革"期间李致给巴金的第一封信是1972年10月30日写的。李致从北京绕道去上海看望巴金是在1973年春。

人格魅力

20世纪50年代巴金在上海

读完之后,二十三年前的一些事,又重新出现在我眼前。

"十年浩劫"开始的时候,我在共青团中央《辅导员》杂志任总编辑。很快,团中央所有报刊的总编辑,一个个被作为"反革命修正主义分子""揪"出来,包括我在内。我先靠边站,继之进"牛棚",然后又到干校"劳动改造"。

过去许多"运动",往往从文艺界开刀,这次更不例外。看见北京文艺界许多著名人士被"揪"出来,我必然担心四爸巴金的处境。特别是几年前我就知道姚文元在策动批判巴金,后被周总理制止。1966年6月,亚非作家会议在北京召开,巴金是中国作家代表团副团长。但与此同时,造反派在揭发我的大字报上,已提出要我交代与"反动学术权威"巴金的关系。当时我还没有完全被看管,我先从全国作协那儿知道四爸的住地,然后打电话给他。电话通了,只说了几句一般的话,彼此都显得很拘谨。过去四爸到北京,总要打电话给我,我也一定会去看他。而这次我没提出去看他,他也没有叫我去。不过,听到了他的声音,我感到温暖。六年后我才知道,四爸当时已经预感到"大祸临头"了。①

---

① 参见《家书——巴金萧珊书信集》。巴金在1966年6月10日给萧珊的信中曾说:"我来京后除听报告,参加宴会、晚会外,什么地方也没有去,什么人也没有找。(李致打听到了,来过一次电话。)"

四爸巴金

相当长一段时间，我不知道四爸的消息，但我认定他在劫难逃。果然在1967年5月10日，报纸刊登了一篇名叫《大树毛泽东文艺思想的绝对权威》的文章，批判巴金"是最典型的资产阶级精神'贵族'"，"过着寄生虫、吸血鬼的生活，写的都是反党反社会主义的大毒草"。可以想得到，四爸会遇到多么大的灾难，我真担心他能否承受得了。机关造反派趁机对我施加压力。说我过去写的材料是"假揭发，真包庇"，必须真正揭发巴金的"罪行"。其实，我和巴金接触（不包括童年时期）的次数不多，我如实地一一写出。造反派说我"态度恶劣"，但除拍桌大骂以外，也无可奈何。不过，他们责令我把巴金给我的信全部交出。我清理了一下，有四十多封信，是四爸在1956年到1966年十年间写的，光明正大，没有见不得人的地方。我理直气壮地把信交给造反派，以为他们看了之后会退给我。没想到，交给这些人的信之后便石沉大海，到现在为止谁也不知道它们的下落。

由于受"左"的思想影响，我自己的思想也乱了。我认为巴金的世界观是小资产阶级的世界观。既然我从小喜欢巴金的作品，现在是"文化大革命"，有必要重新阅读一次。第一本读《家》，这是他的代表作。接连两三个晚上，我读到深夜，在鸣凤跳湖和瑞珏逝世时，伤伤心心地哭了。因为哭出声，把爱人惊醒，她以为我出了什么事，连问我："哭什么？"

1968年4月22日，我被关进"牛棚"。除受批判和劳动之外，只许学《毛选》（即《毛泽东选集》）。我通读了四遍《毛选》，但还有很多时间，坐在那儿实在难受。我以检查文艺思想为理由，要求读《鲁迅全集》。出乎意外，我的要求被批准。我儿子按时送东西的时候，给我分卷送来《鲁迅全集》。这一下日子好过多了，我天天读鲁迅的书。在"牛棚"，我思念四爸。每当我翻开《且介亭杂文续编》，读到鲁迅说巴金是"一个有热情的有进步思想的作家，在屈指可数的好作家之列的作家"这一句话，真是思绪万千。我明白了那些所谓"无产阶级革命家"打着鲁迅的旗帜，实际在玩"颠倒人妖，混淆是非"的把戏。

1969年，到了河南省潢川县"五七"干校。1971年的一天，公布晚上将放电影《英雄儿女》。我看过根据巴金小说《团圆》改编的电影《英雄儿女》，十分感人。如果是放这部电影，是否意味着四爸的处境有所变化呢？吃完晚饭，全连人排队到校部前的空坝。一路上，众人有说有笑，我却埋着头不言不语，一心期待我的愿望能实现。电影一开放，果然是根据巴金小说改编的，我当然感到高兴；但"根据巴金小说《团圆》改编"这几个字却被删去，使我大失所望。这个谜若干年后才解开：影片是周总理叫放映的，删去"根据巴金小说《团圆》改编"，则是"四人帮"在上海的爪牙下令的。

巴金，我的四爸，我真想念你，担心你！

已经记不清我是怎样下的决心：1972年8月，我给巴金的女儿、我的妹妹小林写了一封信去。历时一个月，才收到小林的回信——原来萧珊妈妈在8月13日逝世。我几次提笔给四爸写信，但坐在桌前，望着稿纸，竟写不出一个字来。直到10月30日，我再也控制不住自己的感情，一口气写了六年来的第一封信。

爹：

　　提起笔，千言万语，真不知从哪里说起。我们有六年没有通信。然而，我这几年比过去任何一个时候都更关怀你。你对我一定也如此。

　　到目前为止，我们最后一次见面是六五年你去越南之前；最后一次谈话，是六六年在北京的那一次电话。所有一切，我都不会忘记，它将永远刻在我心里。

　　为了避免某些不必要的麻烦，前一段时候我暂时没有给你写信。同时，也不知道把信寄在哪里。今年八月，我写了一封信给小林，算是试投，希望能取得联系。小林有一个月没有回信，我这个希望也没了。后来，小林信来了，我一看见信封就高兴，满以为这封信会给我带来一些令人愉快的事情。可是，做梦也没有想到，它带来的却是妈妈逝世的消息。

　　妈妈逝世，你当然最难受。我本应该立即写信安慰你。可是，我能向你说什么呢？有什么话能减轻我们的痛苦呢？我实在

四爸巴金

想不出。就是现在，写在这里，我的眼泪也忍不住往下流。

六四年夏天，我第一次到上海。这是我解放后第一次看见妈妈[①]，我开始喜欢她。记得那个晚上，大家在屋外乘凉，萧姐[②]也在场。我向你要《收获》复刊第一期，你答应了。妈妈立即说你"偏心"，说她跟你要过几次，你都没有给她。当时，我们是多么愉快啊！这大概就是一般人所谓的"天伦之乐"吧！然而，这样的聚会，我们这一生都不会再有了。

我最好不在这个时候给你写信。因为不仅不能给你安慰，反会引起你的痛苦。不过，我还要问一遍：妈妈去世以前，她看见我给小林的信没有，她说了些什么？我问过小林，她没有回答。但我很想知道。

就这样吧，我不再写下去了。我相信你能理解我的感情。

李　致
十月三十日

大约十天以后，我收到四爸的信。多么熟悉和亲切的字，我的心激动得快要跳出来了。我小心地把信封剪开，急急忙忙地读下去。

李致：

三十日来信收到（你上次给小林的信我也见到），知道你的近况我放心多了。这些年我也常常想念你和你的几个姐姐。三年前有人来外调，才知道你当时靠过边，但是我又知道你没有历史问题，认为不会受到多大的冲击，我一直不想给你写信，害怕会给你找麻烦，心想等到问题解决了时再通信息。现在你既然来信，我就简单地写这封信谈点近况吧。我六九年参加三秋后就和本单位革命群众一起留在乡下，以后在七〇年三月又同到干校。

[①] 妈妈：指陈蕴珍，巴金的夫人，笔名萧珊。
[②] 萧姐：萧荀，李致大姐的朋友，也是巴金和萧珊的朋友。

今年六月因蕴珍病重请假回家，七月下旬就留在上海照料她。她去世后我休息了一段时期，九月起就在机关上班（工宣队老师傅和革命群众今年都上来了），每天半天，主要是自学马列主义经典著作。这几个月并没有别的事。但问题尚未解决，仍在靠边。住处也没有改变，只是从楼上搬到楼下而已（楼上房间加了封，绝大部分书刊都在里面）。我的身体还好，情绪也不能说坏，蕴珍去世对我是一个很大的打击，我永远忘不了她，然而我无论如何要好好地活下去，认真地学习。

你问起妈妈去世前看到你的信没有。你第一封信[1]是八月四日写的，信寄到时，她的病已到危险阶段，刚开了刀，小林在病床前对她讲你有信来，她只是点了点头，那时身体极度衰弱，靠输血维持生命，说话非常吃力，只有两只眼睛十分明亮。我们不知道她那么快就要离开我们，还劝她不要费力讲话，要她闭上眼睛休息。她也不知道这个情况，因此也没有留下什么遗言。想到这一点，我非常难过。

写不下去了。祝

好

尧　棠[2]

十一月四日

与四爸通信，我不敢告诉任何一个人。萧珊妈妈去世，对四爸是"一个很大的打击"，但他毕竟健康，这是不幸中之大幸。我明白当时的形势，也清楚彼此的处境，不能过多通信。但我产生了一个强烈的愿望：要设法去看望四爸，安慰他。正好我爱人所在河南明港学部（即以后的中国社会科学院）干校，全部人员回北京"清队"，春节我将回北京探亲。于是，一个"秘密"计划开始在我大脑里酝酿。

---

[1] 第一封信：李致给李小林的信。
[2] 尧棠：巴金的本名。

四爸巴金

当年12月底,我回到北京。我儿子早随他妈妈回北京读书,女儿不久也从北大荒兵团回来。难得的团聚使我们暂时把这几年的苦难丢在一边,高高兴兴地度过了春节。当时,一家四口挤在一间屋子里住,只有晚上孩子们熟睡了,我和我爱人才能讨论我的"秘密"计划,决定在我回河南干校时,绕道去上海看望四爸。为避免被人抓辫子,我们不向任何人透露这个打算。到了上海,看到的熟人,都说是去看眼病——我的确在害眼病,曾先后请假到武汉、成都去医治过,这次回北京多次去朝阳医院看病。在上海,如住在四爸家不方便,就住在最可信赖的朋友家。按时回干校,只按北京到河南信阳报销火车票。当时探亲,只要有一张从干校回家的车票就可以报销双程车票了。因为人已经回到干校,必然是乘车回来的,不可能从北京步行回来,一般不会引起怀疑。一年一度的探亲假,日子非常值得珍惜。为了不浪费时间,春节前我们不去排大队买吃的东西,而是改在春节后(人不拥挤了)再买。但为去看四爸,在我爱人支持下,我提前五天离开北京,乘去上海的火车。我本想在车上多睡一会儿,但想到即可见到四爸,兴奋不已。一天多的路程,我的思想有足够的时间自由驰骋。

20世纪60年代,巴金根据周恩来总理的建议,去越南深入生活。图为巴金在越南战地留影

人格魅力

……

强加在四爸头上的"罪状"之一，是他早年信仰过无政府主义。这有什么了不起？毛主席青年时期也相信过无政府主义。这是追求真理过程中难免的事。何况四爸同时又是爱国主义者，他热爱自己的祖国和同胞。抗日战争前，以鲁迅为首，四爸和许多作家共同发表了一个文艺工作者宣言，表示抗日救亡的主张。我读过四爸在抗战时主编的杂志《呐喊》（后改为《烽火》），我也记得四爸在长篇小说《火》第二部的后记里说过："我虽然相信过从外国输入的'安那其'，但我仍然是一个中国人，我的血管里流的也是中国人的血。"四爸的《家》启发了许多青年人参加革命，这是众所皆知的事情，怎么一下就成了"大毒草"？新中国成立以后，四爸一再表示："我要写人民的胜利和欢乐，我要歌颂伟大的时代，伟大的人民，伟大的领袖！"50年代[①]四爸两次到朝鲜，60年代四爸又两次到越南，曾受到周总理和陈毅副总理的赞扬。哪一个"贵族"或"寄生虫、吸血鬼"肯去吃这种苦？

我想起前两次到上海的情景。那是在1964年7月和10月。第一次去，四爸陪我参观他的藏书室，大小七间，令我羡慕不已；我们还一起到虹桥公墓为三爸扫墓。第二次是我陪外宾去，只匆匆见了四爸一面。临别时电话告别，四爸喜悦地说："两件大喜事，一是我国第一颗原子弹爆炸，一是赫鲁晓夫下台，真令人高兴！"我似乎现在还能听到他洪亮的声音。

我在机关交代时曾提到四爸送过许多书给我。1960年四爸回成都时，我看见他书桌上放了一本《三家巷》。我向他要，他说是欧阳山送他的，他准备回上海时在火车上看。但是1961年他回上海前却把书给我，说："还是送给你吧！"1929年秋我父亲离开上海时，把一张自己心爱的唱片送给四爸。四爸深受感动，把这个情节写在《做大哥的人》里面。我不禁想起书中的描写。

我和四爸也有过争论，主要是对我父亲的看法。我父亲的性格和遭

[①] 50年代：指20世纪50年代。为保留文章原貌，本书后文中类似的年代提出，如无特别说明均指20世纪，特此说明。——编者注。

四爸巴金

遇,类似《家》里的觉新,所不同的是我父亲以自杀结束了生命。四爸爱他的大哥,对我父亲自杀表示理解和同情;我则认为我父亲丢下母亲和五个子女,太不负责任。争论是在三轮车上进行的,那是1964年我们冒着烈日去给三爸扫墓的路上。四爸感慨地说:"连你都不理解,小林他们就更难说了。"

我小时候人很瘦,鼻子比较高,鼻梁有些"右倾"。我外祖母经常把我的鼻梁往左扳。有一次,一个同学不当心打中我的鼻梁,使我流了鼻血。我立即准备还击,但一下意识到他打我鼻梁的方向和外婆扳的方向一致,气马上消了。四爸知道这个故事以后,常常当成笑话当着我讲给别人听,使我十分尴尬。这是1941年的事情,四爸第一次回成都。

1958年10月,我和四爸在北京巧遇。我参加中国青少年报刊工作者代表团从苏联访问归来,四爸正要去苏联参加亚非作家会议。我到和平宾馆看望四爸,他请我在餐厅吃晚饭。他问我吃什么,我说:"当然是回锅肉呵!"他笑了,并立即告诉了服务员。但后来端上桌的,却是一盘对虾。

在鲁迅葬礼上,巴金等为鲁迅抬棺(左一为巴金)

这是我第一次吃对虾。

车厢广播在介绍上海,说上海是什么"一月革命的发源地",等等。"文革"把什么都搞乱了,姚文元等批"无政府主义",要"巴金负责"。这是风马牛不相及的事!20世纪30年代鲁迅在为巴金辩诬时就回答过:"难道西班牙的'安那其'的破坏革命,也要巴金负责?"我不相信姚文元没有读过这篇文章!

联想到自己,我过去自称是鲁迅的"信徒",但我并没有学到鲁迅的"硬骨头"精神,明知有些事是错的,也不敢讲真话。从在"牛棚"里读《鲁迅全集》时起,我就决定不再称自己是鲁迅的"信徒",因为我不够格。

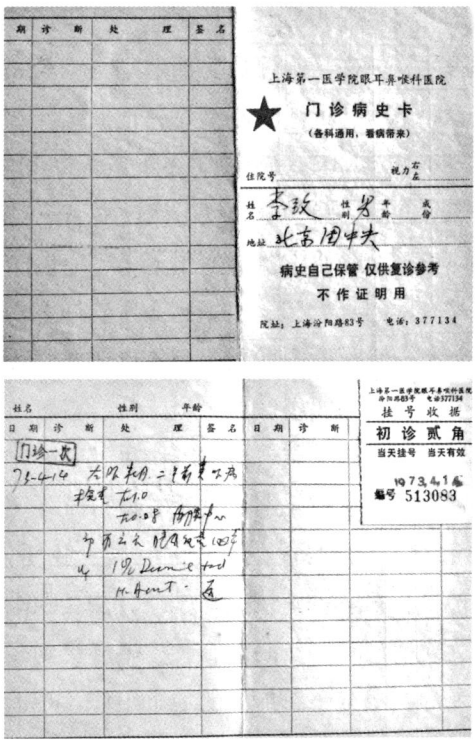

1973年春,李致去上海看望巴金时,到上海医院五官科看眼病的凭证

……

到了四爸家,四爸和九姑妈既感到高兴,又感到意外。四爸稍瘦了一些,身穿一套蓝色中山装,唯一不同的是头发全白了。我们紧紧地握着手,以此表示互相的信赖和关怀。

新中国成立前我做过地下工作,有些经验可以运用。我必须表明我的来意,以便对付可能出现的各种场面,我说:"我是专程来上海看眼病的!"

第二天上午,我请萧荀——我大姐的朋友,后成为四爸和萧珊妈妈的朋友——陪我去上海五官科医院看眼病。一个写有我姓名和年龄的挂号证,我把它妥善保存了很多年。通过萧姐,我了解到四爸在"文革"中的许多遭遇。

四爸巴金

家里显得很冷清。造反派封闭了楼上所有的房子,全家被赶在楼下居住。原来的客厅成为四爸和小棠的卧室,但小棠到安徽农村插队,床空着。小林和祝鸿生刚结婚,他们是同学。小祝是在四爸处境最困难的时候与小林结婚的,这说明小祝的人品和爱情的纯真。当时他们还没有生孩子。九姑妈和十二孃也不像过去那样爱说话。没有人来串门。

萧珊妈妈逝世给家里笼罩着一层阴影。记得我第一次来上海时,到处都有她的身影和笑声。她张罗着许多事,她殷勤待人,她不断地和我开玩笑……我不敢向四爸提到萧珊妈妈。我只在小林卧室的玻璃板下看见一张照片:萧珊妈妈躺在床上,全身盖着白布单;四爸站在旁边,穿一件短袖衬衫,左袖上戴着黑纱,两手叉着腰,低着头哭泣。我突然觉得自己也到了现场,和家人一起给萧珊妈妈告别。

单独和四爸在一起的时候,我便告诉四爸,这次来上海是为了看望他。我知道眼病情况和治疗方法,到医院不过是拿一个挂号证。四爸原以为我"没有历史问题","不会受到多大的冲击"。但,欲加之罪,何患无辞?我早年参加党的地下组织,难道不是"假党员"?1947年我在重庆被捕过,正好抓"叛徒"。我上中学时与所谓"胡风反革命分子"有过接触,曾在文章中引用过胡风的一句话,起码算一个"小爬虫"。加上我不"认罪",又"拒不揭发","态度恶劣"。不过,终于查不到他们想抓的问题。在1969年年底"解放"——我们连队最后一个"解放"的当权派。今后怎么办?不知道。好在身体不错,算个壮劳力,我不怕用自己的劳力维持生活。

四爸的"问题"没有结论,因萧珊妈妈去世,回家听候审查。四爸是新中国成立后不领工资的专业作家,他的存款全被冻结。一个月只许他取三百元,一百四十五元作房租,五十元供养萧珊妈妈的父亲,剩下一百零五元一家四口人用。我问他够不够用,他泰然地说:"没有什么!我的生活很简单。我告诉过九姑妈,必要时我可以只吃面包。早年我在法国就是这样。"当年四爸在法国,物质生活非常贫困。

关心别人胜过关心自己,四爸一贯如此。当他知道我曾两次回成都探亲时,便询问我母亲和几个姐姐、姐夫的情况。我也主动告诉他我知道的一些亲友的遭遇。他知道李宗林（成都市市长）被迫害致死时，显得很难过。李宗林是他的朋友。

有两个晚上，我和四爸睡在一张床上。四爸1942年回成都时，我刚满十二岁，也和四爸睡在一起。当时正是四爸创作最旺盛的时候。时隔三十年，我又和他睡在一起，他却碰到这样不公平的遭遇。我在一篇短文中曾记叙了当时的心情："我深切期望他能摆脱这不幸的处境，但我自己也不知道那黑暗的日子什么时候才能结束。"

我很想安慰四爸，可惜说不出什么有力的话。我告诉四爸，无论怎么批他，他并没有被遗忘。特别是一些老同志，常悄悄问我有关他的情况，为他的遭遇鸣不平。当时，我不敢提这些同志的姓名。其中有曾德林（后为中宣部副部长）、萧泽宽（后为北京市委组织部部长）等。我还空洞地讲了一些要"相信党、相信群众"这类的话，其实我自己早不相信什么"中央文革"和其控制的"革命群众"了。临走前一天下午，我和四爸在二楼的走道上谈话，我讲了准备要求调回成都的想法。想到可能面临的各种情况，我终于冒出一句心里话："如果你的'问题'解决不好，你可以回成都。我能用自己的劳动供养你！"当时，我们都很激动，四爸没有说什么，至少没有表示反对。

这次和四爸会面，我不敢深谈。但我目睹了四爸的现状：第一身体健康，第二精神没垮。这就是希望！我在上海只待了三天，第四天一早就得离开。我不想在离开时惊动四爸，但他与九姑妈几乎和我同时起床。不凑巧，天下雨，而且下得不小。四爸把他的雨衣给我穿上，我们又一次紧紧握着手，互道："保重！""保重！"这两个字，在当时的环境下，有它特殊的含义和感情。我实在舍不得离开四爸，但我岂敢不按时回到要我"脱胎换骨，重新做人"的"五七"干校？我只得双手提起行李，毅然离开家门，快步赶到公共汽车站。

我满脸流着水，是雨水，也是泪水。

1995年元旦

巴金的心

人活着，要有益于社会；多付出，少索取。这是巴老的信念和主张。他一贯是这样身体力行的。

巴老多次说明自己不是为当作家而写作的。他说："我写作一不是为了谋生，二不是为了出名，虽然我也要吃饭，但是我到四十岁才结婚，一个人花不了多少钱。我写作是为了同敌人战斗。"巴老所说的敌人是什么呢？他说："一切旧的传统观念，一切阻止社会进步和人性发展的不合理的制度，一切摧残爱的势力，它们都是我最大的敌人。"巴老的很多作品都是写来控诉、揭露、攻击这些敌人的。

由于巴老把"文学作武器跟旧社会作斗争"，他最初竟"不好意思拿稿费"。他把第一本小说的版税送给一个朋友。他当时的想法是："我说自己的话，不要别人付钱。"以后书写多了，巴老的想法才发生变化，因为作品毕竟是"自己用劳动换来的"，领取稿费也就"不在乎"了。巴老把读者称为"衣食父母"。这不仅因为读者买他的书、养活他，还因为读者给他提供精神养料和力量。

长期以来，巴老领取稿费，并不只是用于他个人和他的小家庭。巴老的生活简朴，自奉甚薄。他经常用稿费帮助读者和有困难的人。六十年前，也就是20世纪30年代初期，巴老为营救他的一个读者，带着刚收到的

1986年，巴金与李致深夜畅谈

一笔稿费，和他的朋友鲁彦、靳以一起从上海到杭州。巴老冒充这个姑娘的"舅父"，把情况了解清楚以后，为她付清了八十多元房租和饭钱，并送了她一张从杭州到上海的火车票。1981年巴老在《我和读者》一文中曾谈到这件事情。

新中国成立以后，巴老是不拿国家工资、仅靠稿费生活的专业作家。巴老是闻名中外的文学大师，在实行低稿费的情况下，在限额内付给他较高的稿费，这是无可非议的。但巴老对自己的要求很严。60年代初期，巴老为《四川文学》写了一篇文章。《四川文学》付给巴老四十元稿费，巴老收了二十元，退还了二十元给《四川文学》，并附信说他那篇文章"值不到四十元"。这件事是1973年在四川省革委会礼堂听报告时，作家李友欣告诉我的。当时还在"四人帮"的黑暗统治下，友欣主动给我讲这件事，对巴老表示尊敬。我也佩服友欣讲真话的勇气。

粉碎"四人帮"以后，我担任四川人民出版社的总编辑。由于出版社采取了"立足本省，面向全国"的方针，讲信用和注重书籍质量，赢得了一大批老作家和著名的中青年作家的支持。在五六年内，我们先后出版了

四爸巴金

巴老的《巴金近作》、《巴金近作》（第二集）、《回忆与探索》、《心里话》、《英雄的故事》（有关抗美援朝的全部小说和散文）、《巴金中篇小说选》（上下）、《巴金选集》（十卷本）、《憩园》、《长生塔》（包括全部儿童文学）、《童年的回忆》，翻译作品《快乐王子集》、《屠格涅夫中短篇小说集》（与萧珊合译）。90年代，四川文艺出版社还出版了《讲真话的书》（近作合集，包括巴老从1977年到1993年的全部著作）。

一开始出巴老的书，巴老就表示不要稿酬。出版社尊重巴老的意见，把稿酬放在一边，打算用来扶持青年作者或奖励有成就的编辑。但有一次，财务科不清楚我们的意图，把一本书的稿酬寄给了巴老。1980年12月9日，巴老给我的信说："今天收到《中篇选》的稿酬。我说过不要稿酬，本想退回，觉得这样也不好。以后坚决不要。屠氏小说（指《屠格涅夫中短篇小说集》）出版，不要送稿酬了。还是照从前办法，送我一点书就行了。我在香港三联书店出版《随想录》，首先声明不要稿费。他们说第二集要付稿费，我坚决不要。倘使方便，替我买五部《中篇选》，我当汇还书款。"12月19日来信，又强调"以后出书，不用寄稿费给我，我不要"。我去信和巴老讨论如何处理他的稿费，并转达出版社一些同志设立巴金奖金的建议。我知他不会同意，所以提议用来帮助一些有困难的作者。1981年2月23日，巴老来信说："稿费问题就照你所说用来帮助作者吧。设立奖金我不赞成，我反对用我的名字。"这样，出版社总编室便存放着巴老拒收的一笔稿费。

在这期间，《四川文学》刊登过巴老一篇散文《大镜子》，《龙门阵》发表了巴老的散文《怀念丰先生》，巴老都来信表示"请他们不要付稿费"。

对萧珊的稿费，巴老也持同样的态度。四川出版了萧珊翻译的《黑桃皇后及其他》，巴老在1981年10月21日给我的信中说："全书稿费和中短篇集（指《屠格涅夫中短篇小说集》）一样由你们处理，但要求送我样书若干册。"

出版社财务科一位同志按照对一般作者的惯例，把《屠格涅夫中短篇小说集》的稿费寄给巴老了。害得巴老在1982年3月15日又来信重申：

人格魅力

《巴金选集》（十卷本）

读者踊跃购买《巴金选集》

"以后不要再给我寄稿费了。今后所有我的著译的稿酬，新出版的书如《回忆与探索》和十卷本《选集》的全部稿费一律赠现代文学馆。已出各书如有再版机会，稿酬也送给文学馆（萧珊的译著也包括在内）。以后请一定照办。"我只得把巴老的意见再一次"禀报"财务科。

信上提到的十卷本《选集》，即《巴金选集》（十卷本）。这是四川出版巴老的重头书，既有社会效益又有经济效益。装帧设计好、印刷质量好，受到广大读者欢迎。出书速度之快（不到一年）受到《人民日报》上署名文章的赞扬。巴老也满意，曾把它的精装本作为礼物赠送给法国总统密特朗。这部《选集》，巴老亲自编选、修改校正，编完一本寄一本给出版社，花费了他大量的精力。我现在想起心里还感到不安。在1981年编辑的过程中，巴老在10月21日的信上就明确表示："《选集》稿费全部捐文学馆。"1982年年底我因工作调动，离开了四川人民出版社，但巴老一直关注这笔稿费是否寄给了文学馆。1983年9月9日和11月22日，巴老两次来信询问："十卷本《选集》的稿费给现代文学馆汇去没有？"我多次催问，有一次回答是地址不准确，寄去又退回来了。1983年12月23日、1984年4月1日，巴老再来信询问。1984年5月1日他来信说："《选集》稿费我叫国烨去信作协请他们查，同时也请你们出版社查，总得把这笔钱查出来。文学馆至今没有收到，钱还没有着落，如不追查，可能就此消失。"5月31日，巴老来信说："《选集》稿费，文学馆来信已经查到了，请转告出版社。"为了这笔捐赠给文学馆的《巴金选集》（十卷本）的稿费，巴老一共给我写了八封信。

1988年，四川文艺出版社出版了《巴金书简》。我没有参与这个工作，不知道全过程。1987年6月26日巴老给我的信中说："《书信集》（指《巴金书简》初编）稿费仍捐赠文学馆。但×××说的计酬办法我看不妥。收信人没有理由接受稿酬，倘使他为原信加一些注解，他可以拿注解的稿酬；要是做了些编辑工作，他可以拿编辑费。你想想看，倘使我把朋友们给我的信编成书册出版，自己拿一半稿费，我一定睡不着觉，因为我感到受之有愧。"

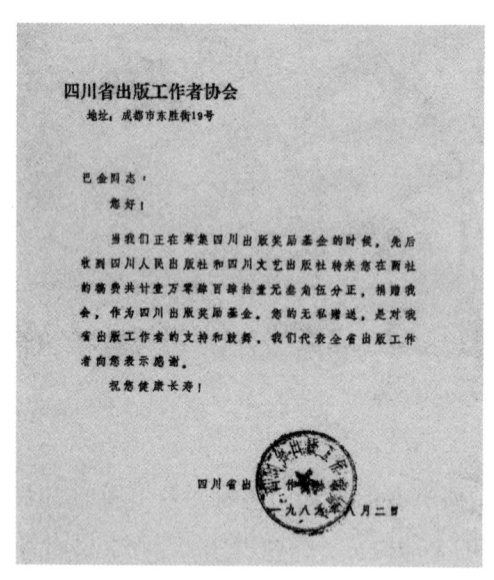

四川省出版工作者协会收到巴金捐赠的稿费后，给巴金回函的复印件

人格魅力

按照巴老的意见，他的大部分稿费出版社直接寄给了文学馆。由出版社保留的巴老的稿费，在1986年8月捐赠给四川省出版工作者协会。协会在8月2日给巴老的信上说："当我们正在筹集四川出版奖励基金的时候，先后收到四川人民出版社和四川文艺出版社转来您在两社的稿费共计壹万零肆百肆拾壹元叁角伍分正，捐赠我会，作为四川出版奖励基金。您的无私赠送，是对我省出版工作者的支持和鼓舞。我们代表全省出版工作者向您表示感谢。"90年代初期出版的《讲真话的书》的稿费四千元，巴老又捐赠作为振兴川剧奖励基金。当这个消息在川报披露时，川剧界许多人士为之鼓舞。

巴老为四川出版做了这么多贡献，但他没有向出版社索取过什么。1982年上半年，我有一次去上海，为他整理照片。当时向他要照片的人很多，许多照片又在"十年浩劫"中散失了。我提出带一部分照片回四川请出版社翻拍，以后有需要就加印。巴老同意我的建议，但他坚持要付款。我知道巴老的为人，恭敬不如从命，在寄照片和底片时，告诉他所需费用。1982年7月5日，巴老亲自填写了汇款单，寄回"肆拾壹圆壹角正"。在汇款简短附言上还写明"汇还翻印照片垫款"。这张"汇款通知"我把它复印了两份留作纪念，到现在已经十二年多了。

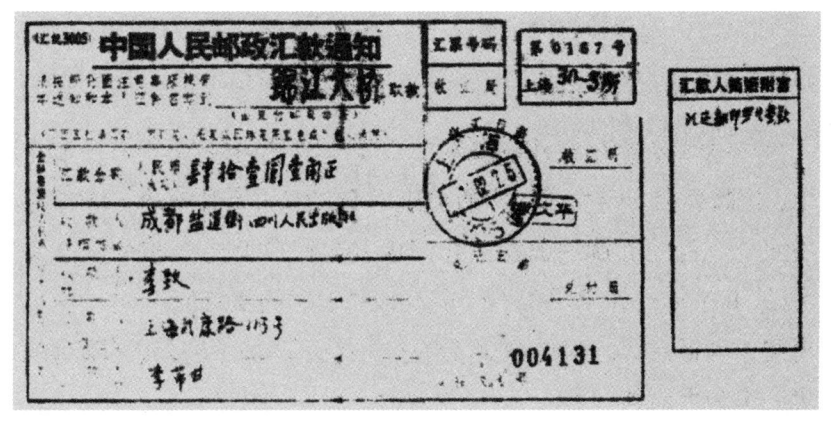

巴金"汇还翻印照片垫款"汇款单的复印件

四爸巴金

上面涉及的,主要是与四川出版有关的情况。据我所知,1982年巴老捐赠人民币十五万元给文学馆,以后又陆续捐赠五万多元人民币给文学馆,这都是巴老的稿费。1990年巴老获日本福冈"亚洲文化奖特别奖",奖金五百万日元。巴老把这笔奖金一分为二,三百万日元捐赠给文学馆,二百万日元捐赠给上海市文学基金会。还有些捐款数目我不清楚。

目前我们国家仍实行低稿酬制,作家的生活水平尚待提高。我绝不是希望作家放弃稿费,或都去搞捐赠,我只是想从这个侧面反映巴老的高尚人品。记得我还是青年的时候,读过王尔德的一篇叫《快乐王子》的童话。快乐王子的像高耸在城市上空,他身上贴满纯金叶子,一对眼睛是蓝宝石做成的,剑柄上嵌着一颗大红宝石。他站得很高,看得见"小孩生病躺在床上";看得见一个年轻人饿得"头昏眼花",冷得"不能再写一个字";看得见卖火柴的小女孩"没有鞋,没有袜,小小的头上没有帽子",她"现在正哭着……"快乐王子请求睡在他脚下的小燕子代他去帮助那些受苦受难的人们,先摘掉红宝石,再取下他的蓝宝石眼睛,然后拿走身上的贴金。小燕子本来要去埃及过冬,但它被快乐王子善良的心感动了,它不愿离开快乐王子。最后,它吻了快乐王子的嘴唇,跌在王子脚下,冻死了。这个童话深深地震撼过我的心,也使我流过不少眼泪。随着对巴老的了解,我豁然开朗,感到巴老不正是当今的快乐王子么?他从不过多地索取什么,却无私地向社会、向人民奉献自己的一切。

童话里的快乐王子的像,被拆下来放在炉里熔化,但是他的"破裂"的铅心却熔化不了。天使把铅心和死去的小燕子带给上帝,上帝把他们看成是这座城市最珍贵的东西。

巴老九十寿辰时,马识途老人和朱炳宣、杨牧去祝贺。临别时,问巴老有没有什么要带给家乡人民。巴老深情地说:"把我的心带回去。"许多人为之感动。我们的"上帝"——人民,不是同样把巴老的心当成最珍贵的东西么?

1994年2月20日

两个"最后一息"

粉碎"四人帮"以后,巴老重新提起被迫搁下十年的笔。他不愿做"社会名流",只愿做"一个普通的作家",并多次表示:"我要为社会主义祖国工作到生命的最后一息。"

1977年,巴老已经七十三岁高龄。当时,他打算写到八十岁,也就是再写七年。之后巴老订了一个写作计划:一、每年写一本《随想录》;二、写两部反映知识分子在"文革"中遭遇的小说;三、写一本《创作回忆录》;四、把一百几十万字的赫尔岑的《往事与随想》翻译完。文艺界的许多朋友和众多读者都被巴老这种精神感动,纷纷表示钦佩。

然而,我却有过一点不同的想法和意见。

简单地说,我认为巴老最好把精力集中在创作上,翻译《往事与随想》可以放后一点;如果精力不足,可以放弃,将来别人还可以翻译。我并不是不知道巴老对赫尔岑作品的感情。早在1963年,《译文》杂志就发表了巴老所译的两则赫尔岑的回忆。巴老打算翻译赫尔岑的《往事与随想》的设想,曾得到鲁迅的赞同。新中国成立后,巴老翻译过赫尔岑的《家庭与戏剧》。"十年浩劫"期间,巴老遭受迫害,无权从事创作,悄悄开始翻译《往事与随想》。当时,巴老并没有想到出版,只打算以后把译文送给国家图书馆,"对少数想了解19世纪前半叶欧洲和沙俄各方面

四爸巴金

情况的人也有一点用处"（1975年3月3日给我的信上所说）。粉碎"四人帮"以后，巴老在《一封信》中写道：

> 我每天翻译几百字，我仿佛同赫尔岑一起在十九世纪俄罗斯的暗夜里行路，我像赫尔岑诅咒尼古拉一世的统治那样咒骂"四人帮"的法西斯专政，我相信他们横行霸道的日子不会太久……

尽管如此，我仍认为巴老的创作是别人不能代替的。在有限的时间里，创作与翻译，他最好有所取舍。我逐渐发现，不少朋友与我有相同的看法。

我认为自己的看法有一定的道理，几年来向巴老提过多次建议。巴老是我的四爸，他对下辈一贯持平等的态度，所以我可以无顾虑地和他讨论（甚至争论）。

最初，巴老回答我："我可以完成计划。"我则强调时间有限，要有取舍。彼此都没有说服对方。

几乎每一次见到巴老，我都要设法谈到这个建议。有一次，巴老说："我的计划已经公开，国内外都知道，说了话要算数！"我知道巴老讲信用，但这个理由并没有把我说服。我又陈述自己的看法："从实际出发，变更一下自己的计划，并不是不可以。"我突然找到依据，说得更带劲了，"宪法可以修改，国民经济计划可以调整，个人计划为什么不可以变更呢？"巴老慈祥地笑了，但并没有同意我的建议。

我是个"顽固分子"，一有机会到上海，就向巴老提出这个建议，翻来覆去地讨论。巴老说："我翻译赫尔岑的东西同时也是学习，不断充实自己。我不认为自己可以不学习了。我要像海绵汲水一样汲取知识。"听了巴老这段话，我找不出理由来反驳他，反而感到自己受了启发。

回到成都，我重读了巴老的《〈往事与随想〉（第一册）译后记》。巴老翻译是为了学习的意图，在这里说得十分清楚：

> 《往事与随想》可以说是我的老师。我第一次读完它是在

1928年2月5日。那天我刚刚买到英国康·加尔纳特夫人翻译的英文本。当时我的第一本小说《灭亡》还没有写成。我的经历虽然简单，但是我的心里也有一团火，它也在燃烧。我有感情需要发泄，有爱憎需要倾吐。我也有血有泪，它们要通过纸笔化成一行、一段的文字。我不知不觉受到了赫尔岑的影响。以后我几次翻译《往事与随想》的一些章节，都有一个意图：学习，学习作者怎样把感情化成文字。现在我翻译《往事与随想》全书，也不能说没有这样一个意图，我要学习到生命的最后一息。

从此我记住了巴老的两个"最后一息"：一个是"为社会主义祖国工作到生命的最后一息"，一个是"学习到生命的最后一息"。

长期以来，我工作中事务主义严重，一天忙到晚，学习抓得不紧。每当又出现这种情况时，我常想起巴老的"学习到生命的最后一息"。于是又挤出一些时间，打起精神，读读那些能鼓励我上进和能给我增添知识的书。

1986年7月23日

春　蚕

"我要争取活到九十岁！"

十九年前，粉碎"四人帮"以后，巴老多次对我这样说。

当时巴老七十二岁，身体健康。我立即表示："没有问题！"

一算，到九十岁还有十八年，比两个"全面抗战八年"的时间还多，似乎很遥远。

然而，时间流逝得真快，弹指一挥间：去年巴老已愉快地度过了九十华诞。

巴老一贯认为生命的意义在于奉献而不在于享受。他表示要争取活到九十岁，完全是为了工作，为了他一生热爱的祖国和人民。80年代初期巴老曾开玩笑对我说过："等我把事办完以后，就休息，安安静静地看武侠小说。"但我从来没听说也没有看见他把事情办完。直到今年6月6日，巴老一见我就表示他最不放心的是还有一些事没有办完。

巴老有一段很重要的话：

> 人各有志，我的愿望绝非"欢度晚年"。只想把自己的全部感情、全部爱憎消耗干净，然后心安理得地离开人间。

人格魅力

巴老不是一个讲空话的人。

从1977年到现在，巴老写了八十多万字。历时七年多写完的《随想录》在国内外产生了巨大的影响，被誉为"每个中国知识分子都必须一读的书"。《创作回忆录》展示了他的心扉，让读者进一步了解他过去的创作。先后编选了《巴金选集》（十卷本）、《巴金全集》（二十六卷本）和其他一些选集和选本。

巴老把自己比作春蚕，他说："我是春蚕，吃了桑叶就要吐丝，哪怕放在锅里煮，死了丝还不断，为了给人间添一点温暖。"

有一段时间，巴老的社会活动很多。参加会议，接受许多采访和拜访，出国访问……不能不说对创作有所影响，以致巴老在写作时一听到门铃声，常常"胆战心惊"。

作家主要靠作品与读者联系，不能满足于自己的名字经常见报，也不是靠坐主席台、签名题字来生活。这是巴老一贯的主张，他自己身体力行，还劝勉他的朋友把主要精力放在创作上。

1979年冬天我到上海，巴老把他新写的《大镜子》给我看。粉碎"四人帮"以后，许多人说巴老"焕发了青春"；他相信了，甚至曾幻想"返老还童"。可是书房里的大镜子对他讲了真话，哪里有什么"青春"？像做了一场"大梦"醒来，巴老深深地感到"是作家，就该用作品同读者见面，离开这个世界之前我总得留下一点东西"。他同时呼吁："请让我安静，我不是社会名流，我不是等待'抢救'的材料，我只是一个作家，一个到死也不愿放下笔的作家。"

我被巴老真挚的心所感动。得到巴老同意后，我把《大镜子》介绍给《四川文学》刊登。我尽可能不介绍人去麻烦巴老。有一次，我参加革命的引路人贾唯英到了上海，她一贯崇拜巴老，很希望我介绍她去看望巴老。我把《大镜子》寄给她，她看后放弃了这个愿望。从此我对巴老书房里的大镜子有了感情，我曾请巴老站在大镜子旁边照了一张相。这是一张非常有意义的照片，我将长期保存。

四爸巴金

巴金站在家中对他说了真话的大镜子旁

第二年我有机会陪巴老在家里庭园散步。我问他《大镜子》刊出以后,情况是否好一些。

"社会活动减少了一些,"巴老笑着说,"但来找我的仍然很多。有的人甚至读了这篇文章,专门赶来看我。"

我和巴老经常通信。他认为我是"短柬勤寄",并开玩笑说:"我要向李致学习,写短信。"可是从1980年起,我发现巴老的字越写越小,我问巴老为什么。他说:"没有办法,手放不开。"几年以后才知道,巴老患了帕金森病,也就是巴老的儿子小棠戏称的"巴金生的病"。

帕金森病直接影响巴老的创作。每当巴老提笔写文章时,笔重似千斤,有时一天只能写几百字。这对"一个到死也不愿放下笔的作家"来说,真是莫大的痛苦!巴老一贯把读者奉为"衣食父母",从读者身上汲取营养和力量。写字困难妨碍巴老和读者联系,他一再向读者表示歉意。

1982年11月7日,巴老在书房跌了一跤,左股骨粗隆间骨折,住进华东医院。一个月前,我曾介绍四川电视台去上海拍摄电视片《奔腾的激流——作家巴金》。虽然事先讲好每次拍摄不能超过一小时,但毕竟增加了巴老的劳累。我感到内疚,责备自己并没有真正了解《大镜子》这篇文章的精神，不自觉地加入了"抢救"材料，为巴老"树碑立传"的行列。十几天后赶到华东医院，我握着巴老的手，真不知该说什么才好。

"摔跤是我自己不小心，与你无关！"巴老反过来安慰我，"你不要有负担！"

我心里热乎乎的，但眼睛却润湿了！

巴老喜欢吃家乡的花生酥，我给他带了几盒。巴老可能要减轻我的思想负担，好几次吃的时候都说："看在李致的面上，我再吃一个。"

巴金在上海寓所

巴老这一次住院超过半年。

医院采取牵引的办法治疗。两个月的"牵引"使巴老的脑袋"几乎不能转动"，躺在床上"习惯于仰望一个固定的地方"。尽管巴老开玩笑说"这下知道'永世不许翻身'的痛苦了"，但这毕竟是一个很痛苦的过程。起初巴老在病房最怕夜晚，"一怕噩梦，二怕失眠"，以后情况逐渐好转。有一件事却使巴老苦恼："不论是躺在床上或者坐在藤椅上，我都无法看书，看不进去，连报纸上的字也看不清楚，眼前经常有一盏天花板上的大电灯。我甚至把这个习惯带回家中。"

从此，巴老得长期和疾病做斗争。

巴老主张说真话，严于解剖自己，把心交给读者，被誉为"20世纪的良心"。但世界是复杂的，难免没有人叽叽喳喳。十几年前香港有人不满巴老谴责"四人帮"，怂恿几个大学生大骂《随想录》；后来内地也有人转弯抹角地批判"说真话"。但这种干扰并不能动摇巴老的信念。他说："我提倡讲真话，并非自我吹嘘我在传播真理。正相反，我想说明过去我也讲过假话欺骗读者，欠下还不清的债。我讲的只是我自己相信的，我要是发现错误，可以改正。我不坚持错误，骗人骗己。"

四爸巴金

巴金说,他是春蚕,春蚕到死丝未尽。1996年于杭州

　　广大读者热爱巴老的作品,敬仰巴老的人品。巴老并不喜欢过生日,有时甚至要"躲生"。但每年一到巴老的生日,祝贺电报和信件像雪片似的飞向武康路,除了对巴老表示敬意,都真诚地祝巴老健康长寿。这种盛况,我目睹过几次。

　　1991年11月我到上海贺巴老八十八岁寿辰。前后几天,来祝贺的人之多,几乎使我和巴老没有足够的时间交谈,即使有点空隙,我也不敢再去劳累他老人家。

　　想不到巴老却主动对我说:"大家都祝我健康长寿,这当然很好!但一个人如果不能工作,健康长寿又有什么意义呢?"

　　巴老的话,既使我感动,又使我震撼。巴老真是春蚕,既平凡又伟大的春蚕!但我不完全赞成巴老的话。我说:"您也不能要求过高。任何人都有为社会做贡献的时候,也有不可避免的自然规律。不能说人老了,不能工作了,健康长寿就没有意义了。您为人民做了很大贡献,即使将来不能工作,只要您健在,对广大读者就是一种力量、一种鼓舞!"

　　巴老没有反对我的意见,但也没有继续讨论下去。后来话题又转到我年过六十,已离开第一线的工作。巴老突然笑着说:"我六十六岁才进

'五七'干校。"巴老说这话，意在鼓励我应在不同的岗位，努力为人民工作。

去年巴老生日，我打电话祝贺。但巴老不在家，巴老的女儿小林和女婿小祝以及小棠都不在家。为什么？我着急了！九姑妈告诉我，巴老上身痛，几天没睡好觉，到医院检查去了。第二天在电话里找到小棠，他说巴老因老年骨质疏松造成胸椎骨折，已住华东医院治疗。医生说起码要在床上平躺两个月。我知道，这意味着巴老又得与病魔做一场艰苦的斗争。

经过医院精心地治疗和护理以及子女细心的日夜照顾，巴老的胸椎骨接好了。我因老伴生病，一时不能去看望，就靠电话联系。今年6月我女儿从加拿大回来，在她的支持下，我到杭州去陪了巴老三天半。

巴老一贯乐观，但也有苦恼，担心健康状况不允许他再为人民工作。我又想起他在1991年对我说的话："一个人如果不能工作，健康长寿又有什么意义呢？"我说："大家都主张您现在要把健康摆在首位，也就是健康第一。只要您健康，对广大读者和众多亲友，就是鼓舞和力量！"并再次向巴老陈述了我当时的看法。

"是呀！"巴老说，"冰心健在，对我就是很大的鼓舞！"

用时髦的语言来说，能和巴老取得这样的"共识"，我由衷感到高兴。当我离开杭州巴老住处时，我情不自禁地拥抱了他。以前我们分别时一般只是握手。

更令人高兴的是，巴老的健康情况有进步，半年来又写了五篇短文。重似千斤的笔，又被颤抖的手移动了。什么力量支持巴老成为"举重"能手？只能是巴老那一颗永远热爱祖国和热爱人民的心！

巴老的九十二华诞即将来临。我忘不了和巴老的拥抱，我身上还能感受到他的体温。这既平凡又伟大的春蚕的体温，会净化我的心灵，教我做人作文。

1995年11月14日

不做盗名欺世的骗子
——巴金二三事

> 我并不希望替自己树碑立传，空话我已经说得太多，剩下的最后的两三年里我应当默默地用"行为"偿还过去的债。我要做一个普通的老实人。我没有才华、没有学问、没有本领，只有一颗火热的心、善良的心。
>
> ——摘自巴金给李致的信

五十多年来，巴老给了我很多教育。去年夏天我去杭州看望巴老，临别前一天下午他与我谈心，第一句话就是："人各有志，但最要紧的是做好人！"这里所记的几件事，对我既是言教又是身教。

反对用巴金的名字建基金会、设文学奖

粉碎"四人帮"以后，巴老开始在四川出书。从出第一本书起，他就宣布不要稿酬（以后又包括萧珊的译著）。当时向巴老要书的人很多，样书不够，他就出钱买；出版社为他冲洗照片，他从上海寄钱来付费。

留在出版社的稿费怎么办？

2014年，成都市文化局在巴金故居原址立碑。李致在碑旁留影

1981年，四川人民出版社党委讨论了这个问题。多数同志主张用巴金的名义设立奖金。我知道巴老不会同意，所以在转达这个意见的同时，建议把稿费用来帮助某些有困难的作者。不久，巴老回信说："稿费问题就照你所说用来帮助作者吧。设立奖金我不赞成，我反对用我的名字。"出版社党委尊重巴老的意见，没有设立以巴金命名的奖金；以后把这部分稿费转给四川省出版工作者协会。

巴老这个态度一直没有改变。

1994年1月1日，巴老给四川省作家协会写信，再次表明对以自己的名字建立"基金会"和设立"文学奖"的态度。他说："我只是一个普通的文学工作者，写作六十几年，并无多大成就，现在将我的名字和我省文学事业联系在一起，对我实在是莫大的荣誉。我非常感谢。但是建立'巴金文学基金'，设立'巴金文学奖'，又使我十分惶恐。我一向不赞成以我的名字建立基金会、设立文学奖。"

前不久，一个海外华人组织与我联系，他们准备拿出一笔钱设立巴金文学奖，以奖励在文学上有成就的华人。我只好告诉他们，巴老一贯不赞成用他的名字设立奖金，我不愿为这件事去麻烦他老人家。

四爸巴金

不赞成恢复故居

巴老的故居在成都市正通顺街。

这座院子是巴老的祖父购置的。最兴旺的时候，住着四代人，人称"四世同堂"。

巴老诞生在这里。除幼年随父亲在广元县住过两年多之外，一直生活在这里。巴老十九岁时，他和他的三哥离开成都去南京。随着大家庭的崩溃，故居被出卖了。

巴金故居模型

巴老目睹了封建大家庭的黑暗和腐朽，他年轻的心备受煎熬。二十七岁的时候，巴老满怀悲愤地控诉，写出了《家》——"激流三部曲"的第一部，以后又写了《春》和《秋》。

巴老的作品被翻译成二十多国文字，在国外广为流传。改革开放以来，不少国外友人和港台同胞来成都，希望看看巴老的故居，有些时候找到我。尽管我做了解释，故居已经不存在了，但这些朋友还是坚持要去正通顺街看一看，在故居原址拍照。有的还对没有保留巴老的故居表示遗憾。省作家协会面临的压力更大。

1985年省作协给省委、省政府写了报告，要求恢复巴老的故居。张秀熟、任白戈[①]、沙汀、艾芜、马识途等同志积极支持。经省委同意，建立了一个筹备小组。可是巴老一直不赞成，他多次对我讲："不要恢复故居。如果将来要搞点纪念，可以在旧址钉一个牌子，上面写：作家巴金诞生在这里，并在这里度过了他的童年和少年。"

说实在的，对巴金故居，我一直处于矛盾状态。从在省委宣传部分管文艺工作这个角度来考虑，能恢复故居的确是一件有意义的事情。我去过若干国家，多数国家都注意保存著名作家的故居。但我是巴老的亲属，明知他不赞成，当然不愿做违反他心愿的事。

由于存在各种困难，加上我不积极，恢复巴老故居的筹备工作一直没有进展。但巴老很不放心。1986年10月3日，巴老去杭州休息之前写信给我：

> 我想谈谈故居的事，一直没有工夫写出来。我的意思就是：不要重建我的故居，不要花国家的钱搞我的纪念。旅游局搞什么花园，我不发表意见，那是做生意，可能不会白花钱。但是关于我本人，我的一切都不值得宣传、表扬。只有极少数几本作品还可以流传一段时期，我的作品存在，我心里的火就不会熄灭。这就够了。我不愿意让人记住我的名字，只要有时重印一两本我的作品，我就满意了。

不久，我又接到巴老当月21日的信。他说："我耳病未愈，无法跟你通电话，否则就用不着写信了；写信在我是件苦事。但不写信又怎么办？你知道我的想法吗？我准备写封长信谈谈我对'故居'的意见（也就是说我不赞成花国家的钱重建故居），以为在杭州可以写成。想不到十一天中一字也未写，因为没有精力，也没有时间。回到上海更没有办法。现

[①] 任白戈：曾任中共重庆市委书记、西南局书记处书记，"文革"中在全国被点名批判，20世纪80年代初任四川省政协主席。

四爸巴金

1956年冬，巴金第三次回成都，在正通顺街故居原址前留影

1987年10月8日，巴金参观"双眼井"

在把第五卷的《后记》寄给你，你不妨多想想我那句话的意思：'我必须用最后的言行证明我不是盗名欺世的骗子。'"30日，巴老又在给我的信上说，"关于故居的事就这样说定了。不修旧宅，不花国家的钱搞这样的纪念，印几本《选集》就够了"。

巴老1987年10月回成都，到故居参观。当时，原来的住房都没有了。从故居出来，大家陪巴老去看街旁的双眼井。巴老由人扶着，满怀深情地站在井旁，弯着腰望井底。时代不断地变化，双眼井是历史的见证。我不禁想起巴老给我说过的一句话："只要双眼井在，我回四川还可以找到旧时的脚印。"

把好不做"名人"这个关

人民文学出版社编辑《巴金全集》时，拟编两卷巴金的日记。巴老委托我替他校看日记原稿。四川出版界一位朋友知道这个情况后，建议由四川出版日记的单行本。

1991年冬我去上海，向巴老转达了这位朋友的请求。巴老有些犹豫，我说："《鲁迅日记》也有单行本，您的日记也可以出单行本。"在我的再三要求下，巴老勉强同意了。

我回成都不久，外甥李舒给我带来巴老的信：

> 关于日记我考虑了两个晚上，决定除收进《全集》外不另外出版发行，因为这两卷书对读者无大用处（可能对少数研究我作品的人提供一点线索）。我没有理由出了又出、印了又印，浪费纸张。我最近刚看过这些日记，里面还有些违心之论，你也主张删去，难道还要翻印出来，使自己看了不痛快，别人也不高兴？你刚来信说你尊重我的人品，那么你就不该鼓励我出版日记。这日记只是我的备忘录，只有把我当成"名人"才肯出版这样东西。我要证明自己不愿做"名人"，我就得把紧这个关，做到言行一致。对读者我也有责任。我出一本书总有我的想法。为什么要出日记的单行本？我答应你，也只是为了不使你失望。几十年前我曾经责备自己拿作品应酬人，因此大发牢骚，今天在我搁笔的时候我不能再勉强自己了，何况《全集》出版之后另出日记单行本还要同人文社办交涉。
>
> 一句话，日记不另出单行本。

回想起来，我当初想得太简单。《鲁迅日记》是在鲁迅逝世后多年出版的，他在世时也可能不同意。巴老同意把他的日记编入全集，仅仅是为了"对少数研究"他的"作品的人提供一点线索"，但他反对"出了又出、印了又印，浪费纸张"。特别是巴老强调"日记只是我的备忘录，只有把我当成'名人'才肯出版这样东西。我要证明自己不愿做'名人'，我就得把紧这个关，做到言行一致"，使我深感自己对巴老的理解还很不够。惭愧之余，我立即给巴老去信表示尊重他的决定，并把巴老的决定转告给出版界的那位朋友。

一年以后，即1992年9月15日（当时我暂住美国），巴老在《巴金全集》第二十五卷的《代跋》中又提到这个过程：

> 在这之前，四川的出版社曾向我组稿，要求单印我的日记，我答应了李致，后来忽然想起我写的日记只是写给自己的备忘录，明明是为自己服务的，并无出版单行本的必要，便通知李致收回了诺言。

对人对己

巴老年高且身体不好，又有繁重的写作计划。他怕干扰，我们也不愿干扰他。但许多人都想看看巴老，或请他写文章、题字，或为他拍照、摄像。遇到这些要求，我总是加以解释，希望得到谅解。

但有时也有例外。

1991年秋，时任成都市第二中学校长张珍健同志来到我家。他是巴老的读者，十分崇敬巴老的作品和人品。为迎接"巴金国际学术讨论会"在成都举行，他用了半年时间把巴老作品的书名刻成五十六方印章，并请艾芜老人题签。他希望我为他介绍，以便他到上海把这些印章送给巴老。

珍健同志幼时患骨结核双腿致残，一生拄着双拐。看见他诚恳的态度和辛苦的劳动，我委实被感动，也犹豫了。我向他说明了巴老的近况，试图寻找一个折中方案：我去信征求巴老的意见，能否用十五分钟时间会见

人格魅力

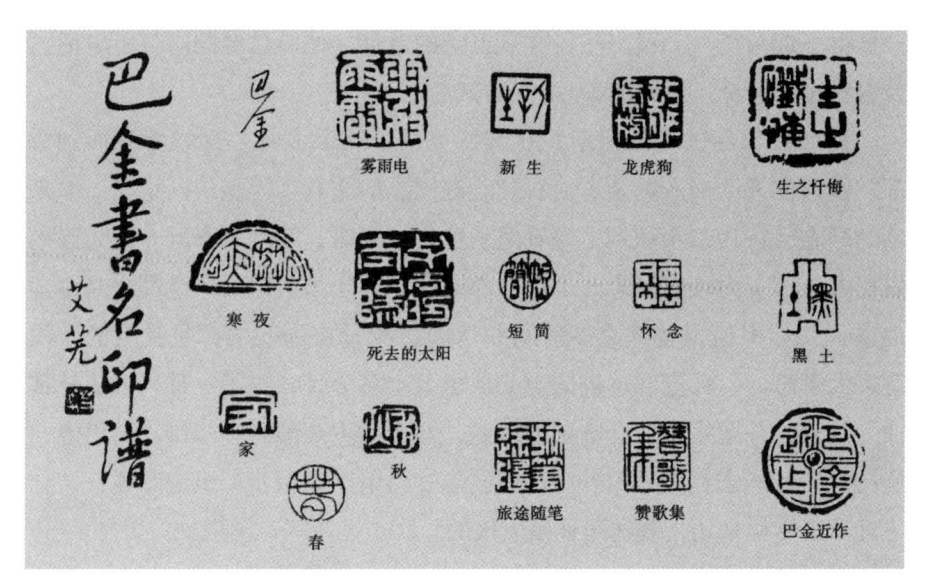

张珍健同志刻的巴金书名印谱

他。珍健同志表示同意，愿意静候佳音。

不久巴老即回了信：

> 张珍健同志要送我七十多个印章①，我感谢他的好意，但是我不愿意举行一种接受的仪式，让人们谈论、看热闹，也不愿意让他把印章送到上海亲手交给我，只为了一刻钟的会见。这样做，我仍然感到很吃力，而且显得不近人情。总之烦你告诉张同志，不要来上海送印章，他的好意我心领了。我看由慧园②代收，不好吗？将来还可以在慧园展览。

读完信，我感到自己考虑很不周到。我虽然没有建议举行"接受的仪式"，但的确没有想到"为了一刻钟的会见"，让珍健同志专程到上海

---

① 此处巴金记忆有误，应为五十六个印章。
② 慧园：位于成都百花潭公园内，建于20世纪80年代。其景观和布局多以巴金作品《家》中李家花园及部分建筑为蓝本，辟有陈列室，陈列有巴金的手稿、书籍及照片等。

047

四爸巴金

"显得不近人情"。我当然得尊重巴老的意见，便给珍健同志打了电话，委婉地作了解释，请他谅解。

我1992年春去美国探亲，在波特兰住了八个多月。1993年我回到成都，偶然在《读书人》杂志上看到珍健同志的文章《巴金访问记》。原来珍健同志已在1992年秋到上海看望了巴老。当时，我外甥李舒（他为巴老做秘书工作）为珍健同志开了门。巴老收到《印谱》以后，既高兴又谦虚地说："你不值得花这么多时间和功夫，我过去那些书都是乱写的，没有多大意思。"巴老和珍健同志交谈了五十多分钟，送了一部"激流三部曲"给他，并题字签名。临别的时候，八十七岁高龄且举步维艰的巴老，坚持把珍健同志送到大门外。珍健同志一再请巴老留步，巴老却说："你不远千里专程来访，我送送你是应该的。"

巴老就是这样对人对己的。

1996年4月20日

| 附 |

茶楼风波

2001年12月,成都、上海和北京的报纸,争相报道了成都的茶楼风波。这场风波,与作家巴金的名著《家》《春》《秋》有关。

李春明女士,斥资260万元,在成都市开了一家茶楼,取名为"家春秋茶楼"。茶楼里的包间,分别以觉新、觉民、觉慧、瑞珏、鸣凤、淑芬为名。

《家》《春》《秋》统称为"激流三部曲",觉新、觉民、觉慧、瑞珏、鸣凤、淑芬,是书中的主要人物。激流三部曲,特别是《家》,影响了中国的几代人。1945年,毛泽东在重庆会见巴金时,曾对巴金说:在延安做过调查,不少知识分子去延安,与读过《家》有关。

李春明为茶楼的开张,举办了新闻发布会。

正是此事引起风波。李春明用"家春秋"作茶楼的名字,是否侵权?上海的报纸披露,巴老的女儿李小林表示,茶楼用巴金著作为名,并没有与父亲和其家人联系过,反对用此进行商业炒作,委托在成都的堂兄李致代为处理。

在北京的人民文学出版社,长期出版《家》《春》《秋》。社长表示,人民文学出版社作为巴金先生授权的《家》《春》《秋》的出版者,对茶楼的侵权行为,表示愤怒和谴责,不排除以第二原告的身份,上告法庭。

李春明感到委屈,对记者说她自己读过巴金三分之二的作品,茶楼命名的本意,是出于对巴老作品和人格的崇敬,根本没有想到、也不敢利用巴老为自己炒作。她表示已通过朋友牵线,和巴老的侄子李致先生取得了联系;还表示愿到上海向巴金家人"负荆请罪",争取达成共识。

在此事炒得沸沸扬扬之际,12月23日下午,李春明打电话给我说明情况。为她牵线联系的:一是诗人孙静轩,一是四川电视台顾萌,他们是我的朋友。电

当年报纸上刊载的茶楼风波

话里李春明边讲边哭,我感到说不清楚,她又开车来接我去茶楼。我没顾上吃晚饭,就跟着去了。茶楼装修得很漂亮,取名"家春秋茶楼",包间也的确是用《家》中几位主人公的名字命名。

李春明再一次表明她对巴老的作品和人品的崇敬。

我对此表示理解和肯定。

有了这样的氛围,我开始摆龙门阵。说我不久前写了一篇文章,叫《不做盗名欺世的骗子》,副题是《巴金二三事》。主要内容是:一、巴金反对用他的名字设立巴金文学奖；二、反对浪费国家的钱财，重建他的故居；三、收回他同意在四川出版日记单行本的承诺，认为这是浪费纸张，只有名人才这样做，而他要"把住不做名人"这个关。

我把这篇文章给了李春明。

从李春明阅读时的表情，我看出她情绪的变化，她对巴老有了进一步的认识。

我说："我们尊重巴老，就不做违背他愿望的事吧！"

李春明很快表示："不做违背巴老愿望的事，茶楼改名。"

李春明女士

李春明说："遇到好人，卸下包袱。"并对我表示感谢。我也很高兴她断然做出改名的决定。她留我吃晚饭，我因事要立即回家；她拿出两瓶五粮液送我，我答不受礼，可送照片留念。她送了我两张彩照，人很漂亮，我保存至今。

这场风波，就此解决。李小林也满意。

2003年，四川大学中文系教授尹在勤，写了一篇文章《犹见巴金》。其中提到此事："这里我想起一件多有读者知道但恐少有读者品味出来的一条社会新闻。前不久报载，成都有一位女士，开设了一家高档茶楼，为求文化氛围，以巴金名著命名，被媒体曝光，有一家出版社不排除要起诉其侵权。……李致会见了那位女士，看了现场，问明原委，表示对其动机的理解，认为她也是出于对巴金作品的热爱，只不过做法欠妥，改了就好。一场沸沸扬扬的风波悄然平息。这样的处理，我深信正合巴金善良谦和的心情，也体现了李致牢记着遵循着四爸在他年少时就教导他的'做人得做好人'的准则。"

同年，我在生活·读书·新知三联书店出版的《我的四爸巴金》一书的《后记》中曾说："写巴金必须学巴金，不能只言不行。我随时以此提醒自己。"仅此而已。

这是十八年前的事。最近，翻阅日记看到有关记录，才写了本文。

2019年7月30日

为人着想
——巴金与我的藏书

我是受五四新文学影响成长的,因此喜欢藏书。上学的时候,零花钱不多,仅有的钱大多用在买书上。1949年前,我从旧书摊买齐了鲁迅的小说和杂文集,还有一些翻译小说,居然有一箱藏书。1949年夏,党的地下组织要我从重庆撤退到成都,我把一箱书寄放在一个朋友家。一解放,这位朋友本着共产主义精神把书全部捐赠给图书馆,我于是成了80年代流行歌曲所唱的"一无所有"。

20世纪50年代,从零开始,我又买书。这时,除文艺书籍外,我还买一些政治和历史书籍。1955年5月,四爸巴金从印度回国,路经重庆,打电话找到我。这是我长大以后第一次看见他。彼此询问了对方的近况,谈得很愉快。临别时他关切地对我说:"你喜欢读书,以后需要什么书来信告诉我,我可以送你。"我丝毫没有客气,立即表示感谢。

从此,巴老常寄书给我。不论我从重庆调到成都,从成都调到北京,只要我提出要求,巴老总是有求必应。例如《契诃夫小说选》,三十几本,他基本上为我找全。60年代,《欧阳海之歌》刚一出版,他即主动寄给我,当时我在辽宁参加"四清"。许多同志表示羡慕,排队向我借阅。由于书价低,我也经常买书,在藏书上逐渐"先富起来"。

1964年,我第一次到上海。巴老领我参观他的藏书。大小共六七间屋子,许多书柜和书架,还有一些书刊堆在地板上。这书的海洋深深地吸引了我,但可望而不可即。

"文革"一开始,我和巴老都在异地受审,在1972年才重新取得联系。第二年我调到四川人民出版社工作,又开始向巴老要书。当时,巴老的书早被封存,但我仍能得到一些书。例如《屠格涅夫散文诗》《罗亭》《约翰·克利斯朵夫》《稼轩长短句》《今古奇观》《元杂剧选》《康熙字典》等。每收到巴老寄来的书,我都写信感谢。1976年1月20日,巴老在给我的信上说:"寄点书给你,算不了什么,只希望你好好工作,能做出点成绩。我的书房还未启封……不过里面大半是成套的外文书,我一时也用不着。外面的人[书]也不少,我有时还送点书给别人。还有小林、小棠也拿了些书去。给小林的最多,你是第二。"

我经常患眼病,1975年住院治疗几个月。巴老很关心,来信说:"我觉得更重要的还是你的眼睛、你的身体,你要注意,为了更好地工作。"稍好一点,我闲不住,又想看书。不久,巴老寄了一套旧版本《镜花缘》给我,并在信上说:"《镜花缘》找全了,这是大字本,看起来方便些。"当我靠在病床上翻大字本的《镜花缘》时,深感巴老在这些细小的问题上都能为人着想。

粉碎"四人帮"以后,巴老恢复名誉,存款也解冻。当时我一年要去上海两次,每次去一般都要与巴老谈到深夜。有一次长谈快结束时,巴老问我:"你一年要花多少钱买书?"

我无法细算,仅估计了一下,说:"大约三百元。"

他说:"你把发票留着,定期到我这儿来报销。"

我对巴老的关切十分感动,但思想上极为矛盾。经过短时间的思考,我回答说:"按我和你的关系和感情,你给我什么我都愿意接受,但你最好不给我钱。因为我怕别人误以为我与你接触是为了向你要钱。"我之所以这样说,是确有个别人因为巴老爱帮助人,便随意向巴老要钱。

巴老理解人、尊重人,立即说:"好,我还是送书给你。"

为了藏书,我有时也向十二嬢和小幺爸要书,巴老却说:"你不要向

四爸巴金

2001年，李致在家里的书柜前，其中有价值的书大多是巴金送的

小幺爸要书，他还有三个女儿，应该留给她们读。"我听了感到很惭愧，为什么我没有为人着想呢？我把巴老的提醒当批评，举一反三，感到自己的思想境界与巴老有很大的差距。

大概有四五年的时间，我常向巴老要书。有一次在上海，心直口快的九姑妈批评我："老五，你光晓得向四爸要书，他年纪这么大了，要找书、包书、写封皮，然后提着书从武康路到淮海路邮局去寄。他受得了吗？"

我接受了九姑妈的批评，从此没有写信向巴老要书。按照巴老的意见，改为我到上海时自己把书带回。以后去上海的时间少了，巴老给我的书一般请我的外甥李舒带给我。有一次巴老来信说："画册给你留一本在这里。李舒带的东西太多，我不好意思增加他的负担。"由此可见巴老处处为人着想。

巴老戏称我为"藏书家"，有些版本好的书，他特别要送给我。在我的藏书中，有价值的书大多是巴老送的。这些年每看见自己的藏书，既感到巴老对我的爱，又想起九姑妈的批评。我仿佛看见若干年前，七十高龄的巴老忙着为我找书、包书、写封皮，然后一个人提着书到邮局去寄。我现在还不到七十，多做一点事、多走一点路就感到累，而巴老当时的年龄比我现在还大。我怎么那样不懂事，不为人着想？问心有愧。

巴老常说他欠了债，要还清。我欠了巴老的债，也要一笔笔地清偿。

1998年2月13日

要有信仰
——《巴金教我做人》后记

受采臣叔的鼓励和督促，我编写了这本书。编辑同志要我写一篇后记。其实我的意图，一看书就明白，用不着再做说明。还是写一些与巴老有关的事。

我父亲是巴老的大哥。我出生的时候，巴老刚从法国回国不久，住在上海。1941年和1942年，巴老两次回成都，我正上小学，还是一个调皮的孩子。十三年后我在重庆看见巴老，才与他建立联系。我是巴老忠实的读者，他的许多书曾一次又一次地打动我的心，启迪我去追求真理。我信仰他主张的"生命的意义在于奉献，而不在于索取"。我很看重这一点，认为它远在我们亲密的血缘关系之上。然而，对巴老更深一层的理解则是在"十年浩劫"之中。正如一位评论家所说："正是在这前后，李致走进了巴金的心灵——对'四人帮'的憎恨，使两代人的心如此节拍与共，和谐相生。"在黑暗的日子里期盼光明，那历程是多么痛苦和漫长呵！"四人帮"垮台，我们欢欣若狂。巴老在给我的信上声讨"四人帮"的罪行。我则骑着自行车把巴老重新提笔写的第一篇散文《一封信》，送给他在成都的亲友阅读。以后，四川不仅出版了巴老自选的《巴金选集》（十卷本），而且出版了包括《随想录》在内的粉碎"四人帮"以后巴老所写的全部著作的《讲真话的书》。

  早在60年代初期，原《中国青年》杂志总编辑邢方群同志（他是巴金的三哥李尧林的学生），曾建议我利用自己的有利条件，做一些有关巴金的研究工作。当时正处在以"阶级斗争为纲"的时期，尽管我喜欢文学又喜欢写作，但早已吃过苦头，不愿再去"触雷"。"文革"期间，张春桥、姚文元一伙，全面否定巴老的著作，引起了我的不平。粉碎"四人帮"以后，我产生了要为巴老的书说"公道话"的愿望。可是我忙于工作还没有顾上写作，已有许多人出来写文章了。为巴老写传或写评传，徐开垒和李存光等经过多年积累和研究，也先后出书。巴老既看重作文，更看重做人。与巴老多年接触，在这方面我有许多感受。我并没有一套写作计划，也没有专门采访过巴老，但总不断有感情要倾吐。这样，我着重在巴老做人和教我做人上，写了一些散文。我愿意有更多的人了解巴老的为人，从中汲取有益于自己的东西。

  我说我信仰巴老的许多主张，远超过我们亲密的血缘关系，并不是说我看轻血缘关系。巴老说我父亲是爱他"最深的人"之一，还说我父亲

"文革"后，巴金提笔写的第一篇散文《一封信》，发表于《文汇报》

人格魅力

1991年冬，李致去上海看望巴金，与巴金、李小林合影

是他"一生爱得更多的人"。由于巴老与我父亲的关系，他自然很爱我和我的几个姐姐。巴老1941年第一次回成都，发现我患疟疾，就为我买了一种叫"扑疟喹啉"的药。我上中学的学费是巴老供给的。我因所谓"胡风问题"受审查，他在全国人代会上向任白戈打听我的情况。我不断向他要书，他有求必应。经历了"文革"，我和巴老加深理解，感情也更深厚。我在出版社工作那几年，我们每年要见两三次面，无所不谈。白天在客厅谈，散步时也谈，总是互相抢着说话。晚上在书房谈，直到深夜，往往要姑妈来提醒几次才结束。这些谈话在我心里留下深刻印象，无法一一列举。记得1995年4月一个下午，我和巴老一起散步。他对我说："我要言行一致，把各种事情处理好。特别要做到：一不自私，二不爱钱。我不希求什么，我的许多东西以后都要捐献出来。"巴老很少称赞我，更多的是提醒，有时也批评。有一次，他风趣地对我说："我正在给你打分。"但没有说他给我打了多少分。有段时期我为社会上的一些不良现象感到苦闷和困惑，他说："要有信仰。人类一定有希望，也一定有好人。说句笑

话，坏人也得依赖好人才能存在，否则就无所谓好人或坏人之分。"现在想起来这些话，我仍感慨不已。巴老很爱我，我也很爱他，但他为我做得很多，我为他却做得很少。我说过我欠了巴老很多债，将认真反思和努力清偿。

巴老曾对我说，他给两个人写信最多：一是王仰晨[①]，一是我。本书编选巴老给我的信并非全部信件。"文革"中造反派拿走近五十封信，石沉大海。有些信涉及某些单位和人，没有选录。已选编的信，除一两封外，都编入《巴金全集·书信篇》。只是《书信篇》发行量不大，很多读者没有看到。

目前非畅销书的出版很困难。我是一个老出版工作者，深知其中的原因。为此，感谢宁夏人民出版社能出版我这本书。

1998年6月28日

[①] 王仰晨：巴金的朋友，人民文学出版社编审。

只有讲真话的人才可能追求到真理[①]

今天，我们在一起庆祝巴老百岁华诞。我代表四川省文联和全省文艺工作者，向巴老表示衷心的祝贺。

作家巴金，从事创作七十多年，著译一千二百多万字。他的小说"激流三部曲"（即《家》《春》《秋》），反对封建礼教和专制，鼓励青年奋起反抗争取自由，整整影响了几代人。"十年浩劫"中，巴老无论精神和肉体，都受到摧残，被迫停笔。"文革"以后，巴老独立思考，讲真话，反思和抨击"文化大革命"，并严于解剖自己。他的力作《随想录》，受到广大读者的欢迎。人们喜爱巴老的作品，敬重巴老的人品，称巴老为"20世纪中国知识分子的良知"。

巴老一贯说自己不是为当作家而提笔的，他甚至不承认自己是文学家。他说："我写作不是因为我有才华，而是我有感情，对我的祖国和同胞，我有无限的爱，我用我的作品来表达我的感情。"他还说，"我写作是为了同敌人战斗"，"一切旧的传统观念，一切阻止社会进步和人性发展的不合理的制度，一切摧残爱的势力，它们都是我最大的敌人"。

至于文学，巴老的看法是："人为什么需要文学？需要它来清除我

[①] 本文系李致在四川省庆祝巴金百岁华诞座谈会上的讲话。

四川省庆贺巴金百岁华诞座谈会现场

们心灵中的垃圾,需要它给我们带来希望,带来勇气,带来力量。"他还说,"文学的目的是要人变得更好"。

巴老曾对我说过:"能够多活,我当然高兴,但是我离开世界之前,希望更多的人理解我。"得到人们的理解,不是一件容易的事。其实,广大读者是理解巴老的。但是由于种种原因,半个世纪以来,巴老受到过一些误解和指责。

"无政府主义者"这个称谓,就是对巴金的指责。中国的知识分子追求真理的道路十分曲折。巴金在早期信仰过无政府主义,许多知识分子如此,毛泽东也如此。无政府主义反对权威、反对专制,虽然在如何建立大同世界上有空想的成分,属于空想的社会主义,但是在反对旧社会、旧的专制统治上,起过积极的作用。巴金早年是无政府主义者,同时也是爱国主义者和人道主义者。他参加新思想启蒙运动,继而又坚决拥护抗日战争和反对国民党的独裁统治。鲁迅早在30年代就称赞"巴金是一个有热情的有进步思想的作家,在屈指可数的好作家之列的作家"。

从20世纪四五十年代开始,一些评论家指责巴金的作品没有给读者指路。他们认为巴金只是揭露了旧社会的腐朽,但青年人离开封建家庭以后干什么，巴金没有指明出路。毛泽东为建立新中国做出了重大贡献，但是在他晚年出现了"文化大革命"。邓小平主张改革开放，具体怎么做，他认为只有"摸着石头过河"——这是科学的态度。伟大的政治家尚且如此，怎么能苛求一位作家来指路呢？如果谈到巴金著作的影响，当年有人在延安做过调查，不少知识分子是受巴金小说《家》的影响而投身革命的。这个情况，毛泽东在1945年去重庆和谈时对巴金说过。如此看来，巴金的作品是有利于革命，有利于社会进步的。

巴金文学院成立二十周年庆祝大会现场

巴金文学院成立二十周年庆祝大会主席台。前排左一为马识途，左二为吉狄马加

20世纪80年代，巴金提倡讲真话。有些理论家指责说，真话不等于真理。真话的确不等于真理，这是两个不同范畴的概念。讲真话是针对讲假话而言的，不能因为真话不等于真理而反对讲真话。如果一定要把真话与真理联系在一起，应该说：只有讲真话的人才可能追求到真理，讲假话的人永远与真理绝缘。

随着时间的推移，人们已经不难看清谁是谁非了。

巴老坚信："生命的意义在于奉献，而不是索取。"巴老就是凭着这一信念来写作和做人的。他晚年患帕金森病，提笔重似千斤，仍然坚持笔耕。同时，为了表示不做盗名欺世的骗子，他用行动来补写他用笔没有写出来的一切。

我无法在此一一叙述巴老的为人，只举一个例子：海内外许多人希望恢复巴老在成都的故居。20世纪80年代初，省里曾决定成立筹建故居小组，马识途同志为召集人，我也是小组成员之一。筹建工作没有进展，重要原因之一，是巴老不赞成花国家的钱重建故居。1986年10月3日，巴老写信对我说："我想谈谈故居的事，一直没有工夫写出来。我的意思就是：不要重建我的故居，不要花国家的钱搞我的纪念。……关于我本人，我的一切都不值得宣传、表扬。只有极少数几本作品还可以流传一段时期，我的作品存在，我心里的火就不会熄灭。这就够了。我不愿意让人记住我的名字，只要有时重印一两本我的作品，我就满意了。"

巴老对祖国和人民的热爱，必然反映在对家乡的热爱上。巴老1923年离开成都去南京求学，后来又去法国留学。因为对故乡的眷念，以后四次回到四川。"文革"后，由于经历了"十年浩劫"，由于高龄，他不止一次地说："近年来我非常想念家乡，大概是到了叶落归根的时候吧！"一时没有回来，连歌曲也常引起他的思乡之情。他很喜欢《那就是我》这首歌。他说："歌声像湖上的微风吹过我的心上，我的心随着它回到了我的童年，回到了我的家乡。"1987年金秋十月，巴老终于再次回到四川，在故乡待了十七天。巴老离开故乡回上海后，很快写来一封信："我已回到上海，正点到达。眼前全是上海的景物，仿佛做了一个美好的梦。十七天过得这样快！我说我返川为了还债，可是旧债未还清，又欠上了新债。

人格魅力

四川代表团到上海市华东医院祝贺巴金百年华诞。左为巴金的女儿李小林，中为代表团副团长龚炤祥

多少人、多少事牵动着我的心，为了这个我也得活下去，为了这个我也得写下去。"这以后，巴老常说："现在我哪儿也不去，就想再回四川一次。"可惜由于健康状况的原因，巴老这个愿望已经无法实现。

家乡人民对巴老充满感情。在巴老进入百岁之际，四川省委、省政府，有关部门，广大读者，有关各界开展了庆祝活动，出现了不少动人的故事。巴老一向不张扬自己，不讲排场，怕惊扰别人。我想，如果他知道这些情况，除对大家的盛情由衷地感谢之外，他一定会用纯正的四川话连声说："不敢当！"

大半年来，因为庆祝巴金百岁华诞，我接触到一些年轻朋友，他们尊敬巴老，热心各种庆祝活动，但却很少（或没有）读过巴老的书。因此，在一次答记者问时，我说："对年轻人来说，如有条件，最好读几本巴老的书。"

今天，我们在巴金文学院开会，巴老在上海华东医院治病。虽然远隔千里，但我们和巴老却靠得很近。宏伟的事业和故乡情结，使我们的心和巴老的心，永远在一起。

2003年11月21日

从"存目"谈起
——兼致范用①兄

在摧毁文化的"文化大革命"中,几乎所有的作家都成了被"革命"的对象,被迫停笔。粉碎"四人帮"之后,广大读者迫切希望了解作家,特别是老作家的信息,渴望读到他们的文章。四川人民出版社察觉到读者的感情和需要,出版了老作家的《近作》,首先出版的是《巴金近作》。《巴金近作》之后出了四本,分别为《巴金近作》(第二集)、《心里话》《探索与回忆》及近作合集《讲真话的书》。《讲真话的书》书名是时任四川文艺出版社总编辑杨字心同志建议的。

改革开放的前十年,极左思潮时隐时现。对巴金的《随想录》,有人指责他不该赞同赵丹"管得太具体,文艺没希望"的遗言;指责他几次谈"小骗子",揭露了"阴暗面";指责他主张讲真话,因为"真话不等于真理";等等。曾经有人企图把巴金作为资产阶级自由化的代表人物,更有甚者,叫嚷要"枪毙巴……"出版巴金的书难免没有一点风险。幸好任白戈②非常关心四川的出版工作。当我们谈到这些为难之处时,他说:"巴金是国内外有影响的作家,他的某些见解,有人一时不理解。但巴金

---

① 范用,资深出版人,曾任生活·读书·新知三联书店总经理。
② 任白戈:曾任中共重庆市委书记、西南局书记处书记,"文革"中在全国被点名批判,80年代初任四川省政协主席。

送来的书稿，出版社一定要出版。如有人反对，我会出来为你们说话。"他的支持，增强了我们出书的勇气。书的发行量大，影响更大。

在出版《讲真话的书》之前，正碰上一次不是运动的运动，极左思潮再度抬头。我时任中共四川省委宣传部副部长，分管文艺和出版工作。和省委常委、宣传部长许川一起，从实际出发并为稳定人心，公开表示四川文艺界的主流是好的，尚未发现资产阶级自由化的代表人物，即有人指责我们包庇有问题的人，助长"资产阶级自由化"的倾向。当时，文艺出版社曾被停业整顿，刚恢复出书不久。……在这种形势下，我几次去上海与巴老商量：一、推迟出书时间；二、用"存目"的方法出书，即抽掉三篇文章，在目录上保留题目，注明"存目"二字。1987年4月14日，巴老来信说："在这段时间里，我最好保持沉默，沉默对我养病有好处。因此《近作》暂时不出也好。对所谓《巴金传》我也是这样的看法。我现在考虑的是国家民族的前途，不是个人的名义。"以后，巴老认为，不要因为两三篇文章，影响到其他大量文章不能与读者见面，原则上决定采用"存目"的办法。1989年8月26日，巴老在给我的信中，一开始就说："我同意用'存目'的办法，反正你是责任编辑[①]。我不会让你为难。"在编书的过程中，我认为原拟抽掉的三篇文章中的两篇文章，可能不会让别人抓住辫子，只决定把《"文革"博物馆》一篇"存目"。因为在这篇文章里，巴老不赞成前几年的"清除精神污染"。为此，我委托去北京参加会议的张仲炎[②]，代我请示时任中宣部分管文艺的副部长贺敬之。仲炎回成都后告诉我："敬之同志说完全相信李致会处理好这个问题。"这样，巴老从粉碎"四人帮"到1990年的全部著作（包括《随想录》在内），以《讲真话的书》为名，终于出版了。

1990年12月25日，巴老在给我的信中说："书三十二册收到，你们辛苦了，印刷装帧都还过得去，我相当满意。感到遗憾的是漏掉了几篇文章（如译文选集小序等），和用'存目'的办法删去了一篇'随

[①] 李致是特约编辑，责任编辑是戴安常。
[②] 张仲炎：时任中共四川省委宣传部副部长。

《讲真话的书》及《随想录》单行本

想'。特别是后者,这一办法本身就是一篇'随想'。读者会明白这个意思。这次寄来的是精装本。三十二册已经够了。一定还有平装本,也寄点来吧。在四川恐怕这是我的最后一本书了。"

"存目"的办法,我是从巴老那里学来的。1980年,主管意识形态的最高官员提出不写"文革"的主张,巴老在香港《大公报》发表的《随想录七十二·怀念鲁迅先生》一文,其中不仅涉及"文革"的话被删去,"甚至鲁迅先生讲过的他是'一条牛,吃的是草,挤出来的是奶、血'的话也一笔勾销了,因为'牛'和'牛棚'有关"。巴老很不高兴,决定终止为《大公报》写专栏。巴老给主管意识形态的最高官员写信,表示"我就是你这个主张的受害者"。这是当年巴老告诉我的。以后,《大公报》有关人员向巴老表示歉意,巴老才继续为专栏写稿。巴老为此写了《"鹰之歌"》说明此事。在香港出版《真话集》时,巴老在目录《"鹰之歌"》下,用了"存目"的办法。

1992年,小平同志在南方作了重要谈话,政治环境较为宽松。《讲真话的书》再版时补收了《"文革"博物馆》,去掉了"存目"。一些人开始议论《讲真话的书》初版所采用"存目"的办法。其中多数人不了解事情的由来,认为巴老的文章非常重要,怎么能抽去一篇呢?我完全理解他们关注和尊重巴老的心情。只是有的人,不知出于什么目的,对"存

巴老因患帕金森病，举笔重千斤

目"这种做法，专门发表文章[1]，将矛头直指时任宣传部副部长的我，说我是背着巴老干的（或强迫巴老同意的）；又指责说，"存目"者，"开天窗"也，只有在解放前对国民党采用这种办法。解放后的书，没有出现过"开天窗"，这本书创新中国成立以来"开天窗"之首例。我真不知道是批评我右了还是"左"了，是保守还是冒进，是怯弱还是逞能？……事后一想：这实际上是在向官方"举报"我，但毕竟时代不同了，领导没上当，我也没受到惩罚。

不能说这种指责对我没有干扰。但是，十四年来（1990年至今），我没有发表过巴老的信，也没有写过文章为自己辩护。原因很简单，我不愿意巴老为这本书增添烦恼。同时，我坚信巴老说的："读者会明白这个意思。"随着时间的推移，已逐渐证实这一点。

去年在《文汇读书周报》读到范用兄的文章。尽管范兄不知道"存

---

[1] "专门发表文章"的人系四川省曲艺团的贺星寒，他的文章刊于《炎黄春秋》1993年第7期，责任编辑为杜导正。《炎黄春秋》是我一直订阅和喜爱的杂志，可惜此文失实。

目"的由来，却说了这样一段话：

> 曾有温姗先生在香港《大公报》副刊发表文章议论此事：
> 把巴老这篇文章免登的做法极不可取；但是，编者仍然"存目"还有可取之处，至少他们有勇气告诉读者这里本来应有如此一篇文章，让读者去思索个"为什么"，而且引火烧身地招来对他们的批评。如果他们干脆连目录都删去，作者、读者更是连话也说不出一句，岂不省事？

这种理解是很可贵的。

早在1981年，巴老就说："我一不怕死，二不怕苦，只是热爱社会主义祖国和人民。长官点名，我不会害怕。倘使一经点名，我就垮下，那算什么作家？""文革"博物馆是巴老倡议的，巴老一直坚持这个主张，从未退缩。巴老为保护出版社，避免授人以"柄"，同意"存目"，是在特定条件下的坚持。我有责任把事情说清楚，以免有人或明或暗地向巴老泼脏水。此时此刻，巴老躺在病床上，我不担心给他增添烦恼了。

这篇短文也是我给范用兄的信。

2004年9月18日

《寒夜》与光明①

李致在《寒夜》开机仪式上讲话

很高兴能出席《寒夜》电视剧开机仪式。

《寒夜》是巴老在20世纪40年代中期,用两年时间时断时续完成的长篇小说,也是他的最后一部长篇小说。脱稿的时间是1946年12月31日深夜,距今正好六十年。《寒夜》写的是抗日战争时期的重庆,书中的主要人物生活十分痛苦和无奈,矛盾冲突既频繁又激烈,人性受到严重的扭曲。巴老真实地写了人性,写了人性的扭曲,十分感人,达到很高的艺术成就。巴老说:我的目的无非要让人看见旧社会、旧制度是什么样子,好人得不

---

① 本文系李致在上海出席《寒夜》电视剧开机仪式上的讲话。

四爸巴金

到好报,我要替那些小人物申冤。"我如果不能替他们申冤,至少也得绘下他们的影像,留作纪念,让我永远记住他们,让旁人不要学他们的榜样。"

《寒夜》刚出版的时候,一位"批评家"指责作者不敢"面对鲜血淋淋的现实",甚至因为没有喊"哎哟哟,黎明",主张把巴金这类作者"捉起来吊死"。现在想起来,像是在听一段无知的笑话。

我生在成都,在旧社会生活了二十年,接触过不少像汪文宣这样的小人物,其中包括我的长辈。1947年年初,因为参加学生运动,我被成都的学校变相开除,去了重庆。巴老在重庆民国路一四五号文化生活出版社开始写《寒夜》,他熟悉民国路和附近的街道。我也在民国路一四五号三楼住过,也常在附近走动,对《寒夜》所写的内容和环境,有一种亲切感。

20世纪80年代,有一次我在上海和巴老一起散步,曾经谈到小说《寒夜》。巴老告诉我:在《寒夜》日译本的"书带"上,有人指出这是一本充满希望的书;在法国也有读者说,读了《寒夜》,他感到光明。希望是什么?光明在哪里?我的理解是:不是要把主人公变成娜拉或变成觉慧,

《寒夜》主演(左起):刘涛、吕中、赵文瑄

更不是要把他们变成斗争的勇士，而是通过深入描写这些小人物在旧社会的痛苦和悲惨的结局，使读者记住他们，以他们为戒。巴老说，书中的"三个人都不是正面人物，也都不是反面人物；每个人有是也有非；我全同情。……不能责备他们三个人，罪在当时的旧社会、旧制度。我发表《寒夜》，明明是宣判旧社会旧制度的死刑，我有一个坚定的信念：它一定灭亡"。其实，早在40年代初，巴老在散文《长夜》里说："这是光明的呼声，它会把白昼给我们唤醒。漫漫的长夜逼近它的终点了。"拍电视剧《寒夜》，无非是让人们记住这段不应遗忘的历史。电视剧是另一种艺术门类，改编是再度创作，为了适应新的审美观念，必然要在原著的基础上有所挖掘和延伸，但只要把握住巴老上述的要点，就不会违背原著的初衷。

改革开放以来，国家发生巨大的变化，人民生活有所提高。经济转型期间，难免出现各种问题。弱势群体的存在，就是问题之一。他们生活困难，看不起病，孩子读不起书；外出打工有时拿不到工资，又没钱打官司；造成精神抑郁，产生许多不必要的矛盾和冲突；等等。政府关心弱势群体，为他们解决了一些问题。文艺家在歌颂巨大变化的同时，也需要关注弱势群体，为他们呼吁，为他们鸣不平。从这个意义讲，拍摄《寒夜》有很强的现实意义。

上海电视台是我国有影响的电视台，80年代曾与四川电视台合拍电视剧《家·春·秋》，取得很好的效益。这次，以上海为主，有关电视台和有关文化单位参与，四川电视台共襄盛举。中央电视台也很重视拍摄《寒夜》。两岸著名的演艺家共同合作。这对广大观众很有吸引力。

今天是巴老逝世一周年。巴老是作家，出版他的书，研究他的作品，通过电视传媒让他的作品与更多的观众见面，是对巴老最好的纪念。

预祝《寒夜》电视剧拍摄成功！

2006年10月17日

读几本巴金的著作

——《四川日报》记者曾鸣专访

问：离巴老百岁，只有几个月了，大家都很高兴。您有什么想法？

答：今年，巴老进入百岁。人们尊誉巴老为"世纪良知"，当然很看重巴老的百岁华诞。文艺界、出版界、广大读者、新闻媒体，都计划或开始搞一些庆贺活动。我理解人们的心情。作为巴老的亲属，我衷心地表示感谢。

问：您如何看待这些庆贺活动？

答：巴老是作家。他从1927年开始创作，到写最后一篇《怀念曹禺》为止，历时七十多年，著译一千二百多万字。他的代表作《家》《春》《秋》影响了几代人。毛泽东在1945年说过，当年做过调查，许多知识青年去延安，都与读过小说《家》有关。巴老晚年的力作《随想录》，主张讲真话，以切身的感受否定"文化大革命"，并严于解剖自己，启迪了众多人的思想。祝贺巴老百岁的活动，无论是出版巴老的著作，研究他的作品，讨论他的创作思想，介绍他与创作有关的历程等，都是很有意义的事。

问：巴老平常怎样对待自己的生日？

答：巴老是一个真诚朴实的人。他不喜宣扬自己。平常，遇到他的生日，一般是与家人一起吃一碗寿面，如此而已。为避免惊动别人，有时还要"躲生"。"文革"后，每逢生日，不少读者和文艺界的朋友来祝贺，他也很不安。年届耄耋，身体不好，无处可"躲"。巴老有几次过生日，我恰好在上海，目睹他寿辰那天，因为客人很多，他一一接待，疲惫不堪。目前，巴老的病情虽然相对稳定，但身体仍很脆弱，抵抗力差。为保证巴老的健康，避免感染，一般人都不去看望他。医院也控制得很严。我相信大家能理解这一点，不去（更不组织人去）上海贺生。

问：您认为什么是最好的庆贺活动？

答：我说不出来什么是最好的，但不论什么活动，不要铺张浪费，不要劳民伤财。对年轻人来说，如有条件，最好是读几本巴老的书。我接受过一些采访，发现有些年轻的记者朋友，虽然很热情，但并没读（或很少读）巴老的书。小学生搞一些活动了解巴老，也不是不可以，但如能帮助他们选读一些适合他们阅读的巴老的作品，效果会更好。

问：作为中小学生，应该向巴老学什么？

答：十几年前，成都市中小学开展"向巴金爷爷学习"的活动，我就想过这个问题。我觉得有三点：第一，学巴金爷爷爱祖国、爱人民；第二，学习巴金讲奉献的精神——"生命的意义在于奉献，而不是索取"；第三，从小学做诚实、讲真话的人。当然，得提供一些巴老的原著供他们阅读。

问：您如何看待东城根街小学希望更名为巴金小学？

答：东城根街小学是一所很好的学校。该校的同学十几年前就与巴老有联系，巴老也给他们回过信。学校一贯注意引导学生向巴老学习。全校师生希望更名为巴金小学，这个心情是可以理解的。问题是巴老从不愿宣扬自己，反对修复他的旧居，不赞成设立巴金文学奖，等等。我相信，学

四爸巴金

校师生会尊重巴老的意愿。不命名为巴金小学,并不妨碍小朋友们继续向巴老学习,做像巴老所期望的好孩子。

问:前不久,又有团体推荐巴老为诺贝尔文学奖候选人,您有何看法?

答:感谢许多人对巴老的信任。巴老为人民写作,不在乎获什么奖,当什么"文化偶像",获多少票名列第几。至于诺贝尔奖,自然科学方面的奖评选标准容易掌握,文学奖、和平奖之类受意识形态影响很大(有位记者把我这句话报道为"文学奖是意识流类的",令人莫名其妙),所以不必去争取。这一点,我曾与全美中国作家联谊会会长冰凌先生诚恳坦率地交换过意见。我再次建议媒体不必为诺贝尔文学奖炒作。

问:您个人准备怎样庆贺巴老百岁?
答:我与巴老多年接触,了解他的为人。他用身教言教,教我做人。在这方面我感受颇深,为倾吐自己的感情,我写了一些散文随笔,整理了几篇日记。在汪致正的策划下,生活·读书·新知三联书店拟在近期出版《我的四爸巴金》一书。我将把这本书作为百岁礼物献给巴老。

问:谢谢您对我讲了这么多意见。
答:我从来不是巴老的代言人,也未受巴老的子女委托表态。有感而发,闲聊几句,只供参考。

2003年8月22日

我心中的巴金[1]

  非常高兴能在上海与热爱巴老的读者、研究巴老的专家见面并交流思想。我不是专家，不做学术演讲。只就我与巴老的接触，讲一些对巴老的感受。我曾经在共青团中央工作十年，普通话肯定比电影《抓壮丁》里

李致在讲座现场

---

[1] 本文系李致在上海"走近巴金"系列讲座上的讲演。

四爸巴金

的卢队长讲得好，但毕竟不如讲四川话自如。前两天我在成都看望导演谢晋，他主张我讲四川话，说邓小平、陈毅的口音，上海人能听懂。巴老离家八十一年，至今讲四川话。我讲四川话，大家也可以听到巴老的乡音。

我和巴老的交往

我的父亲是巴老的大哥。我是巴老的侄子。

一般人只知道巴老是四川人。四川人多是外省移民去的。我们李家的祖籍是浙江嘉兴，清朝嘉庆二十三年（1818年），巴老的高祖父李介庵入川定居。到巴老这辈，是入川的第五代；我这辈是第六代；我的两个小孙女则是第八代。

巴老诞生的时候，李家是一个封建的大家庭，共三大房。我们这一大房以巴老的祖父李镛为首，他有六个儿子。巴老的父亲叫李道河，是长子。巴老的大哥即我的父亲，叫李尧枚。巴老的三哥叫李尧林，即翻译家李林。三哥是按大排行（李镛的子孙）叫的。巴老还有两个胞弟：一个叫李采臣，在银川；一个叫李济生，在上海。按大排行，巴老共有兄弟二十三人，姐妹十六人。最小的二十三弟，我的二十三叔，是我的高中同班同学。四川人说：幺房出老辈子。

1923年，巴老与他的三哥离开成都去南京读书。在阔别家乡十八年后，1941年巴老首次回成都。当时，原来的大家庭已经崩溃；加上日本侵略中国，三爸已无法给成都老家寄钱，生活十分困难；我继祖母和母亲各自带子女回娘家居住。巴老回来，住在我们这个小家里。我十一

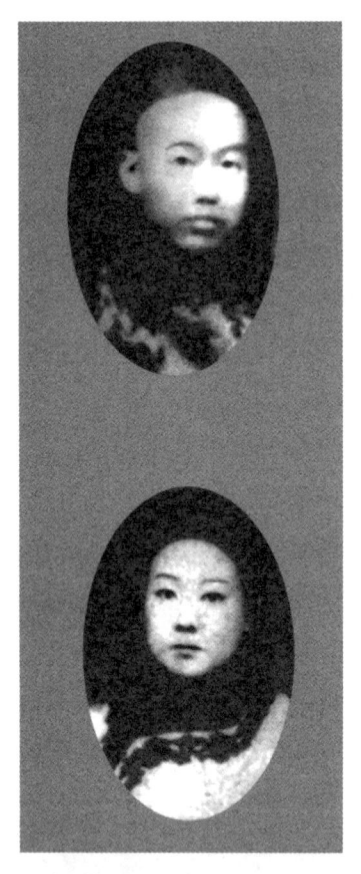

巴金的父母

岁，对巴老的印象不深，记得他常带我几个姐姐去看电影，说我看不懂，给我钱买邮票，我从小喜欢集邮。1942年巴老第二次回家，住了四个多月，我和他同睡一张大床。白天，除上学外，我老在外面玩，连吃饭都要大人"捉拿归案"。巴老开玩笑说："我给你改个名字，不叫李国辉（这是我的原名），叫李国飞好了。"当时，不少青年请巴老题字，我也拿了本子请他写。他丝毫没推辞，用毛笔给我写了四句话，即："读书的时候用功读书，玩耍的时候放心玩

年轻时的巴金

耍，说话要说真话，做人得做好人。"我小时候对这四句话理解不深，最拥护的是"玩耍的时候放心玩耍"，因为我外祖母要我"有空就读书"。随着年龄的增长才加深理解，这四句话影响了我一生，我还用它来教育子女和孙辈。平常，我们家有这样一个传统：犯了错误，只要讲真话，可以从轻处罚或免于处罚。用我外孙的话，叫作"诚实了，说真话就不挨打"，尽管我从来没有打过子女。至于我，"文化大革命"中受审查，无论靠边站、被夺权、关"牛棚"、被批斗、进干校，交代自己的问题或给别人写材料，我从没说过假话，并为此被造反派打过。从巴老1942年回成都起，他开始担负全家生活费用，并供我和四姐上中学读书。为了节约开支，我们又和继祖母住在一起。直到1955年，巴老路过重庆，打电话找我，时隔十四年再得以相见。我那时二十六岁，以成人的资格开始与他交往。这以后的十年，无论我在重庆、成都和北京，巴老经常寄书给我，帮助我在藏书上"先富起来"。无论巴老来北京开会，或我去上海出差，我们都能见面。巴老给我有近五十封信，这些信

四爸巴金

后来被造反派弄丢了。"文革"迫使我们中断联系达六年之久，直到1972年才重新通信联系。1973年春，我从北京回河南团中央"五七"干校，利用只凭一张单程票就可报销来回车票的规定，悄悄绕道上海看望巴老。这次会面，除我与老伴暗中策划外，没有告诉任何人。我突然到了巴老家，巴老喜出望外。根据以前做地下工作的经验，我宣称是来上海看眼病的，机关的同志都知道我有眼病。第二天一早即去医院看病，挂号证保存至今。在上海只有三天时间，我又同巴老睡一张大床。巴老1942年回成都，我和巴老睡在一起。当时正是巴老创作最旺盛的时候。时隔三十年，我又和他睡在一起，他却碰到这样不公平的遭遇。我睡觉时打鼾，原想等巴老睡着了我再睡。可是他睡着以后，我却久久不能入眠。我在一篇短文中曾记叙当时的心情："我深切期望他能摆脱这不幸的处境，但我自己也不知道那黑暗的日子什么时候才能结束。"这次见面，我不敢深谈，但和巴老的心靠得很近，互相理解和信任。离开上海那天早上，天下大雨，巴老为我穿上雨衣，互道"保重"。我实在舍不得离开巴老，但又不能不按时回到那要我"脱胎换骨，重新做人"的"五七"干校。我淋着大雨去车站，满脸是水，有雨水，也有泪水。作家李累看了我写的散文《我淋着雨，流着泪，离开上海》后说："李致想见巴金，竟然像解放前在国统区做地下工作一样，悄悄地相会；叔侄同睡一张床上，也'不敢深谈'。难道这仅仅是巴金与李致两人的遭遇吗？不！这个侧面，这个片段，反映了'文革'中中华民族的悲剧。"好不容易盼到粉碎"四人帮"，巴老在信上给我说："'四人帮'垮台我可以安心睡觉了。我得罪过张、姚，倘使他们不倒，总有一天会把我搞掉，这些'人面东西'。"接着又盼来改革开放的新时期。在这一期间，我和巴老有过多次见面和深夜长谈，互相抢着说话，直到九姑妈一再催促才上床。80年代后期，当巴老因为写《随想录》太疲倦，快到"心力衰竭"的时候，他曾希望我退下来帮他做点工作，例如整理他的日记、佚文、书信等；在他不能工作的时候，代替他帮助王仰晨编好《全集》的后一部分。可是我又当选为省政协秘书长，以致巴老感到"现在这些都成为空想"，这也是我感到十分遗憾的。如果我久没去上

人格魅力

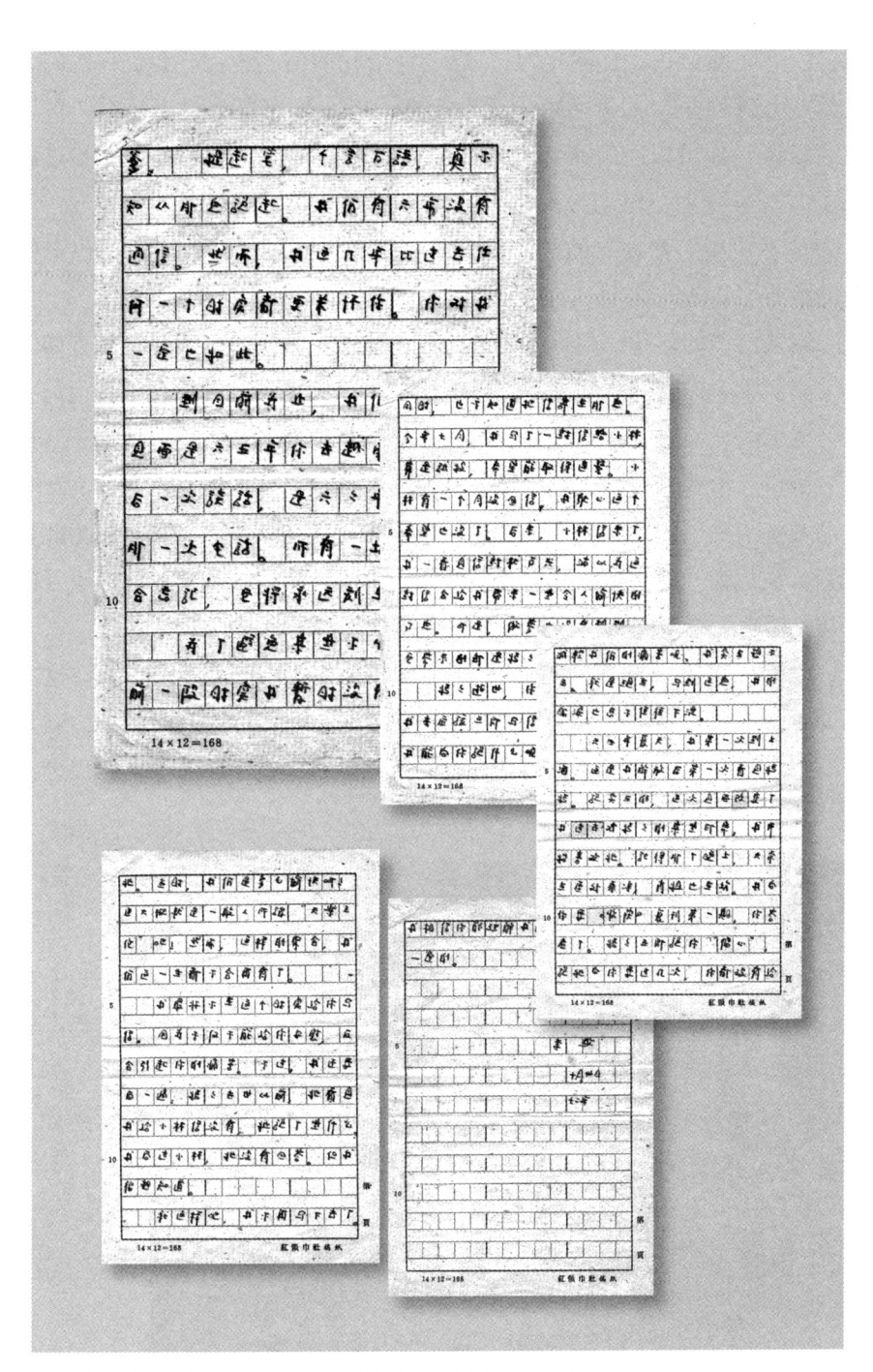

1972年，中断联系六年后，李致给巴金写的第一封信

四爸巴金

海,巴老会惦记我。1989年7月,巴老在给我的信上说:"我仍在医院,大约八九月回家。回家后可能感到寂寞。……你有机会过上海时,可以找我谈谈,你可以理解我心上燃烧的火,它有时也发发光,一旦错过就完了。"这一生,巴老为我付出很多,我为巴老做得很少。我写过一篇名为《不知如何弥补》的散文,表示自己的内疚。从1972年起,巴老给我的信有二百五十多封,其中一百九十二封收入《巴金全集》。

我是巴老的侄子,但更重要的是我是他的忠实读者。我是受"五四"新文学的影响成长的。我喜欢读巴老的书,尊重他的人品。我信仰他的主张:生命的意义在于奉献不是索取。去年,有位记者问"巴金的侄子"这个"身份"给我带来什么?我说"身份"不能带来什么,是巴老的文章和人品教育了我。如果一定要说"身份"带来什么,就是"文革"中为此受批判,被污为"地主阶级的孝子贤孙";这若干年,让我接受许多重复的采访,浪费一些时间;让我损失了不少照片,借出去又收不回来。

巴老一贯重视做人,对此我有较深的感受。二十多年来,我在这方面写了一些散文和随笔。去年,为庆祝巴老百岁华诞,生活·读书·新知三联书店为我出了一本书,名为《我的四爸巴金》,汇集了我所写巴老的

1997年冬,巴金在医院口授,李小林笔录

散文和日记。我心中的巴老，大多写在这本书上了。巴老不喜欢他的亲人写他，我们的小林、小棠至今没写过巴老，其实他们比我感受更多更深。1981年，我用笔名写了关于巴老的第一篇短文（即《永远不能忘记的四句话》），文章发表后，有一些报刊转载。上海的《儿童文学选刊》要我写作者简介，我怕"露馅"，不敢写。可是，在成都市少年儿童开展"向巴金爷爷学习"的活动中，一家报纸未与我商量刊载了全文，并把笔名换成本名，在姓名前还加上了我的职务。我大有被"曝光"之感，颇为尴尬。既如此，就豁出去了，反正我写的是事实，没有瞎吹，文责自负。以后干脆用本名写有关巴老的文章。幸好巴老知道这个过程，没有就此责备我。

人各有志，最要紧的是做人

巴老很看重做人。1941年，他教我"说话要说真话，做人得做好人"。事隔五十二年，1993年我去杭州看望巴老。临别前一天下午交谈，他第一句话就说："人各有志，最要紧的是做人。"巴老这句话，我当成座右铭，请人书写为横幅挂在墙上。

巴老对我，更多的是身教。我讲一些主要的感受：

上海武康路巴金寓所，"文革"中全家人挤在楼下居住

四爸巴金

一是巴老"即使饿死也不出卖灵魂"的骨气。我1973年悄悄去上海看望巴老,最使我吃惊的变化是:巴老满头白发。它印证了巴老在"文革"中精神和肉体上所受到的迫害:被加上各种罪名,在全市电视大会上批斗;十四卷《巴金文集》被打成"邪书";家几度被抄,六七间书房被封,全家人挤在楼下居住;小棠被下放到安徽农村当知青;稿费存款被冻结,只能领取生活费……我问巴老生活上有无困难。他说:"已经告诉姑妈,必要时可以像我早年在法国一样,只吃面包。"巴老的夫人萧珊在磨难中患癌症,因得不到及时治疗而离开人世。我在照片上看见萧珊妈妈全身盖着白布床单,巴老穿一件短袖衬衫,左袖上戴着黑纱,两手叉着腰,低着头在哭泣。我突然感到自己也到了现场,和家人一起给萧珊妈妈告别。这次见面,令我最宽慰的是:巴老身体健康,精神未垮。尽管我们不敢深谈,我能感受到他十分关心国家民族的未来。他在家里翻译赫尔岑的书——明知无法出版,只为送给图书馆,供人参考。以后知道,巴老每天翻译几百字,仿佛同赫尔岑一起在19世纪俄罗斯的暗黑里行路,像赫尔岑诅咒尼古拉一世的统治那样诅咒"四人帮"的法西斯专政。巴老当时平静从容的态度,表现了他"威武不能屈"的硬骨头精神,也就是他重新提笔所写的第一篇文章所说:"我即使饿死,也不会出卖灵魂,要求他们开恩,给我一条生路。"

二是巴老一生的信念:生命的意义在于奉献,而不是索取。粉碎"四人帮"不久,巴老患帕金森病,几次骨折,举笔重千斤。巴老在与疾病做斗争的同时,一直坚持写作。我工作过的四川人民出版社,陆续出版了四本《巴金近作》和《巴金选集》(十卷本),最后一本近作结集《讲真话的书》,包括了他重新提笔后的全部著作(共八十多万字),深知他所付出的心血。80年代末,巴老曾对我说,在他做完工作以后就休息,好好地看武侠小说。可是,天知道何年何时才是他做完工作的时候。我多次劝巴老要把健康放在第一位,而他一再强调:"如果不工作,生命就没有意义。"我们还为此辩论过。我说:"人有不可回避的自然规律",你已做了很大的贡献,即使不能工作,"你的健在就是力量"。巴老似乎同意我的看法,说冰心健在对他就是力量,但他实际上仍像春蚕吐丝一样地工作，说自己"已死丝未尽"，编《全集》和《译文集》，艰辛地为此写跋。巴老甚至希望能再活一次，重新学习，重新工作，把全部感情献给他热爱的读者。当我六十岁快离开领导工作岗位时，他笑着对我说他六十六岁才进"五七"干校。我知道：这是他对我的启示和鼓励。

巴老是作家，完全靠稿酬养活自己。他历来对自己的物质生活要求不高，有了稿酬常去帮助有困难的读者和亲友。新中国成立后，直到今天，他不领取工资。"文革"中被冻结的存款，其实是他的稿酬。存款解冻后，仅1982年一次即捐了人民币十五万元给中国现代文学馆，这在当时是一笔相当大的数目。对"希望工程"和救灾，他也常请家属或工作人员隐名捐款。当时，巴老在四川出书，不要稿酬，出版社为他翻洗照片，他却亲自到邮局寄翻洗费四十一元一角。他的另一巨大"财富"是大量藏书，多次分别捐给国家图书馆。目前我们国家仍实行低稿酬制，作家的生活水平尚待提高。我说这些，绝不是希望作家放弃稿费，或都去捐赠，我只是想从这个侧面反映巴老的人品。

三是巴老经过认真的反思，坚持独立思考和主张讲真话。"文革"结束后，在拨乱反正的同时，仍有不是运动的运动。巴老不唯上，不随声附和。在讲假话成风的年代，巴老主张大家讲真话。讲真话的主张，受到广大读者和作家的欢迎，但也受到若干指责。巴老对这些指责十分坦然。在我们的交谈中，巴老表示他不害怕长官点名。他说："倘使一经点名，我就垮下，那算什么作家？"一位主管意识形态的高级官员，主张不写"文革"，巴老写信给这位高官，说自己是这个主张的受害者（因为受这个主张的影响，巴老发表在香港报纸上的一篇涉及"文革"的文章被删节）。1987年4月29日，巴老在给我的信上说："对我来说，我按计划写完《随想录》，而且出齐两种版本，想说的话都说了，该满意了吧！可是想到我们多灾多难的国家和善良温顺的人民，我又得不到安宁。对，人怎么能只考虑自己呢？不管怎样，我提出来：大家要讲真话，为了这个，子孙后代一定会宽容地看待我的。我只能尽力而为。"1988年冬，他又写信说："……（我）又老又病，活下去总有些痛苦，但对我的国家和我的人民有感情，我始终放不下这笔。"

四爸巴金

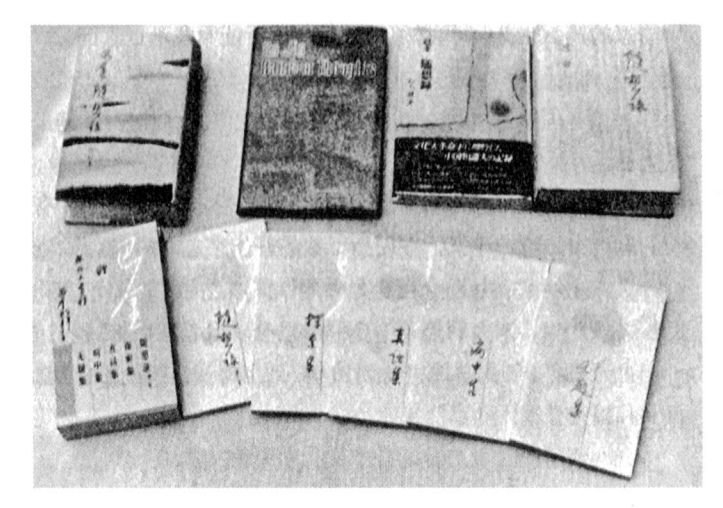

《随想录》是巴金晚年的力作。图为该书几种版本的封面

    四是巴老不做盗名欺世的骗子。巴老不止一次表示他要用行动来证明和补写他所写的、所说的到底是真是假，自己到底是怎样的人。七八十年代，巴老在四川出书，不收稿费。1981年，出版社拟用巴老的稿费设立巴金编辑奖，巴老就不赞成，只同意用来帮助青年作者。1994年，四川省作家协会拟设立"巴金文学奖"。巴老来信说："我只是一个普通文学工作者，写了六十多年，并无多大成就……建立'巴金文学基金'，设立'巴金文学奖'，又使我十分惶恐。我一向不赞成用我的名字建立基金会、设立文学奖。"巴老还反对出他的日记单行本。人民文学出版社编辑《巴金全集》时，拟编两卷巴金的日记。巴老委托我替他校看原稿。四川出版界一位朋友知道这个情况后，建议由四川出版日记的单行本。1991年冬我去上海，向巴老转达了这位朋友的请求。巴老有些犹豫，我说："《鲁迅日记》也有单行本，您的日记也可以出单行本。"在我的再三要求下，巴老勉强同意了。我回成都不久，接到巴老的信。他说："关于日记我考虑了两个晚上，决定除收进《全集》外不另外出版发行，因为这两卷书对读者无大用处（可能为少数研究我作品的人提供一点线索）。我没有理由出了又出、印了又印，浪费纸张。我最近刚看过这些日记，里面还有些违心之

论，你也主张删去，难道还要翻印出来，使自己看了不痛快，别人也不高兴？你刚来信说你尊重我的人品，那么你就不该鼓励我出版日记，这日记只是我的备忘录，只有把我当成'名人'才肯出版这样东西。我要证明自己不愿做'名人'，我就得把紧这个关，做到言行一致。对读者我也有责任。我出一本书总有我的想法。为什么要出日记的单行本？我答应你，也只是为了不使你失望。……一句话，日记不另出单行本。"我立即给巴老去信表示尊重他的决定，并把巴老的决定转告给出版界的那位朋友。

五是不愿浪费国家钱财，不赞成重建故居。巴老的故居在成都市正通顺街，是巴老的祖父购置的。最兴旺的时候，四世同堂。巴老诞生在这里。除幼年随父亲在广元县住过两年多之外，一直生活在这里。巴老十九岁时离开成都去南京。随着大家庭的崩溃，故居被变卖了，几易其主。成都市原市长李宗林曾表示要把它保留下来，但他在"文革"中被迫害致死。故居经过"文革"，成了一个文艺团体的宿舍，原有房屋荡然无存。改革开放以来，不少国外友人和港台同胞来成都，希望看看巴老的故居。有时专为此找到我。我解释说故居已经不存在了，但他们坚持要去看一看，在故居原址拍照。有的还对故居没有保留下来表示遗憾。1985年省作家协会给省委、省政府写了报告，要求恢复巴老

1956年12月，巴金回成都重游正通顺街旧居

的故居。张秀熟、任白戈、沙汀、艾芜、马识途等老同志积极支持。经省委同意，成立了一个筹备小组。可是巴老一直不赞成，多次对我讲："不要恢复故居。如果将来要搞点纪念，可以在旧址钉一个牌子，上面写：作家巴金诞生在这里，并在这里度过了他的童年和少年。"虽然存在各种实际困难，故居的筹备工作一直没有进展，但巴老仍然很不放心。1986年10月3日，巴老去杭州休息之前写信给我："我想谈谈故居的事，一直没有工夫写出来。我的意思就是：不要重建我的故居，不要花国家的钱搞我的纪念。旅游局搞什么花园（指园林局搞慧园），我不发表意见，那是做生意，可能不会白花钱。但是关于我本人，我的一切都不值得宣传、表扬。只有极少数几本作品还可以流传一段时期，我的作品存在，我心里的火就不会熄灭。这就够了。我不愿意让人记住我的名字，只要有时重印一两本我的作品，我就满意了。"不久，我又接到巴老21日的信。他说："我耳病未愈，无法跟你通电话，否则就用不着写信了；写信在我是件苦事。但不写信又怎么办？你知道我的想法吗？我准备写封长信谈谈我对'故居'的意见（也就是说我不赞成花国家的钱重建故居），以为在杭州可以写成。想不到十一天中一字也未写，因为没有精力，也没有时间。回到上海更没有办法。现在把第五卷的《后记》寄给你，你不妨多想想我那句话的意思：'我必须用最后的言行证明我不是盗名欺世的骗子。'"30日，巴老又在给我的信上说："关于故居的事就这样说定了。不修旧宅，不花国家的钱搞这样的纪念，印几本《选集》就够了。"说实在的，对恢复巴金故居，我一直处于矛盾状态。无论从成都市市民的角度来考虑，或从文艺工作者的角度来考虑，能恢复故居的确是一件有意义的事情。我访问过若干国家，多数国家都注意保存著名作家的故居，作为本国历史文化遗产的组成部分。但我是巴老的亲属，他不赞成重建故居是对我说的，我当然不愿做违反他心愿的事。至于巴老不愿为修故居浪费国家钱财之心，是令人尊敬和感动的。去年庆祝巴老百岁华诞，参加巴金国际学术讨论会的代表又提出修建故居的意见，时任四川省委书记张学忠、省长张中伟和成都市委领导均积极支持。后来，我给市领导写了信，转达小林的意见：尊重巴老的心愿，不重建巴金故居。省委书记张学忠看见我的信的抄件，也表示尊重巴老的意见。最近巴金文学院按可靠的图纸，做了一个故居模型，我前几天去看过，很不错。这个模型将长期存放在巴金文学院的陈列馆。

六是尊重读者。巴老常说读者是他的"衣食父母"。有一件小事足以说明巴老如何对待读者。巴老有自己的写作计划。他怕干扰，我们也不愿干扰他。但许多人都想看看巴老，或请他写文章、题字，或为他拍照、摄像。遇到这些要求，我总是加以解释，希望得到谅解。但有时也有例外。1991年秋，成都市第二中学校长张珍健来到我家。他是巴老的读者，十分崇敬巴老的作品和人品。为迎接"巴金国际学术讨论会"在成都举行，他用了半年时间把巴老作品的书名刻成五十六方印章，并请艾芜老人题签。他希望我为他介绍，以便他到上海把这些印章送给巴老。张珍健幼时患骨结核双腿致残，一生拄着双拐。看见他诚恳的态度和辛苦的劳动，我被感动了。我向他说明了巴老的近况，试图寻找一个折中方案：我去信征求巴老的意见，能否用十五分钟时间会见他。张珍健表示同意，愿意静候佳音。不久巴老即回了信说："张珍健同志要送我七十多个印章[①]，我感谢他的好意，但是我不愿意举行一种接受的仪式，让人们谈论、看热闹，也不愿意让他把印章送到上海亲手交给我，只为了一刻钟的会见。这样做，我仍然感到很吃力，而且显得不近人情。总之烦你告诉张

巴金回复读者来信

---

① 实为五十六个。

同志，不要来上海送印章，他的好意我心领了。我看由慧园代收，不好吗？将来还可以在慧园展览。"读完信，我感到自己考虑得很不周到。我虽然没有建议举行"接受的仪式"，但的确没有想到"为了一刻钟的会见"，让张珍健专程到上海"显得不近人情"。我当然尊重巴老的意见，立即给张珍健打了电话，委婉地做了解释，请他谅解。1992年春我去美国探亲，1993年回到成都，偶然在一本杂志上看到张珍健的文章《巴金访问记》。原来他已在1992年秋到上海看望巴老。巴老收到《印谱》以后，既高兴又谦虚地说："你不值得花这么多时间和功夫，我过去那些书都是乱写的，没有多大意思。"巴老和张珍健交谈了五十多分钟（我原建议只会见十五分钟），送了一部"激流三部曲"给他，并题字签名。临别的时候，八十七岁高龄且举步维艰的巴老，坚持把张珍健送到大门外。张珍健一再请巴老留步，巴老却说："你不远千里专程来访，我送送你是应该的。"

总的来说，我感到巴老是当今的快乐王子。大家都知道大卫·王尔德有一篇叫《快乐王子》的童话。快乐王子的像，高耸在城市上空。他身上贴满纯金叶子，一对眼睛是蓝宝石做成的，剑柄上嵌着一颗大红宝石。他站得很高，看得见小孩生病躺在床上；看得见一个年轻人饿得头昏眼花，冷得不能再写一个字；看得见卖火柴的小女孩没有鞋，没有袜，小小的头上没有帽子，她现在正哭着……快乐王子请求睡在他像下的小燕子代他去帮助那些受苦受难的人们，先摘掉红宝石，再取下他的眼睛，然后拿走身上的贴金。小燕子本来要去埃及过冬，但它被快乐王子善良的心感动了，它不愿离开快乐王子。最后，它吻了快乐王子的嘴唇，跌在王子脚下，死了。我早年读过这篇童话，它深深地震撼过我的心，也使我流过不少眼泪。随着对巴老的了解，我豁然开朗，感到巴老不正是当今的快乐王子么？他从不索取什么，却无私地奉献自己的一切。

希望更多的人理解

巴老曾对我说过："能够多活，我当然高兴，但是我离开世界之前，希望更多的人理解我。"得到人们的理解，不是一件容易的事，但巴老的真诚无饰，把心交给读者，广大读者是理解巴老的。只是由于种种原因，在大半个世纪中，巴老受到过一些误解和指责。

"无政府主义者"这个称谓，就是长期对巴金的指责。中国的知识分子追求真理的道路十分曲折。巴金在早年信仰无政府主义，许多知识分子如此，毛泽东也如此。1945年，毛泽东在重庆会见巴金。毛泽东问巴金："你年轻时信仰过无政府主义吗？"巴金说："是。听说你也信仰过。"无政府主义反对权威反对专制，强调个性自由，虽然属于空想的社会主义，但是在反对旧社会、旧的专制统治上，起过积极的作用。巴金早年是无政府主义者，同时也是爱国主义者和人道主义者。他参加新思想启蒙运动，继而又坚决拥护抗日战争和反对国民党的独裁统治。鲁迅早在30年代就称赞"巴金是一个有热情的有进步思想的作家，在屈指可数的好作家之列的作家"。再举被巴老称为他的"第三个先生"的吴先忧为例：吴先忧信仰无政府主义。他认为劳动神圣，脱离了学生生活去学裁缝。办刊物缺钱，他经常将衣服送进当铺，把当衣服的钱捐给刊社。他任中学校长时，拒绝参加国民党主办的庐山集训，多次保护共产党员和进步人士。我1947年6月1日在重庆被捕（当时我已是党员），也是他亲自把我保释出来的。令人高兴的是，近几年理论界对无政府主义已经开始有较客观的评论。

从20世纪四五十年代开始，一些评论家指责巴金的作品没有给读者指路。他们认为巴金只是揭露了旧社会的腐朽，但青年人离开封建家庭以后干什么，巴金没有指明出路。政治家以施政纲领指路，文学家以作品净化读者心灵。就是政治家指路，有指对的，也有指错的。毛泽东为建立新中国做出了重大贡献，但他晚年却错误地发动了"文化大革命"。邓小平这样伟大的改革家，对于具体怎样改革开放，采取科学的态度：主张"摸着石头过河"。政治伟人尚且如此，怎么能苛求一位作家来指路呢？何况这根本不是作家的任务。如果谈到巴金著作的影响，当年有人在延安做过调查，很多知识分子是受巴金小说《家》的影响，投身革命的。这个情况，毛泽东在1945年去重庆和谈时对巴老说过。事实证明：巴老的作品是有利于革命、有利于社会进步的。

80年代，巴金提倡讲真话。有些理论家指责说，真话不等于真理。真话的确不等于真理，这本来就是两个不同范畴的概念。讲真话是针对讲假话而言的，不能因为真话不等于真理而反对讲真话。难道主张讲假话？如果一定要把真话与真理联系在一起，应该说：只有讲真话的人才可能追求到真理，讲假话的人永远与真理绝缘。

随着时间的推移，人们不难看清谁是谁非了。

巴老和他的两个哥哥

这里所说巴老的两个哥哥，是大哥李尧枚、三哥李尧林。

1986年4月2日，巴老与我有过一次谈话，其中有两处很动感情。他说："我感到痛苦的是，我的两个哥哥对我都很好。他们两人都是因为没有钱死掉的。后来我有钱，也没有用。""……他们都不愿意死，结果死掉了，就是因为没有钱。……所以我也不愿过什么好生活。他们如果有点钱，可以活下去，不至于死掉，但是偏偏我活下来……"其间，巴老两次痛哭失声，谈不下去。

去年，《中华读书报》记者祝晓风问我，他们三兄弟之间感情为什么这样深？我认为除深厚的手足之情外，还因为他们都受到五四运动的影响。正如巴老所说：五四运动"在我们的表面上平静的家庭生活里敲起了警钟。大哥被忘记了的青春也给唤醒了。我那时不过十四岁半，我也跟着大哥、三哥一起贪婪地读着本地报纸上关于学生运动的北京通讯，以及后来上海的'六三'运动的记载。本地报纸上后来还转载了《新青年》和《每周评论》的文章。这些文章使我们的心非常激动。我们觉得它们常常在说我们想说而又不会说的话。"还说，"大哥设法买全了《新青年》的前五卷。后来他甚至预先存了一两百块钱在华阳书报流通处，每天都要去那里取一些新到的书报回来。……当时在成都新的书报很受欢迎，常常供不应求。""每天晚上我们总要抽出一些时间轮流地读这些书报，连通讯栏也不肯轻易放过。有时我们三弟兄，再加上香表哥和六姐，我们聚在一起讨论这些新书报中所论及的各种问题。后来我们五个人又组织了一个研究会。"我最近写了一篇短文，名为《一部旧书，一片兄弟情》。说的是1976年，巴老寄了一部在1913年（民国二年）出版的法国革命小说《九十三年》（上下）给我。作者是"嚣俄"（即雨果），译者自称"东亚病夫"。上面有我父亲的图章，刻有他的号"李卜贤"三个字和英文音译，又盖有"尧林图书馆"的章，还有巴老用毛笔书写的"李卜贤先生捐赠"几个字。这应该是早年他们三兄弟一起读过的书。巴老在信上说是他在1942年那次回家带走的。1945年，李尧林逝世，为纪念三哥，巴老拟成立尧林图书馆，在书上盖了这个印章，并写上"李卜贤先生捐赠"这几个字。由于多种原因，尧林图书馆没办成，但书完整无损。这本书，是当年他们读新书报的见证，也反映了三兄弟的手足深情。

巴老的大哥赞成刘半农的"作揖主义"和托尔斯泰的"无抵抗主义"。正如巴老所说："他一方面信服新的理论，一方面依旧顺应旧的环境生活下去。顺应环境的结果，就使他逐步变成一个有双重人格的人。"大哥支持巴老和三哥去南京读书，继又克服家中的经济困难，帮助巴老去法国留学。后又鼓励巴老写小说《春梦》（即小说《家》）。他在最后一封信上对巴老说："《春梦》你要写，我很赞成；并且以我家人物为主人翁，尤其赞成。实在的，我家的历史很可以代表一切家族的历史。我自从得到《新青年》书报，读过以后，我就想写一部书来，但是我实在写不出来，现在你想写，我简直欢喜得了不得。弟弟，我现在恭恭敬［敬］向［你］鞠躬致敬，希望你有暇把他［它］写成罢。怕什么罢。《块肉余生》过于害怕就写不

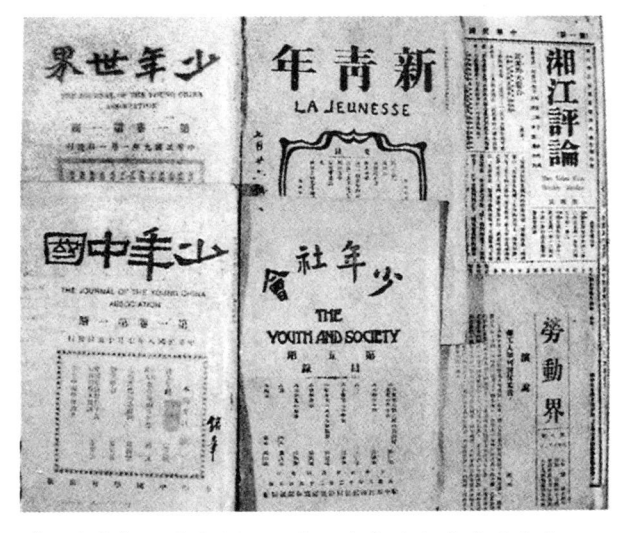

《新青年》是李尧枚、巴金、李尧林都喜欢的杂志

出来了。现在只好等着你快写成了在《小说月报》上发表,你尚没有取名的小说罢。"大哥在成都撑持一房人的生活,他实在承受不住各种压力,在1931年服大量的安眠药自杀。没想到,4月18日巴老《激流》的总序在上海《时报》第一版上发表,报告大哥服安眠药自杀的电报19日下午就到了。大哥不仅一个字不曾读到,连巴老开始写小说《家》也不知道。巴老读完电报,怀疑自己在做梦,像发痴一样过了一两个钟头。他不想吃晚饭,也不想讲话,一个人到北四川路,在行人很多、灯火辉煌的路上走来走去。……30年代,巴老写过一篇《做大哥的人》,记叙了大哥的一生。巴老说:"我不能不痛切地感到我丧失了一个爱我最深的人了。"1956年,巴老在《谈〈家〉》一文中提到他大哥,又说:"他是我一生爱得最多的人。"巴老小说《家》的大哥高觉新,以大哥为模特儿,大家都熟悉这个人物,我不多说。不同的是:高觉新没有自杀。我理解巴老的心:他要给读者以希望,不忍心觉新在他笔下死去。

我过去不完全理解父亲。我虽然知道他是好人,但不满他扔下母亲和五个子女。我为此还和巴老辩论。巴老给我看了我父亲给他的仅存的四封信,才接触到父亲的心灵,尽管我仍不赞成他自杀。他不是不热爱和留恋生活,更不是回避矛盾抛弃亲人。他阅读《新青年》杂志,喜欢狄更斯的小说《大卫·科波菲尔》,爱听美国唱片 *Sonny Boy*。家庭破产,父亲觉得对不起全家,企图自杀,正因他舍不得家人,写了三次遗书又三次把它毁掉。最后一封遗书中写道:"算了吧,如果活下去,才是骗人呢。……我死之后不用什么埋葬,随随便便分尸也可,或者听野兽吃也可。因为我应得之罪累及家人受此痛苦,望从重对我的尸体加以处罚……"(这是我以后读到的)。自杀前二十多天,父亲借自己的生日,请了全家人(包括佣人)看戏,以示惜别。父亲自杀当夜,他几次来看望母亲和我们几个孩子。第二天早上,全家乱成一团。我和二姐、三姐、四姐年幼尚小不懂事,唯大姐痛苦不已。她拼命地喊爹爹,多次用手扳开父亲的眼睛,希望把父亲叫醒,但这时已"呼天天不应,叫地地不灵"了。

巴老的三哥李尧林比巴老只大一岁多。两人从小住在一个屋子里,一起在外国语专科学校读书,一起外出求学,直到尧林上大学才分手。巴老

称三哥是"世界上最关心他的一个人"。他俩离开四川以后，与大哥保持密切联系。巴老曾说："在故乡的家里还有我们的大哥。他爱我们，我们也爱他。他是我们和那个'家'的唯一的连锁。他常常把我们的心拉出去又送回来。每个星期他至少有一封信来，我们至少也有一封信寄去。那些可祝福的信使我们的心不知跑了多少路程。"以后巴老去法国，途中写的《旅途通讯》，先寄给三哥，由三哥寄给大哥，多年后才正式出版。

1931年《激流》总序在《时报》发布

巴老和三哥离家后，大哥给他们写了一百多封信。巴老非常珍惜这些信，把它装订成三册，保存了四十几年。1966年，风云突变，大祸就要临头。巴老为了避免某些人利用信中一句半句，断章取义，乱加罪名，"只好把心一横，让它们不到半天就化成纸灰"。1980年，巴老回想起烧掉大哥的信时还说："毁掉它们，我感到心疼，仿佛毁掉我的过去，仿佛跟我的大哥永别。"

唱片《小宝贝》足以反映三兄弟的友情和喜爱。我最先是从巴老的文章《做大哥的人》中知道这张唱片的。1929年，巴老的大哥去上海，他们相聚一个多月。30年代初，巴老回忆大哥离开上海回四川时的情景："我们的分别是相当痛苦的。……正要走下去，他却叫住我。他进了舱去打开箱子，拿一张唱片给我，一边抽咽地说：'你拿去唱［即听］。'我接到后一看，是G. F.女士唱的 *Sonny Boy*，两个星期前我替他在谋得利洋行买的。他知道我喜欢听这首歌……然而我知道他也同样地爱听它，这时候我很不愿意把他喜欢的东西从他手里夺去。但我又一想我已经有许多次违过

四爸巴金

他的劝告了,这一次我不愿意在分别的时候使他难过……我默默地接过唱片。我的心情是不能够用文字表达的。"1984年在上海,巴老把仅存的我父亲给他的四封信给我看。其中一段,也提到这张唱片:"弟弟,你说你硬把我的《小宝贝》要去了,你很失悔。弟弟,请你不要失悔,那是我很愿意送你的。之所以要在船上拿与你,就是使我留下一个深刻的映[印]象,使我不会忘记我们的离别时的情景,借此也表出我的心情,使我的灵魂附着那张小小的唱片永在你的身旁。"我一直很想找到这张唱片,问音乐界的朋友,都不知道有这首歌。1992年,我去美国探亲,闲聊时提到此事,儿子记下了我的心愿。去年庆贺巴老进入百岁,上海明星演出曹禺改编的话剧《家》。我两次在电视上听见剧中播放了一首英文歌,打电话问在上海的济生叔,果然是 Sonny Boy。从李尧林的好友杨苡那儿,我知道李尧林也喜欢这首歌。我请教杨苡,她说:Sonny Boy,直译为"儿子般的男孩"或"阳光般的男孩"。巴老意译为"小宝贝"。"Sonny是儿子的爱称,也可理解为心中最珍爱的人。"我想,是否还可理解为某种信念,如对人类的爱?巴老三兄弟出身在封建大家庭,他们却从自己的母亲和"下人"那儿学到"爱"。巴老曾说:"我的第一个先生就是我的母亲。……使我认识'爱'字的就是她。""她很完满地体现了一个'爱'字。她使我知道人间的温暖;她使我知道爱与被爱的幸福……"他们三兄弟为什么都喜欢这首歌?前面已经讲到,五四运动像春雷把三兄弟唤醒。他们贪婪地阅读新书报,吸取新思想。不同的是大哥重在妥协,巴老重在反抗。在各自选择的道路上,都有曲折和痛苦。大哥和巴老在上海分别后,曾谈到彼此的心情。大哥在信上对巴老说:"弟弟,你对现代社会失之过冷[①],我对于现代社会失之过热,所以我们俩都不是合于现代社会的。现代社会所需要的是虚伪的心情,无价的黄金,这两项都是我俩所不要的,不喜。我俩的外表各是各的,但是志向却是同的。但是,我俩究竟如何

[①] 失之过冷:2014年,李致在儿子李斧家偶然看见一本巴金的旧作《一月十五日》(即《旅途通讯》),序中说:"我虽然知道我们的心不会被那无边的海洋所隔断,但是现在我的心实在寂寞得很!冷得很!希望你们(指尧枚和尧林)送点火来罢。"大概便是李尧枚说巴老的心"失之过冷"的原因吧!

呢?(在你的《灭亡》的序言,你说得有我俩的异同,但是我俩对于人类的爱是很坚[定]的)其实呢,我两个没娘没老子的孩子,各秉着他父母给他的一点良心,向前乱碰罢了。但是结果究竟如何呢?只好听上帝吩咐罢了。冷与热又有什么区别呢?"面对旧社会,大哥处处委曲求全,走投无路;巴老参与改天换地,难见成效(他作品的影响是另一回事)。他们三兄弟既喜欢音乐又懂英语,唱片《小宝贝》,无论作为心中最珍贵的人,还是孤寂中的精神寄托,或作为所寻求的信念"对人类的爱",引起他们的共鸣。这是我的分析,是否正确,得请专家评论。

巴老的三哥是一个有理想、开朗乐观的人,喜爱音乐,会滑冰,能与学生打成一片。从燕京大学毕业以后,在天津南开中学教英语。他深受学生爱戴,20世纪50年代曾任《中国青年》杂志总编辑的邢方群、作家黄裳、戏剧家黄宗江等,至今对他充满深情。李尧林利用寒假,单独为方群补英语课,教他练习发音。黄宗江说李尧林教他们读《快乐王子》给他的启示,不下于曾经使他"感动并行动的宗教的宣讲、政治的宣言"。今年发表的申泮文院士的文章,称李尧林为南开名师中的佼佼者,学生崇拜的偶像。他选教的英译杜甫《赠卫八处士》诗,深受学生喜爱,几乎成了他们的班歌。五十年后聚会时大家还一起回忆全诗的译文。1929年,大哥去上海。巴老和大哥曾邀李尧林来上海,但因没有解决路费,失去这次团聚的机会。1931年,大哥自杀以后,全家十一人的生活重担落在三哥的肩上。他一直过着清贫的生活。他担心不能给未来的妻子带来幸福,甚至没有结婚。抗日战争爆发后,他离开天津到了上海,靠翻译维持最低的生活。好不容易抗战胜利,他却因贫病交加,在1945年逝世,年仅四十二岁。作家李健吾当年在《挽三哥》一文中,一开始就说"世界上少了一位君子人"。巴老前后写了两篇怀念三哥的文章,其中说三哥像"一根火柴,给一些人带来光与热,自己却卑微地毁去"。李尧林逝世后被安葬在虹桥公墓,墓碑的形状是翻开的两页书,上面刻有他翻译的小说《悬崖》中的一段话:"别了,永远别了。我的心在这里找到真正的家。"过去,时有人来墓前献花。但"文革"中,这个从没有伤害过人的墓,也被作为"四旧"给毁掉了。巴老为此不停地追问自己:"我在哪里去寻找他的

'真正的家'呢？"

巴老多次对我说，他们三兄弟的共同之处，都是愿意多为别人着想，多付出一点。"两个哥哥对我的帮助很大，我要帮助他们，结果没有机会了。我可能不会被人忘记，我希望他们两人能被人记住。"巴老希望他们三兄弟能在"慧园见面"（即有一个展览室展出他们三兄弟的物品），但难以实现。

为实现巴老的愿望，去年我选编了一本书，名为《不应被忘记的人——巴金的两个哥哥》。以巴老所写两个哥哥的文章为主，兼收了已有的李健吾、黄裳、纪申等人的文章，还有新组织的邢方群、杨苡、黄宗江等人的文章（由巴金文学院内部赠送）。可惜巴老不能阅读了。

巴老已用最后的言行证明自己

巴老生于1904年，到2004年正好百岁。去年只是进入百岁。时至今日，巴老已经用行动来证明和补写了他所写的、所说的到底是真是假，自己到底是怎样的人。人们爱戴巴老，称他为"世纪良知"。国务院在去年授予巴老"人民作家"的称号。明天是巴老进入一百〇一岁的生日。在此之际，上海巴金文学研究会和上海档案馆联合举办"走近巴金"系列讲座很有意义。感谢你们给我这个机会介绍自己对巴老的感受，尽管我讲得不深不全。还得感谢在座的朋友耐心地听完我用四川话讲的感受。不当之处，请不吝指正。

2004年11月24日下午

向巴金学习，当好出版家
——在纪念巴金诞辰110周年出版座谈会上的讲话

今天，四川出版人聚会在一起，纪念巴金诞辰110周年。巴老不仅是作家，也是编辑家、出版家。我从"巴老与出版的关系"这一角度，讲几句话。

20世纪30和40年代，巴老长期任文化生活出版社（简称文生社）总编辑，最后几年又担任平民出版社总编辑。当年的这类出版社，不可能得到"官"方拨款，也没有企业家赞助，巴老用自己的稿费来运作，而且绝对不是以盈利为目的。这和鲁迅当年搞出版的做法，是完全一样的。

在文生社，巴老编了若干套丛书，也就是后来说的"成系列"，共出了几百本。鲁迅的小说《故事新编》、杂文《夜记》，果戈理《死魂灵》与《钦差大臣》的译作，是文生社出版的；老舍的《骆驼祥子》，曹禺的七大剧作，是文生社出版的；艾青的《大堰河——我的保姆》和《火把》，是文生社出版的；很多四川作家的作品：何其芳的《画梦录》、沙汀的《淘金记》、艾芜的《南行记》、罗淑的《生人妻》、陈敬蓉的诗，也是文生社出版的。以上，我主要列举了中国文艺作品，文生社还出版过许多国外名著；还有生物学家朱洗的六本生物丛书，以及法国的科幻小说，等等。

四爸巴金

巴老不仅为文生社策划、组稿、编辑，还要跑印刷厂，担任多本书的校对。他既关心老作家，也注意培养年轻作家。当他发现好作品时，即使作者没有投稿，他也会主动组稿，有时甚至先把报刊上发表过的作品收集起来，再与作家商量出书。对生活困难的作家，文生社时常预支部分稿酬。无论出版什么书，巴老都注意宣传，他为不少图书写书讯，介绍作者和内容，积极促进发行工作。鲁迅曾写信对日本友人增田涉说，"巴金工作得比别人更认真"。抗日战争时候，巴老抱着尚未付印的纸型逃难。就这样，巴老与许多作家成为终身的好友。

巴老对四川的出版，极为关怀。

粉碎"四人帮"以后，四川出版突破"三化"（地方化、群众化、通俗化）的约束，面向全国组稿。只要四川向巴老组稿，他无不同意。我们出版过巴老不少的著作，最主要的有两部：一是《巴金选集》十卷本，这是他花了很多精力自选和修改的；二是《讲真话的书》（"巴金近作"的合订本），包括《随想录》《再思录》与《创作回忆录》在内的，巴老在粉碎"四人帮"以后所写的全部著作。

巴老还为四川出版出主意，"现代作家"丛书，就是巴老建议我们出版的。摧毁文化的"文化大革命"，以铲除"封、资、修"的名义，几乎把所有现当代的文学作品禁锢了。四川出版的"现代作家"丛书，不但为积累文化做出了贡献，在当时还为这些作家和他们的作品平了反，"比红头文件还有效"，这是曾任新闻出版局副局长的刘杲说的。丁隆炎写彭总《最后的年月》一书被停售，巴老像我们一样地关注，多次来信询问有关情况。

为了四川出版，我麻烦巴老的事很多。老舍的名著《四世同堂》，我在1947年读过，解放后十七年没有再版。四川要出版《四世同堂》，巴老想办法为我们找齐三本原著。出版《罗淑选集》，巴老把他的藏书借给我们。由于我忘了打招呼，这本书竟被拆散送到印刷厂排版，爱书的巴老为此批评我，我多次检讨也过不了关。

巴老还多次提醒我们：注意搞好校对，把错字减少到最低限度。

巴老在四川出书，没有要稿费。出版社党委建议设立"巴金编辑奖"，巴老不赞成用他的名义，但他同意把稿费用于帮助青年作者，后来决定把稿费捐赠给现代文学馆。原在出版社任编辑的龚明德，曾说巴金在四川出书拿"高稿酬"，巴老很不高兴。相反，出版社为巴老冲洗照片，他坚持付款，寄回"肆拾壹圆壹角"，在附言上亲笔写下"汇还翻印照片垫款"，我至今还保存着这张汇款单的复印件。

有关文化积累，巴老说："'建设社会主义精神文明'和'振兴中华'的两面大旗在我们头上迎风飘扬。但真正鼓舞人们奋勇前进的并不是标语口号，而是充实的、具体的内容。没有过去的文化积累，没有新的文化积累，没有出色的学术著作，没有优秀的文艺作品，所谓'精神文明'只是一句空话。要提供给'精神文明'相应的充实的内容，出版工作者也有部分的责任。"

关于编辑和作者、读者的关系，巴老说："我有一种不错的想法：编者和作者站在平等的地位；编辑和作家应当成为亲密合作的朋友。……我们的工作，只是为了替我们国家、我们民族作一点文化积累的事情。"巴老还说："我过去搞出版工作，编丛书，就依靠两种人：作者和读者。得罪了作家我拿不到稿子；读者不买我编的书，我就编不下去。我并不怕失业，因为这是义务劳动。不过能不能把一项工作做好，有关一个人的信用。"巴老多次说："作者和读者都是我的衣食父母。"50年代以后，巴老没有再从事图书出版工作，仅担任《收获》杂志的主编。

作为作者，巴老有点害怕"出版官"，他说："这说明我和某些出版社的关系中，有什么使我感到不平等的因素。"什么是"出版官"？我过去不太理解，因为我们一贯强调为作者服务。当我重新提笔写作，开始给报刊投稿或应约寄稿以后，我才有了体会：不少报刊对是否收到我的文章、用或不用、或删或改，都不与我沟通。

对于众多的编辑，巴老说："对编辑同志，对那些默默无闻、辛勤工作的人，除了表示极大的敬意外，我没有别的话可说了。"

为了纪念巴金诞辰110周年，四川文艺出版社出版了《巴金选集》纪念本，大大方方，喜气洋洋，质量上乘，令人高兴。巴蜀书社出版了李治墨的《巴金家族史考略》，天地出版社出版了我的《四爸巴金》（增订

四爸巴金

本），后两本书可能有助于理解巴老。出版人出了好书，会很快乐，我深有同感！

愿四川出版人向巴老学习，当好出版家，进一步搞好出版工作。

2014年11月24日

附记一

如有兴趣，想知道当年文化生活出版社出书的情况，可翻阅李济生编著的《巴金与文化生活出版社》一书，上海文艺出版社2003年出版。

附记二

十多年前，四川文艺出版社再版了《巴金选集》。为纪念巴金诞生120周年，四川人民出版社社长黄立新又决定出版"走近巴金"书系，包括再版巴金的《讲真话的书》、新整理的《巴金家信》等七本著作。我为黄立新点赞！

2024年3月1日

难舍亲情

永恒的手足情

熟悉巴金的读者，都知道巴金对他大哥深厚的感情。

巴金的大哥是我的父亲，叫李尧枚，号卜贤。20世纪30年代，四爸写过一篇《做大哥的人》，记叙了我父亲的一生。写到我父亲自杀时，四爸说："我不能不痛切地感到我丧失了一个爱我最深的人了。"1956年，四爸在《谈〈家〉》一文中提到我父亲，又说："他是我一生爱得最多的人。"

四爸和三爸，1923年离开成都，到南京读书。直到1931年，我父亲给四爸写了（其中包括和三爸一起写的）一百几十封信。四爸把这些珍贵的信装订成三册，保存了

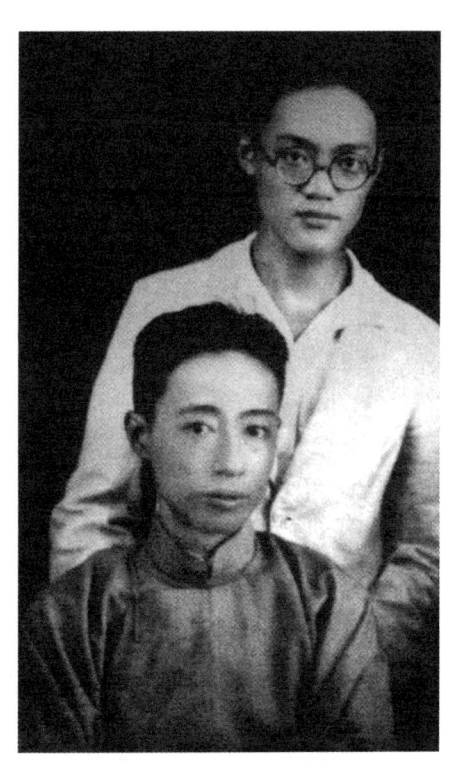

1929年，李尧枚去上海时与巴金的合影

四爸巴金

1923年，巴金和三哥李尧林离家去南京前与继母及兄弟合影。前排为：继母、巴金弟弟尧集（济生）。后排从左到右：巴金弟弟尧棪（采臣）、大哥尧枚、三哥尧林、巴金

四十多年。1966年，风云突变，大祸就要临头。在8月底或9月初，四爸为了避免某些人利用信中一句半句，断章取义，造谣诽谤，乱加罪名，"只好把心一横，让它们不到半天就化成纸灰"。1980年，四爸回想起烧掉我父亲的信时，还说："毁掉它们，我感到心疼，仿佛毁掉我的过去，仿佛跟我的大哥永别。"

"十年浩劫"以后，出人意料，四爸找到四封未曾烧掉的我父亲给他写的信。1929年7月，我父亲在和四爸分别六年后到上海，他们"在一起过了一个月愉快的生活"。这四封信是我父亲回成都后写的，前三封写于1929年，后一封写于1930年。可以想象得到，四爸发现这四封信，是多么的珍惜和喜悦。1982年5月我到上海，四爸把这四封信给我看。这是我第一次看见他们的通信，我为他们深厚的兄弟友谊所感动，含着泪水读完它们。我把这些信带回成都复印，然后又寄回上海。1986年4月2日，我出差到上海，就有关信中的一些问题向四爸请教，并做了录音。

我一直想把这四封信作为史料，提供给巴金的读者和研究者，但总

因工作忙乱无法注释和说明。最近因为在医院做陪伴，便抽空找出信并注释。昨天我还听了上次和四爸谈话的录音。录音的质量不错，四爸谈笑风生，声音十分清晰，使我重温了和四爸在一起的愉快时刻。

四爸在这次谈话中，有两次很动感情，痛哭失声。他说："我感到痛苦的是，我的两个哥哥对我都很好。他们两人都是因为没有钱死掉的。后来我有钱，也没有用。""……他们都不愿意死，结果死掉了，就是因为没有钱。……所以我也不愿过什么好生活。他们如果有点钱，可以活下去，不至于死掉，但是偏偏我活下来……"我理解四爸的心，他对两位哥哥的感情是永恒的。

1993年6月12日

|附|

李尧枚给巴金的四封信①

一

亲爱的弟弟：

当你们送我上其平轮②的时候，我的弱小的心灵实在禁不起那强烈的伤感，眼泪不知不觉地流下来，把许多要说的话也忘记了。我们哭了一阵，被他们将你同惠生③唤走，我送——也未送，但是我也不忍送你们。你们走后，我就睡在舱里哭，一直到三点半钟船开始抛［起］锚，我才走出来，望着灯光闪闪的上海，嘴里不住地说："别了，上海！别了，亲爱的弟弟们！"上海，我不大喜欢④，但是我的弟弟住在那里，我也爱他了。一直看不见了，眼泪也流得差不多了，我才回舱睡觉。直到八月初三后方抵重庆，初七乘汽划到合川赶早回省⑤，十五夜八［点］钟方抵家，从七月二十八日由宜昌起，每日不住的（地）下雨，一直把我送回成都。十六日却又天晴了，一路平安，请释念。归家即读你七月十七日写的信［八月初十到的］，又使人伤感不已。弟弟，沪上一月的团聚，使我感到极大的安慰，不料匆匆又别了，相见不知何日。弟弟，我真舍不得离开你呵。我回来到今已经六天了，但吃饭也吃不得，精神也不如以前了，什么事也不想做了。弟弟，并不是我懒，或是我病了，只是心中像损失了一件什么东西一样。弟弟，

---

① 原信无标点，现有的标点和注释为李致所加。个别错漏字出版时以括注形式作了订正。
② 其平轮：船名。李尧枚乘该船离开上海返回四川。
③ 惠生：即高惠生，李尧枚和巴金的表弟。他同李尧枚一起去上海，留在上海读中学。后来与李尧枚和巴金的九妹李琼如结婚。
④ 上海，我不大喜欢：据巴金分析，李尧枚可能是不喜欢"海派"和上海的快节奏。同时，李尧枚第一次远离四川，对家里很思念。
⑤ 赶早回省：指由陆路回省会成都。

难舍亲情

20世纪20年代,高惠生与李琼如的合影

我真苦啊!弟弟,我在上海把你耽搁了一个月,什么事都使你不能做,真是对不起你得很。但是,我还觉得我们未好生快乐过一天,太短了。我觉得你在我的面前太少了。亲爱的弟弟,我还觉得你是我一个最小的弟弟,难得有我这个老哥子在你面前时时拥抱你。弟弟,我想你时时在我怀中。弟弟,我人虽回到成都来,弟弟,我的灵魂却被你带去了。弟弟,我时时刻刻在你的身边,我是一刻不离你的。弟弟,前数夜,我同妈妈、大嫂、九妹①他们摆龙门阵,我说四弟同高惠生他们俩在我的面前,简直比一些寻常的儿子在老子面前还好,我实在舍不得他们,不放心他们。我含泪的[地]说,却把他们的眼泪惹下来了。弟弟,你的哥哥是爱你的,你也是爱你的哥哥的。但是,你的哥哥实在不配你爱呵!唉!

弟弟,我托你一件事,是你已经答应的,就是照顾高惠生弟的事。请你照应照应一下呵。那天立约虽是我们三人一时的游戏,但高惠生他很愿意的。他有志于文艺,希望你指导指导罢。

今天又接着你的第三封信。谢谢你的美意,怎么你又送我的书?弟弟,你说你硬把我的《小宝贝》要去了,你很失悔。弟弟,请你不要失悔,那是我很愿意送你的。之所以要在船上拿与你,就是使我留下一个深刻的映[印]象,使我不

---

① 妈妈:指李尧枚的继母邓蘧如。大嫂:指李尧枚的妻子张和卿。九妹:即李琼如,高惠生的妻子。

四爸巴金

会忘记我们的离别时的情景,借此也表出我的心情,使我的灵魂附着那张小小的唱片永在你的身旁。

弟弟,还有许多话是说不完的,只好打些……代表了罢。本来,我要再等两天才写的(因为我实在不舒服),却因接着你的信,很念我,所以勉强写点给你。但是,我并没有大病呵,只不过我太懒和心中难过罢了。请了,下次再谈,敬祝健康!

枚　八月二十一日夜书于灯下

二

弟弟:

好久没有接你的信了,很念你的。知道你的事情忙,所以我先写封来,有空请复我,没空也就算了。好在我的灵魂是在上海的,在你身旁的。

你的身体好么?你不要太劳苦了,总得要休息休息和运动运动一下,一天到晚伏在桌子上,很痛苦的。请你听我的话罢。

你近年来还爱看电影么?我知道你进了电影院一定不高兴,因为你的哥没有坐在你的旁边了。但是,弟弟,你只管看你的电戏[影]罢,你的哥还是在你的左右。他不过是爱听悲哀的音乐,坐在前面罢了。弟弟,他还是在等他的弟弟,解释着悲哀的剧情给他听呢!就是听不见他的弟弟唱 *Sonny Boy*,心里不免有些酸痛罢了。

弟弟,你对现代社会失之过冷,我对于现代社会失之过热,所以我们俩都不是合于现代社会的。现代社会所需要的是虚伪的心情,无价的黄金,这两项都是我俩所不要的,不喜的。我俩的外表各是各的,但是志向却是同的。但是,我俩究竟如何呢?(在你的《灭亡》的序言,你说得有我俩的异同,但是我俩对于人类的爱是很坚[定]的)其实呢,我两个没娘没老子的孩子,各秉着他父母给他的一点良心,向前乱碰罢了。但是结果究竟如何呢?只好听上帝吩咐罢了。冷与热又有什么区别呢?弟弟,我的话对不对?

难舍亲情

弟弟，我向你介绍一个人罢了，就是高惠生，胖大娘①是也。他是个富于感情的人，希望你时时指导他。他前天与他的妈妈有封信，信内有几句话："大哥在上海时，有什么事情，还可同他商量商量。现在呢，我还有什么人来商量呵？唉！"弟弟，你看他说得多么可怜呵！弟弟，你安慰他一下罢。

弟弟，我是不再看电影了。因为没有他弟弟在他旁边替他解释剧情了。弟弟，他要他弟弟来了，他才得快乐呵！

弟弟，这次我回川，我失掉我两个小弟弟：你和惠生。我是如何的痛苦。唉！请了，祝你健康！

枚　双十夜

三

四弟：

一连接着你两封［信］：九月二十八日一封，本日一封。二十八日那封信接着时，我的二女②正患着极重的气管肺炎，离死神不远了。好容易才由死神的手里夺回来，现在还调养着，所以当时没有给你写回信。

弟弟，我此次回来，一值［直］到现在，终是失魂落魄的。我的心的确的掉在上海了。弟弟，我是多么的痛苦呵！弟弟，我无日无夜的［地］不住的［地］思念你。弟弟，我回来，我仍在我屋里设一间［张］行军床，仍然不挂帐子，每夜仍然是照着在上海时那个样子吃茶看书。然而在上海看书过迟，你一定要催促我。现在我看书往往看到一两点钟，没有人催促我，因为大嫂月份大③了，总是十点前后就睡了。我还是朝深夜看去，□□过迟，往往掩卷而泣，悄悄地睡了。

弟弟，我常常的［地］当是你在我身旁一样，即［及］至警觉你不见［在］我的面前，我总是十分的［地］难过。我每天吃了饭，我总是到处乱跑的［地］混午饭，总不愿意在家吃，因为我总想你回来吃晚饭。弟弟，我诚然不对，因为

---

① 胖大娘：高惠生的绰号。
② 二女：指李国炜。
③ 月份大：指怀孕后期。

四爸巴金

我什么事都不想做了。弟弟,我自己都不知道我要怎么才对。

弟弟,我万不料我这一次把我的弱小的心灵受着这剧[巨]大创痕。弟弟,我这创痕不知何时才医得好？弟弟,更不料我这次使你也受着极大痛苦,弟,我恨不得……种种……

弟弟,你说的"如果你还不曾忘记你的弟弟"。弟弟,我如何会忘记你？弟弟,我如果忘记你到[倒]好了,因为我无论什么事我总是闷在心头,越筑越紧。弟弟,我多年来未曾胖过的,受不住热天,即[及]至我回来,我却胖了。家里人这样说,我不信,我把我以前的衣裳穿起,果然胖了。但是现在却大瘦了许多了。弟弟,我是时时刻刻的[地]思念你呵！

弟弟,你不要以为我难得写信来是忘记了你了,那是错了。因为我写信给你,总是悲哀话多。我想我已经难过,如何再使你难过。所以每次提起笔又放下了,甚至有一两次写好了,我又[把]他[它]撕了。弟弟,如果你今天的信不来,还不知哪天我受不住才写呵！

弟弟,白天我都好混过,夜间最糟,我真痛苦极了。我想我有一架飞机,那就好办了。

弟弟,我一天到晚都是鬼混唐朝的,希望你也将空时候,给我写一点信来。总之,我俩互相安慰着罢。

弟弟,我的神经是慌糊[恍惚]的,这是为什么缘故？

弟弟,我托你一件事：请你代买一本法文初范,用快邮寄来。务必费心,因为成都多年没有了,天主堂邓梦德牧师那里也去问过了。弟弟,请你不要忘记,费心,费心。

弟弟,我是时时刻刻的[地]在你身旁的,你也是时时刻刻在我的身旁的。请你时时放宽心罢,因为忧愁是很不好的。

弟弟,好好的过去罢,不要太伤感了。弟弟,我接你这封信,不知道要使我难过多少天。弟弟,我也放心些。弟弟哟,请你不要忘记罢。

弟弟,天气冷了,你的大衣做起了么？不要受凉。弟弟,《小宝贝》你在唱么①？弟弟，假如你要吃西餐，请你照顾一下三和公②罢，因为他对于我和你两个狠［很］好的。茶房我走时一共给了三块钱，但是对于那个笑嘻嘻的堂官［倌］和那几个山东人，我狠［很］抱歉的。你照顾他一下也好，因为我俩是时常在那里一块吃饭呵！

话是说不完的。弟弟，我是忘记不了你的，请你也不要忘记我罢。我想你决不会忘记我，只有越更想我的。弟弟你说对不对？请了。敬祝健康！

枚　十一月九日

四

小弟弟：

连接你好几封信，知道你一切情形，但是实在没有空复你。很使你失望，实在的对不起呵！望你原谅。

自从回来，再没有比去年冬月腊月忙的了。忙到腊月二十，把我的胃疼胃病一切［引］发了，好不扫兴。但是事实上不容许我安静，只好撑着病体与他［它］奋斗了。把幺妹的事办完，年也完了，所以病也没有好。这两天事情到［倒］少些，精神却委顿了，所以你的信只是一封一封的接着，没有精神与你写回信，只怕你要疑我把你忘了。

读了你二月六日（邮局戳）的"我对于生活早就没有一点兴趣"一段，不觉使我异常悲痛，我也是陷于矛盾而不能自拔之一人，奈何！来函谓"哥来函……未及弟痛苦于万一也"。此时，暂不自辩，将来弟总知道兄非虚语③。恐到那时，弟都忘却兄了。唉！

---

① 此处李尧枚问巴金是否在放唱片《小宝贝》。
② 三和公：指上海淮海路附近一家饭馆。
③ 将来弟总知道兄非虚语：巴金在《做大哥的人》中说："他回到成都写了几封信给我。他说他会自杀，倘使我不相信，到了那一天我就会明白一切。但是他始终未说出原因来，所以我不曾重视他的话。"

111

四爸巴金

《春梦》①你要写，我很赞成；并且以我们家人物为主人翁，尤其赞成。实在的，我家的历史很可以代表一切家族的历史。我自从得到《新青年》书报，读过以后，我就想写一部书来，但是我实在写不出来。现在你想写，我简直欢喜得了不得了。弟弟，我现在恭恭敬[敬]向[你]鞠躬致敬，希望你有暇把他[它]写成罢。怕什么罢。《块肉余生》②过于害怕就写不出来了。

现在只好等着你快写成了在《小说月报》上发表，你尚没有取名的小说罢。

我一定要寄点钱给你看电影，不过要稍缓几天，这几天有点窘。

代出版合作社③收的账，他们答应农历年底交付。成都的习惯，三十晚上给钱，都算漂亮的。那[哪]知到了初一都不给。问他们，他们反说我的怪话。现在钱他们决定是不给的。我只好将收条寄上，请你转交，并代答歉意。

你有空吸点新鲜空气，最好早上早一点起，去到小咖啡店喝一杯热牛奶，于你很有益。希望你听我这一个小小的要求罢。

以后你写什么东西，务请你将他[它]的名字告诉我。出版时你签名给我一部。我把[它]惠存着拥抱着，就像我的小弟弟与我摆龙门阵一样。这个要求，想来总可以允许罢。我的小弟弟。

枚　三月四日

---

① 《春梦》：巴金和大哥议论写大家庭的小说书名，即以后的《家》。
② 《块肉余生》：即英国作家狄更斯的《大卫·科波菲尔》。
③ 出版合作社：上海的一家出版单位。

终于理解父亲

我父亲在1931年春自杀身亡。

那时我只有一岁零三个月,谈不上对他有什么了解,所以我说不清楚自己的父亲。我只能说说自己对父亲的认识和感情的转变。

一

从我有记忆的时候起,母亲卧室里就挂着一张颇大的照片,我天天看见它。照片上的人眉清目秀,身着西服。不管我站在什么地方,他的眼睛都望着我,使我既感到陌生,又感到亲切。母亲说他就是我的父亲。

父亲名尧枚,号卜贤。从母亲和长辈那儿,我听到许多称赞父亲的话。众口同声,说他是好人。在学校功课好,中学毕业考试名列第一。在家学过武术,舞剑曾得众人喝彩。喜欢阅读五四以来的新书报。热心为亲友帮忙,我们家和亲友家的红白喜事都少不了他。帮

李致的父亲李尧枚

四爸巴金

亲友做生意，赢了归亲友，亏了他赔钱。懂医，能为亲友看些小病。脾气特别好，亲友中发生什么矛盾，他去劝解，甚至给双方作揖，说是他的不是。他死后，连邻居、小贩都感到惋惜。……所有的人都说他不该自杀。

二姐、三姐、四姐和我，因为年龄小，加上母亲身兼父职，似乎未感到缺少父亲的不幸。大姐对父亲感情特别深，一提到父亲她就流泪。半个世纪以后，她才告诉我，父亲很爱她。当年她和父亲同睡一张大床。父亲喜欢读新书报，每晚读到深夜，她至今还记得父亲读书时的背影。父亲给她订了《小朋友》和《儿童世界》，对她有很大影响。父亲爱带她出去玩，买糖果招待她的小朋友。1929年，父亲从上海回来正是中秋节，她在大门外玩，父亲一下轿子就摸她的头。父亲去世后，大姐十分痛苦，长期用写日记的方式倾诉她对父亲的感情。

我没有这些经历和感受。听母亲说，父亲去世前，我只会为他提拖鞋。我看见过一张旧照片，父亲抱着大约半岁的我，我含着自己的指头，

李致的父亲（左）和曾祖父

李致的父亲抱着约半岁的李致。
1930年夏摄于成都桂王桥西街

父亲右手顶着我的脚，左手抱着我的腰。老友刘多成会用计算机修复旧照片。他帮我把父亲抱着我照的那张照片修复一新，我在旁边加上"《父与子》（李尧枚与李致） 1930年夏"。望着照片，我享受到父爱，似乎能感到他身体的温暖。

我看见过父亲的很多遗物，包括我用来玩的父亲的打针用具。除此之外，再无其他。

二

母亲经历千辛万苦，把四个姐姐和我带大。

父亲自杀，家庭破产，亲友逼债。继祖母卖了自己的养赡田产还债。有些亲友甚至拿走家里的字画和别的实物。面对没有父亲的五个孩子怎么办？这无疑是母亲最困难的时候。我太小，根本不知母亲的痛苦。幸亏在天津当教员的三爸李尧林，担负起全家的生活费用。

日本鬼子侵略我国，交通中断，三爸无法寄钱回来。继祖母和母亲分别带孩子回娘家住。母亲靠变卖旧衣物、绘画刺绣、卖豆腐乳、"请会"拿"头会"等办法养活我们，供我们读书。

20世纪40年代初期，四爸两次回成都。他目睹家里的困难，主动担负起全家的生活费用。为节约开支，我们又和继祖母住在一起。这次住在一起，可能是因为生活困难，加上传统的婆媳关系，母亲经常受到继祖母的训斥。每当继祖母心情不好时，就在晚上训斥母亲，时间很长。我睡在隔壁房间，听得清清楚楚。我为母亲不平，长时间不能入眠，常高声喊叫母亲，但任我千呼万唤，母亲都不敢回自己的房间。这时，我内心深处常埋怨父亲，为什么扔下母亲而去？

抗日战争时，学校搬到乡下踏水桥，离城五六里。每遇下雨，满地泥泞，我和四姐在风雨中戴着斗笠，举步维艰。有几次风大，斗笠被吹走，人跌在地上。许多同学有父亲来接，令我们羡慕不已。

如果有父亲多好！……

115

四爸巴金

三

上中学的时候，读了四爸的小说《家》和散文《做大哥的人》，我才对父亲有所了解。《家》中的高觉新以我父亲作原型。父亲自小就很聪慧。他对化学很有兴趣，希望将来能去上海或北京上大学，以后再到德国留学，脑子里充满美丽的幻想。可是高中毕业后，祖父给他找了工作，二十四元的月薪断送了他的前程，他回到自己屋子伤心地大哭。不久，祖父又为他娶了妻子，而他本有心仪的人。他一切顺从祖父，毫不反抗。祖父逝世后，父亲又担负起我们这一房的生活重担。五四运动发生后，父亲和三爸、四爸都受到新思潮的洗礼，父亲"被遗忘了的青春也给唤醒了"。父亲经常买回新书报，贪婪地阅读这些书报，接受新思想。父亲的见解比较温和，他赞成刘半农的"作揖主义"和托尔斯泰的"不抵抗主义"。正如四爸所说，我父亲"他一方面信服新的理论，一方面依旧顺应旧的环境生活下去。顺应环境的结果，就使他逐渐变成了一个有双重人格的人"。这是他以后发生悲剧的根源。

祖父去世后，父亲做了承重孙，成了"明枪暗箭"的目标。他到处磕头作揖想讨好别人，也没用处。四爸说，他和三爸"带反抗性的言行"又给我父亲招来更多的麻烦。我的哥哥李国嘉四岁多时突患脑膜炎去世，对父亲是一个更大的打击：他的希望完全破灭了，精神抑郁，偶尔还出现过神经错乱的现象。后来，父亲帮助三爸和四爸到南京读书，又支持四爸去法国留学，希望他们学成后回来兴家立业。由于大家庭分家，田产收入减少，父亲曾另想办法增加收入。开过书店，但因经办人选择不当关门。继而把田产抵押出去，希望用贴现的办法取得较高的利息。不料他生了一场大病，等他病好才知道好几个银行倒闭，全家的"养命根源已经化成水"。他感到愧对全家，最后服大量的安眠药自杀！

知道这些情况，我对父亲有了一定的认识。他是好人，是旧社会的受害者。但在很长的一段时期内，我不满他采用自杀的办法。父亲离开人世，把母亲和五个子女留在人间，让母亲独自承担莫大的痛苦和灾难。

四

从20世纪50年代起，我发现四爸对我父亲有极为深厚的感情。他曾对我说，我父亲如果放下绅士的面子，过一般人的简单的生活，完全可以不自杀。他懂医，可以好好学医，成为一个好医生。新中国成立后说不定还可能当一个政协委员。

为我父亲，我和四爸有过辩论。

四爸曾答应我将来去上海时，他陪我玩。1964年9月我第一次去上海，我提出要去给三爸扫墓。我没见过三爸，但我非常尊重他。主要原因是父亲去世后，他牺牲了自己的爱情和婚姻，主动用教员的薪水供给我们全家生活费用，努力工作，省吃俭用，直至抗日战争全面爆发后联系中断。抗日战争胜利时，三爸贫病交加，逝世于上海。四爸同意我的要求，在一个下午雇了一辆三轮车，我们冒着烈日，同去虹桥公墓。我在墓地向三爸鞠躬，感激和尊敬使我流了眼泪。

在去墓地的三轮车上谈到父亲，我第一次向四爸表示了对父亲的看法，说他丢下母亲和子女去自杀，太不负责任。我当时年轻气盛，用语相当激烈。我们谁也说不服对方。只记得四爸感慨地说："连你都不理解，小林他们就更难说了。"

对父亲的"谴责"，在我心中保留了几十年。特别是我有了孩子以后，我非常喜爱我的两个孩子。我用玩、讲故事等办法启发他们的智力，促进他们的全面成长。女儿两次生病，怕她抽筋，我守通夜，困了用冷水浇头。儿子小时候，为了引起他读书的兴趣，我花了几个月时间，连续在晚上给儿子讲完《水浒传》，以后他在八九岁竟自己读完《三国演义》。儿子跟我去"五七"干校，整个冬天我们睡在一间小床上，互相用身体温暖对方。联想到我自己没有得到父爱，实在遗憾。"文革"中不论遇到什么困难，当"牛鬼"，进"牛棚"，被批斗和殴打，我从没想到自杀。原因之一，是我不能让孩子没有父亲。

四爸巴金

五

20世纪80年代初期，我有一次去上海。一天上午，四爸拿了一叠信纸给我，说这是我父亲给他的四封信。我知道三爸、四爸离开四川以后，父亲经常给他们写信。四爸很珍惜这些信，把一百多封信装订成三册，保存了四十多年。"文革"初期，为避免引起麻烦，四爸横下心烧掉这些信。以后，四爸回忆到这件事时曾说："毁掉它们，我感到心疼，仿佛毁掉我的过去，仿佛跟我的大哥永别。"

这是我第一次看见父亲的字迹，也是第一次读到他们兄弟间的信。1929年7月，在分别六年以后，父亲到上海，与四爸相聚了一个多月。三爸当时在天津，未到上海相聚。这四封信是我父亲回成都后写的。前三封写于1929年，后一封写于1930年。因为尚未装订，烧毁时漏掉，才被留下。"文革"时被抄走，落实政策时退回。我一下就被信的内容所吸引，几乎是流着泪把它看完的。看一次不够，征得四爸同意，我把父亲的信带回成都复印，再把原件寄还给他。原件他要捐给现代文学馆。

这四封信增进了我对父亲的理解。

最引起我注意的，是父亲谈到"对人类的爱"。由于四爸在小说《灭亡》的《序》中谈到过他和我父亲的差异，父亲在信中表示了他对当时社会的看法，说："现代社会所需要的是虚伪的心情，无价的黄金，这两项都是我俩所不要的，不喜的。"在谈到他俩的差异时，父亲说四爸"对现代社会失之过冷"，而他对"现代社会失之过热"，所以他俩"不是合于现代社会的"。接着父亲又强调"我俩对于人类的爱是很坚的"，"我两个没娘没老子的孩子，各秉着他父母给他的一点良心，向前乱碰罢了"。

我父亲以极大的热情支持四爸写小说《家》。他在信上说："《春梦》［即以后的小说《家》］你要写，我很赞成；并且以我们家人物为主人翁，尤其赞成。实在的，我家的历史很可以代表一切家族的历史。我自从得到《新青年》书报，读过以后，我就想写一部书来，但是我实在写不出来。现在你想写，我简直欢喜得了不得。弟弟，我现在恭恭敬［敬］向［你］鞠躬致敬，希望你有暇把他［它］写成罢。"他还鼓励四爸不要

难舍亲情

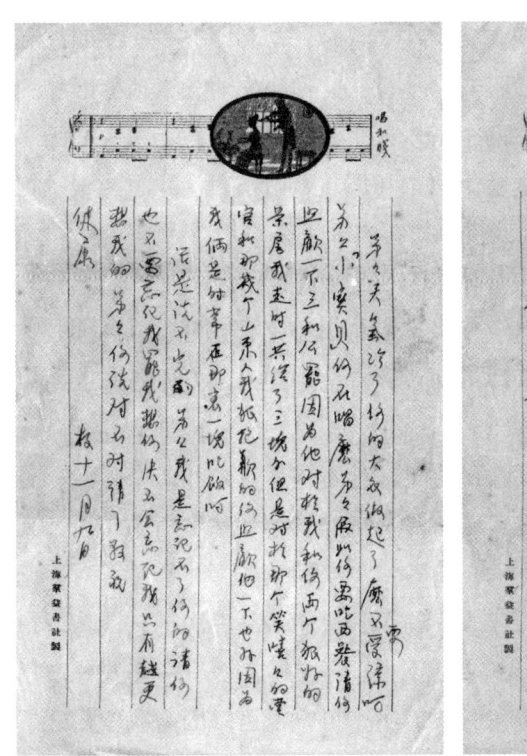

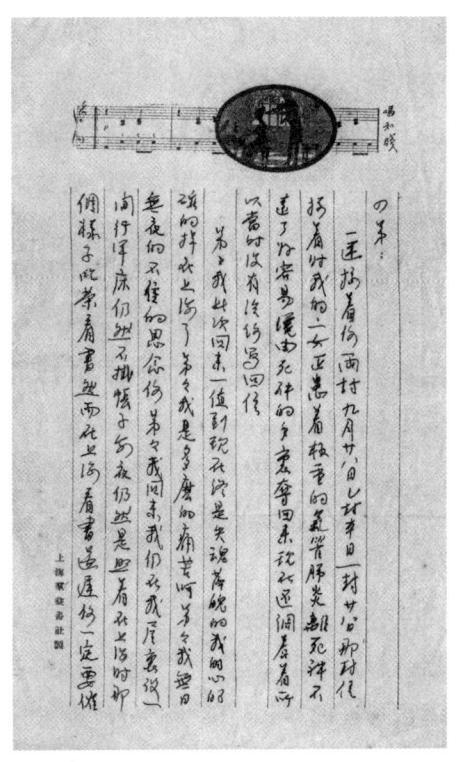

李尧枚给巴金的信的手迹

怕，说："《块肉余生》过于害怕就写不出来了。"

父亲与四爸的兄弟之情，充满字里行间。父亲在第一封信里说："你们走后，我就睡在舱里哭，一直到三点半钟船开始起锚，我才走出来，望着灯光闪闪的上海，嘴里不住地说：'别了，上海！别了，亲爱的弟弟们！'上海，我不大喜欢，但是我的弟弟住在那里，我也爱他了。"另一封信上又说："弟弟，我此次回来，一值［直］到现在，终是失魂落魄的。我的心的确的掉在上海了。……我无日无夜的［地］不住的［地］思念你。弟弟，我回来，我仍在我屋里设一间［张］行军床，仍然不挂帐子，每夜仍然是照着在上海时那个样子吃茶看书。然而在上海看书过迟，你一定要催促我……"还说，他是不再看电影了。因为没有他弟弟坐在他旁边替他解释剧情了。弟弟，他要他弟弟来了，他才得快乐呵！

119

四爸巴金

关心和尊重人也在信中体现。父亲在上海时，常和四爸去一家叫三和公的饭馆吃饭，回成都后还念念不忘。他说："你要吃西餐，请你照顾一下三和公罢，因为他于对我和你两个狠〔很〕好的。茶房我走时一共给了三块钱，但是对那个笑嘻嘻的堂官〔倌〕和那几个山东人，我狠〔很〕抱歉的。你照顾他一下也好，因为我俩是时常在那里一块吃饭呵！"

父亲在信上已有自杀的念头。他说："我也是陷于矛盾而不能自拔之一人，奈何！……此时，暂不自辩，将来弟总知道兄非虚语。恐到那时，弟都忘却兄了。唉！"正如四爸以后所说："他始终未说出原因来，所以我不曾重视他的话。"

我通过这四封信，接触到父亲的心灵。他不是不热爱和留恋生活，更不是回避矛盾抛弃亲人。他阅读《新青年》杂志，喜欢狄更斯的小说《大卫·科波菲尔》，爱听G. F.的唱片 *Sonny Boy*。家庭破产，父亲觉得对不起全家，企图自杀，正因他舍不得家人，写了三次遗书又三次把它毁掉。最后一封遗书中写道："算了吧，如果活下去，才是骗人呢。……我死之后不用什么埋葬，随随便便分尸也可，或者听野兽吃也可。因为我应得之罪累及家人受此痛苦，望从重对我的尸体加以处罚……"（这是我以后读到的）。自杀前二十多天，父亲借自己的生日，请了全家人（包括佣人）看戏，以示惜别。父亲自杀当夜，他几次来看望母亲和我们几姐弟。第二天早上，全家乱成一团。我和二姐、三姐、四姐人小不懂事，唯大姐悲痛不已。她拼命地喊爹爹，多次用手扳开父亲的眼睛，希望把父亲叫醒，但这时已"呼天天不应，叫地地不灵"了。

此后我不再谴责父亲对母亲和子女不负责任。尽管我仍不赞成他自杀。对四爸在小说《秋》里没有让觉新自杀，我也有了新的理解。四爸本想通过《家》鼓励父亲，勇敢地面对生活。但小说的《序》刚在《上海时报》连载，父亲就在成都自杀了。四爸为此感到"终生遗憾"。写到《秋》的结尾，四爸既想给读者希望，更不忍心觉新在他笔下死去。

六

从此，对我父亲，我与四爸有了更多的话题。

20世纪80年代我常去上海。有天早上和四爸在花园散步，四爸说他发现自己不如写《家》时那样勇敢，身上有时还有觉新的东西。可惜谈话被打断，未继续下去。

1986年春，我就父亲的四封信，与四爸有一次较长的谈话。四爸为我父亲1929年7月来上海，他们未能与三爸相聚，感到十分遗憾。当时，四爸曾以他和我父亲两人的名义约三爸来上海，但三爸以暑期要为学生补课为由，没有成行。四爸说，其实还有一个问题，去信中没有解决路费问题，失去了三兄弟分别六年再聚的机会。以往在成都，大家都向往杭州，这在小说《家》和《春》中多有描写。四爸一连几次对我说，真不知道那一次为什么没与你父亲一起去杭州玩？感到十分遗憾。当然，最令四爸痛苦的事，是两个哥哥都是因没有钱而死去。四爸痛哭失声地说："我现在有钱，但钱有什么用？我又不想过好生活。"

1995年，我第一次去杭州看望四爸。四爸对我说："一个人做点好事，总不会被人忘记。我时常想起你父亲，他对我有很多帮助，你三爸对我的帮助也很大。我要帮助他们，结果没有机会了。我知道，我可能不会被人忘记，但我希望他两人也被人记住。"两年后，我第二次去杭州看望四爸。四爸再一次谈到我父亲和三爸，他说："我们三兄弟有一个共同点，就是愿意多为别人着想，做出自己的奉献。"这一点，我感到很重要，是理解他们三兄弟的关键。四爸希望他们三兄弟能在"慧园见面"，即在慧园设一个展览室。我回成都即向市主要领导做过建议，但这个愿望难以实现。

也是在杭州，有一天，我和四爸的儿子小棠在屋里与四爸聊天。四爸说："你们以后写文章，涉及婆婆［指继祖母］一定要公正。"我说："我在《大妈，我的母亲》一文中特别提到在我父亲逝世后，继祖母卖了她的养赡田来还账。这是大局。家里的一些小矛盾，难免，但大局是主要的。我和几个姐姐都理解这一点。"四爸还谈到他小时婆婆对他的关心。其中谈到有一次过年，四爸放火花，鞋烧燃了，脚被烧伤，躺在床上，婆婆给他找药治疗。小棠与四爸开玩笑，问四爸："你那么大了，还不知道自己把着火的鞋脱了？"

1997年父亲百年诞辰之际，我打电话给住在华东医院的四爸。四爸有语言障碍，没有多说，只说了："庆祝一下。"我和几个姐姐、儿子与女儿，想不出用什么办法庆祝。后来，儿子在计算机的互联网上设了一个李尧枚的资料库，有照片、文章和资料，除四爸和济生叔的文章，还先后组织了采臣叔的文章以及大姐和张表嫂对父亲的回忆。到一定时候，资料库即可公开，欢迎访问。

几十年了，经历了一个漫长的过程，我终于理解了父亲。只是这理解来得过迟了。请你原谅，我的父亲！

2002年春

大妈，我的母亲

我叫我母亲为大妈，即大伯母的意思。

我的哥哥在他四岁多就去世了。接着大妈生了四个姐姐。我生在节气大雪那天。我父亲——我叫他为伯伯，高兴地掀开帐子，对躺在床上的大妈说："是个儿子，你这下满意了吧？"四个女儿，一个儿子，对儿子自然宝贝，怕带不活，便把我过继给我四

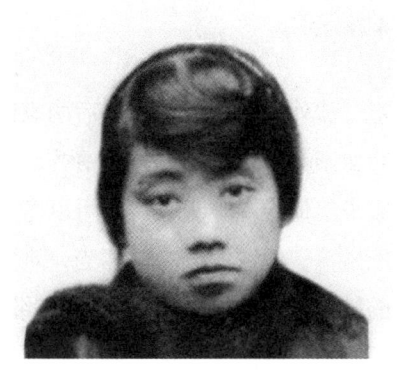

年轻时的大妈

爸。我从小叫四爸为爹，如此，便叫自己的母亲为大妈，自己的父亲为伯伯。不过，这种过继并没有实际意义。我的四爸是作家巴金。我十分尊重和热爱他，因为我是他忠实的读者，我信仰他的主张：生命的意义在于奉献不是索取。

一

我大妈姓张，名兰生，小名叫玉。

四爸巴金

李致的外婆

我的外公是云南昆明人，后到四川昭化县任知县。他有一儿两女，我大妈是次女。大妈自幼聪明，琴棋书画都会一点，舅舅最大，老实憨厚，但脑子不大灵活。有一次，外公要舅舅背"四书"中的一段，舅舅背不出，但大妈却一口气把它背完。外公极为高兴，顺手从口袋摸出四块银圆给她。外婆知书识礼，极为慈祥，但按旧例要给女儿缠脚。外公一听见女儿的呻吟或哭声，常常为她解开缠脚布。有一段时间，外公干脆要他的小女儿改扮男装；有时还让她骑着马，跟着自己的轿子走。这是我大妈的幸福童年，也是她的"光荣史"。

在我外公任昭化县知县的同时，我祖父任广元县知县。昭化和广元是两个邻近的县。我祖父和外公常有交往，以后两家都回到成都定居。当时李家处于兴旺时期，我父亲系长房长孙，相貌清秀，对人诚恳热情，中学毕业名列第一，有好几家来给他说媒。祖父认为可以考虑的有两家，一家姓张（即我外公家），一家姓毛。但这两家条件相当，难下决心。祖父采取求助祖宗的办法，把两家的姓写在两方小红纸上，揉成纸团，在祖宗的神位面前虔诚祷告，然后拈起了一个纸团，上面写着"张"字。这样，我大妈就嫁到李家（改名李张和卿）。我曾祖父和祖父十分高兴，并请人在家演戏庆祝。

李家是一个封建大家庭，很注重旧的礼教，这对年轻一代是很大的束缚。从表面上看，大妈作为长房的长孙媳妇，似乎很体面和幸福。曾祖父因为大妈能诗会画，而且很快生了一个儿子，实现了"四世同堂"，的确喜欢她。但这同时引来嫉妒。有人看不起大妈不大不小的脚，挖苦她是"改组派"。也有人嘲笑大妈不会打扮自己——因为她在娘家常着男装。我哥哥李国嘉不到五岁害脑膜炎死去，大妈非常痛苦，有人却暗中幸灾乐祸。我大姐出世前，正遇曾祖父逝世，按"血光之灾"的迷信，让大妈到城外去生孩子。若干年后，一提到这些事，大妈还感慨地说："大家庭，一人吐一口口水,都可以把人淹死!"幸好伯伯理解大妈,不理会那些闲言碎语,尽可能安慰她、体贴她和爱护她。在各种节日和办喜事的日子,伯伯主动帮助大妈梳好发髻和穿好裙子。这种深厚的夫妻情,成了大妈在大家庭抵制旧礼教的"保护伞"。

五四运动发生了。伯伯经常买新书报回家。他和三爸、爹(四爸)贪婪地阅读新书报,接受新的思想。他还让大妈看妇女杂志。但伯伯的见解比较温和,他赞成刘半农的"作揖主义"和托尔斯泰的"无抵抗主义"。正如四爸巴金写的文章所说:"他一方面信服新的理论,一方面依旧顺应旧的环境生活下去。顺应环境的结果,就使他逐步变成了一个有双重人格的人。"这就是伯伯人生悲剧的根源。

像所有的封建大家庭一样,李家也在不断衰败。曾祖父逝世后,因为祖父早已去世,伯伯成了承重孙。尽管他对人极好,仍成了"明枪暗箭"的目标。他内心非常痛苦,偶尔还出现过神经错乱的现象。后来,伯伯帮助三爸和四爸离开成都到南京读书,又支持四爸离开中国到法国

大妈和五个子女,幼年的李致坐在大妈身上。摄于1931年,时住成都桂王桥西街

四爸巴金

留学——他盼望他们学成后回成都"兴家立业"。这时,大家庭早分了家,田产收入少。伯伯曾开过书店(启明书店),但因经办人选择不当而关门。后把田地产抵押出去,用贴现的办法在银行取得较高的利息,以补贴家里的收入。不料伯伯生了一场病,好几个银行倒了,他不知道。他病好出外一看,才知道全家的"养命根源已经化成水"。他感到对不起大家,打算自杀。但他"舍不得家里的人",写了三次遗书,又三次把它们毁了。1931年旧历二月初四是伯伯的生日,他请了全家所有的人(包括请的佣人)去看戏,旧历三月初一他就离开了人世。伯伯自杀那天晚上,他和二姐睡在一间大床上。据我的奶妈讲,伯伯几次到大妈和我睡的床前打开帐子看我们,还多次去看我的三个姐姐。第二天早上发现伯伯时,他的嘴角沾了一点白粉,身体已经冰凉。

伯伯留下了遗书和一份账单,别人欠的债大多无法收回,欠别人的债却必须还清。家里的全部财产只有十六个银圆。债主纷纷来逼债,伯伯的继母、我的继祖母走投无路,卖尽一切,还清伯伯的债——有的债还是他代别人承担的。大妈哭得死去活来,外婆家和一些亲友守着她,怕再发生意外。

这真是晴天霹雳!家庭破产,丈夫自杀,子女年幼。天啊!这场灾难,大妈怎么承受得了,今后又怎么活下去?

二

"当时,我真想心一横,一头撞死!"大妈以后多次对我说,"但一看你们五个,你才一岁零三个月,我的心又软了。我死了,你们怎么办?"伟大的母爱支撑大妈活下来。

我们全家的生活面临极大的困难。三爸李尧林在天津南开中学做教员。他过着贫困的生活,每月按时汇款回家,维持一家十一口的基本生活。伯伯去世的时候,一些好心的亲友送了大妈一些钱,加起来可能有两百多元,把它放出去收利息,作为补贴我们的衣着、医药和其他费用。大妈让我们五姐弟穿得干干净净,先后上学读书。她母兼父职,忍受着各种

大妈和五个子女的合影，从左到右为：大姐李国煜、三姐李国炯、四姐李国莹、大妈、李致和二姐李国炜

困难，却从不在子女面前流露。但有一两次，我跟大妈出外办事，坐人力车回家，在途中她突然用手打自己的耳光。我吓得不知所措，只好按着她的手，把头埋在她的胸前。我经常听见大妈讲："宁可人负我，不可我负人。"这句话对我一生有很大的影响。大妈的苦，只有回娘家时，才可以向外婆倾诉；但她又不愿让外婆为她难受，更多的是打掉牙齿往肚里吞。

大妈对我们五姐弟倾注了全部心血。无论有什么东西，她都要分成五份，让大家都能享受到。我最小，又是独儿，她免不了有点偏爱。不过我的四个姐姐完全理解，她们也爱自己的弟弟。我自幼身体瘦弱，大妈带我十分小心。她常说："我像手上捏了一只麻雀。捏紧了怕捏死，捏松了又怕飞掉。"她尽量节约，让我能吃一些"米锅蛋"，并说："伯伯说的，一个蛋顶三碗饭。"有一段时间，大妈给我订了牛奶。我不喜欢喝，把它当药吃，但对每天取牛奶的方式却很有兴趣。大清早，卖牛奶的人在大门口高喊一声："挤牛奶！"我拿着一个洋瓷杯飞快地跑出去。卖牛奶的人当着我的面，蹲下来从牛的奶头挤下奶，再倒进我的瓷杯里。用现在的

四爸巴金

大妈和五个子女。摄于李致的四舅公陈砚农家

话来说,这种牛奶"正宗""资格",不存在"造假"问题。我上小学的时候,大妈怕我中午乱吃零食,每天给我送午饭。七八条街,来回走路,风雨无阻,两只脚各长了一个大茧。我经常生病,或是感冒,或是消化不良。伯伯的一个朋友叫张伯馨,是位西医。他很重友情。伯伯去世后,十多年间,我们几姐弟去看病,他基本上不收费,还要拿一些针药瓶给我们玩,我们至今感激他。

我们非常爱自己的母亲,听她的话,知道要为她争气。大姐早懂事,比我们体贴大妈。从二姐到我,充满孩子气。有几次,大妈出去办事,很久没有回家。我们等得着急,也非常担心,便胡乱猜疑:会不会在路上遇到坏人?人力车会不会突然翻车?于是我们伤伤心心地哭起来。我也有个别时候不满意大妈。她答应过年时给我买一匹可以骑的纸马,但买回来却是只能挂在身上的马头马尾,这算什么马?有一次我生病,大妈要出去办事,我不答应。她允诺给我订一份《儿童世界》杂志,我才放她走。可是她回家时却说:"杂志要一个月才能到。"小孩要的东西,总是希望立即到手。一个月?这是多么漫长的时间!当然,不久我就忘了。但偶尔一想到这件事,我总觉得大妈"骗"了我。我那时太幼稚:大妈哪有钱给我买这些"奢侈品"呢?

抗日战争全国爆发后,天津和成都的联系中断,家里收不到三爸的汇款。为了应变,我祖母和大妈各自搬回娘家,自谋生活。这是我们经济最困难的时候。物价暴涨,亲友原来送的钱大为贬值,本金和利息都收不回来。大妈挺起腰,想尽办法让我们几姐弟吃饱饭,有衣穿,能上学。大姐在省立女子职业学校读书，她的好朋友萧荀、刘玉琼、白炯等，经常在星期天或假日来我们家玩。大妈对大姐这些朋友很好，即使家里很困难，也要做些东西请她们吃。她们也很喜欢大妈，一直跟着大姐叫大妈为"妈妈"。大妈为别人画画挣钱，她的牡丹、梅花和菊花都画得很不错，不少人愿意请她画单条。她为别人绣帐檐子、绣枕头，也可以得些报酬。她还和舅妈、表嫂一起做豆腐乳、豆瓣酱，附近有不少人乐意来买。这些收入仍不敷出，大妈只得变卖伯伯留下来的各种遗物。稍微贵重的东西早卖光了，剩下的只有叫街上的收荒匠来买，价格很低。我一见卖伯伯的旧东西，心里就难受，常常大哭，抱着东西不放，惹得大妈伤心。当时，亲友中互相解决困难的一种形式"请会"，帮助大妈解决了不少的难题。大妈靠拿"头会"来给我们交学费、买衣服。劳累过度，使大妈的身体受到影响。有一次，大妈胃病大发，痛得从床上滚到床下。舅妈叫我跪在观音菩萨像的下面，不断念"南无阿弥陀佛"！我这个一向坐不下来的娃娃，竟在观音菩萨像前跪了很长的时间。

日本飞机轰炸最厉害的时候，我们随外婆一家疏散到外西文家场。大妈对我的学习一贯抓得很紧，到乡下也不放松，特别是教我写字。她经常在背后看我写字，如果我不用心，她便用手指节结敲打我的头。可惜我既无天分又不勤奋，至今没有把字写好。我那一段时间处在男娃娃最调皮的阶段，不听话，惹人讨厌，被称为"五横牛"。大妈耐心教育我，我每天晚上"悔过"，第二天又依然故我。胖舅舅挖苦说："我都听厌了。"有一次，我调皮过分（什么事我忘了），引起公愤，大姐和她的好友萧姐、二姐、三姐总动员：两个按着我的手，两个按着我的脚，让大妈打我的屁股。我大哭大闹，用当时流行语言骂："哪个再打我挨炸弹！"当然，到了晚上我又向大妈"忏悔"。大妈认为教小孩儿像栽树一样，"小树没栽好，长大了就扳不过来了"。她经常给我们摆老龙门阵，我百听不厌。特别是五叔祖父的故事，我的印象最深。五叔祖父长得清秀，人又聪明，还能诗文，曾祖父特别宠爱他。他得到放纵，乱交朋友，吃喝嫖赌，无一不精。还租了小公馆，包下一个叫"礼拜六"的私娼。钱花完了就偷，偷曾祖父的字画，偷五叔祖母的首饰。小说《家》里的克定就是他的写照。五

四爸巴金

叔祖母把他赶出家门,他成了"惯偷",在一个冬天死在牢里。大妈讲得很细致,她说五叔祖父穿马褂十分讲究,团花图案一天三变:上午是花的蓓蕾,中午和下午是盛开的花,黄昏和晚上是即将凋谢的样子。"但是这有什么用?光有钱,不学好,就会变坏!"大妈有针对地说,"生活苦没有关系,只要上进,自古寒门出贵子!"

疏散回来,大妈在今日新闻社工作了一年多。今日新闻社是张履谦先生创办的,他是四爸的朋友,他的夫人任培伯和大妈很要好。大妈的工作主要是剪贴报纸、写信封和到邮局寄信。大妈会做菜,还帮助他们家做腊肉、香肠。虽然薪水少,但大妈这一段期间比较愉快,她认为自己有工作,可以自食其力。新闻社有一个圆形的社章,在那儿工作的人都要挂在胸前。我听见她说过很多次:"我胸前也挂上牌牌了!"

亲戚朋友都称赞大妈待人宽厚。我的六孃(三爷爷的女儿),五四时期接受了一些新思想,与伯伯、三爸和四爸的感情都很好。伯伯曾称赞她"虽是女子,见解却甚高"。没想到伯伯去世的时候,六孃竟说"人在人情在,人死人情两丢开",带头来逼债。六孃一直没有结婚,甚至连一个陌生的男人也没有见过。十几年后,成了一个性情怪僻的老处女,很少有人同情她。但大妈却常常去看六孃,六孃的委屈也愿意向大妈倾吐。现在想起来,这正是大妈不计恩怨,"宁可人负我,不可我负人"的体现。

20世纪40年代初期,四爸两次回到成都,和我们住在一起。四爸回来,引起两大变化。一是我小学毕业后,把我送到私立高琦初中读住读。这个学校费用较高,由四爸供给。集体生活对改变我的性格起了很大作用。二是四爸看见大家生活困难,便像三爸那样负担起全家的生活费用。为了节约开支,原来一分为二的家庭成员又合在一起。这时,小幺爸和我大姐先后工作,经济困难有所缓解。不久,二姐和三姐从师范学校毕业,担任了小学教员,每月交给家里一两个银圆或一斗平价米。当时,教师职位很不稳定,大妈每年都要参与"六腊之战",四处求人帮忙。假期我在家,晚上八九点钟以后,大妈常要我去给她买二两干酒,一堆有壳的花生,独自消愁。这时大妈总爱对我说:"一个人,要在有时想无时,不要在无时想有时。"这是她从长期生活重压下悟出的道理。

我上高琦初中的时候，语文教师杨邦杰指导我读鲁迅的小说。我似乎突然懂事了，知道体贴和安慰大妈，对几个姐姐也很好。大妈对我这点进步感到满意。上完初中二年级，我考上华西协合高级中学。我继续从进步书籍和报刊中汲取养料，学习写作，参加学生运动，与朋友合办刊物，上街游行反对内战。一个关心我的亲友把这些情况告诉大妈，大妈要我小心。我对大妈讲了一些看法，她似乎觉得有道理，没有干预我的活动。这时，大妈意识到她心爱的儿子已经有独立的意志了，她不愿再把儿子紧紧地"捏在手里"。

我因反对美军暴行发动罢考，在1947年年初被学校勒令转学（变相开除），去重庆读书。1948年夏天，祖母和十二姑离开成都，去重庆，后去上海。大妈和二姐、四姐在书院东街租了一个小独院——实际只有三间住房和一个天井。经地下党一位同志介绍，一个叫李维则的商人在我们家租了一间房子，作为他从雅安来成都时居住的地方。大妈感到李维则文质彬彬，有礼貌、关心人，不像一般商人，与他相处很好。1949年1月的一个晚上，突然来了几个便衣特务，要抓李维则。大妈和四姐（以后还加上二姐）被"软禁"在住房。大妈要四姐"以买烟招待"为借口，出外找机会通知李维则，叫他不要回来。但特务说"只准进，不准出"，拒不同意。李维则回来时，四姐抢先说了一句"双关话"："有人在等你！"李维则装着不知道，一下进了大妈的住房，丢了封信在地上，又退出去。特务立即逮捕了李维则。李维则也用"双关话"招呼大妈："帮我照顾一下东西！"第二天，四姐把李维则的信交给地下党同志，很长一段时间不能回家。以后才知道，李维则是地下党雅（安）乐（山）工委委员，原名吕英，被叛徒出卖，新中国成立前夕牺牲在重庆渣滓洞。当时，大妈多次说："这样好的人，居然会被抓走！"

三

1949年年底成都解放，给大妈的生活带来巨大变化。

四爸巴金

　　大妈从几十年切身的体会中，认识到旧社会不合理，应该改变。当她知道我和四姐参加了党的地下组织，高兴地说："我早猜到了！"新社会是什么，大妈不清楚。但她的五个孩子都参加了工作，先后入党，她相信她的孩子不会去干坏事。现在，不愁吃、不愁穿、生活稳定，再不受有钱人的气，心情也舒畅了。社会风气良好，面目一新。这些情况，清朝没有，民国没有，大妈怎能不满意呢？

　　那时，外婆还健在。1952年成渝铁路通车，我和我爱人丁秀涓从重庆回成都探亲。大妈带我们去看望外婆。年过八十的外婆，听说"新娘子"（她没有见过我爱人）要来，请表嫂把屋子打扫干净，隆重接待我们。得知我们坐火车回来，她细声细语地给我们讲：清朝末年，修川汉铁路，强迫摊派"买"铁路的股票，以后铁路没修成，股票变成废纸。"才解放三年，共产党就把成渝铁路修好了。"外婆说了许多称赞共产党的话，最后笑眯眯地说："共产党啥都好，就是会太多了。"

　　大妈不感到会多，这是因为她耳朵聋了，街道上不找她去开会。大妈的耳朵是1948年的一天突然聋的。当时，我在重庆，知道这个消息，想起她为我们受的苦和她一生受的刺激，十分难受。四爸一直关心大妈（他的大嫂），两次为她买助听器。一次是1958年四爸去苏联，为大妈买了一个助听器，体积大，灵敏度不高。一次是1964年12月12日，四爸"搭公共汽车和无轨电车到上海市第一医药商店买国产助听器一副（准备送给大嫂）"。1965年1月21日，四爸又在日记上写："大嫂来信，说已收到耳机。"这个助听器体积小，灵敏度高。可惜大妈的耳神经不行，仍听不见。好在大妈爱读书报，每天读报纸，没有事就读小说，包括苏联小说（如高尔基的《母亲》《远离莫斯科的地方》）。要交流思想感情，大妈自己讲话，别人就得写字。从小孩到大人，开始叫大妈为聋婆婆。她也自称为聋婆婆。

　　外婆去世，对大妈是一个沉重的打击。几十年来，特别是伯伯去世以后，大妈只能从外婆那儿得到爱抚。过去，外婆给大妈吃的东西，大妈总是带回来给我们几个吃。以后外婆一定要大妈当着她的面吃掉，而且说："玉，这一次你就自己吃吧！"就这样，大妈还要剩一点给我。真是天下

难舍亲情

1963年，李致调回中央工作，大妈与李致一家

慈母心！外婆去世后，我赶快接大妈到重庆来散心。大妈到了重庆，第一次看见她的孙女李芹，听见她叫"亲婆"，自然会减轻些痛苦。大妈说外婆是老死的，油干灯草尽，没有痛苦；遗憾的是她没有给外婆送终。

大妈来自旧社会，但她并不迷信。1962年，大妈跟二姐住在外东新桂村二楼。我那时在简阳参加"四清"。有一天，她爬到书桌上去开窗子，不留心竟摔到楼下，把几个姐姐和我爱人吓坏了。幸好没有出大问题，仅把腿部的韧带摔坏，不久即治愈。周围的邻居说："聋婆婆人好，命大，摔不死。"大妈笑着对我们说："我不信这些。万一我摔死了，我就不是好人呐？"大妈的内侄张汉臣常来看她，有一次谈到死，大妈说她怕火葬，怕被烧痛。事后大妈又对我们说："其实，人死了，哪还晓得痛不痛啊！"过去大家庭里的规矩多，过春节时只能说吉利的话，很多忌讳。1972年我们从河南"五七"干校回来探亲，大年初一，我儿子李斧与亲婆开玩笑，竟用手比画表示他要"上吊"。我怕大妈不高兴，立即警告儿子，不许他做这些动作。没想到大妈不但没有责备孙子，自己也做了一个"上吊"的动作。

四爸巴金

李斧与亲婆

大妈真心实意地拥护共产党。新中国成立后我们几姐弟的工作经常调动：大姐调重庆，三姐调福建，四姐调北京和广西，我调重庆。大妈知道应该服从革命需要，从来没有阻拦。以后除三姐外，我们又调回成都。三年困难时期，大妈毫无怨言。她按照当时对干部的规定，不上饭馆吃东西，还在她住房楼下的空地上开了一小片地，种上蔬菜，以补不足。大妈那次从楼上摔下来，正跌在这片松土上，没有重伤。以后经济情况好转，日子过得好一些。1964年年初组织通知我和我爱人调北京工作。大妈当时和我们住在一起，祖孙三代共享天伦之乐，这是我一生最愉快的时期之一。突然又要分离，我心里很不痛快。动员大妈和我们一起去北京，她又舍不得故土和我的几个姐姐。商量结果，大妈同意我们先去，以后她来北京玩。大妈努力控制自己的感情，仅在2月3日那天，指着日历对我说："我希望日历到今天就不动了。"我把大妈的话记在当天的日历上，这张日历到现在刚好保存了三十年。我们到北京以后，二姐和四姐为大妈准备了皮衣，大妈也打算来北京看我们，可是"文化大革命"发生了。

四

大妈当然无法理解所谓的"文化大革命"。

我三姐夫在福建一所劳改场当场长，犯人起来造反。他和三姐遭到残酷的报复，好在大妈不知道。我在北京靠边站、关"牛棚"，被打翻在地，两年多没有给大妈写信。大妈意识到我在受"审查"，但我患难与共的妻子定期给她写信和寄钱回家，多少给了她一些安慰。二姐和四姐是"当权派"，受审查、被斗争，不可能完全瞒过大妈。大妈凭报纸知道一些"革命"道理，她相信应该"维护毛主席革命路线"，多次要二姐、四姐"好好检查自己"，快一点"回到毛主席的革命路线上来"。1971年，我从"五七"干校回成都探亲，大妈知道我恢复了党组织生活，显得很高兴，问我的觉悟提高了多少。天知道我该怎样回答！我不敢讲真话，又不能拒绝回答，只好开玩笑地在纸上写："提高了百分之八十。"大妈似乎理解我的难处，笑着说："希望你继续提高。"属于她子女的问题，大妈并不太计较。使大妈困惑的，是老一辈革命家的遭遇。

新中国成立十七年，大妈对老一辈革命家十分尊敬。可是，"十年浩劫"，是非颠倒，什么都乱了，谁也给她解释不清楚。刘少奇是国家主席，邓小平是党的总书记，这两位革命领袖一下变成被打倒的对象。大妈能理解吗？林彪是"副统帅"，天天要祝他"永远健康"，又因谋害毛主席未成叛逃摔死。这是怎么一回事？"人才难得"的邓小平出来主持工作，人民群众拥护，但又是什么"右倾翻案风"，被撤销一切职务。谁在故弄玄虚？周总理、朱总司令、毛主席先后逝世，大妈和人民群众一样，感到悲痛。"四人帮"被粉碎，万众欢腾，我们才敢向大妈说明真相。她非常高兴，但她悄悄问我："江青是毛主席的妻子，她为什么敢做坏事？"给贺龙、彭德怀、刘少奇平反，大妈都拥护，但必然要导致她对毛主席的不理解。有一次，我儿子大胆给大妈讲，毛主席也有缺点。大妈大吃一惊，要我告诫儿子"不要乱讲"。我趁机给大妈写了一段话："毛主席是伟大领袖，是人，不是神。他有很多功绩，但也有缺点和错误。'文化大革命'就搞错了。"大妈半信半疑，这个弯她不是一下子就能转过来的。

五

仅仅三四年，经济生活大有改善。大妈从几个儿女和周围的人身上，看到人们心情舒畅和新的工作热情。她的孙女、孙儿和外孙，大多参加工

四爸巴金

作。大妈和孙辈的关系极好，孙子辈可以叫她"老张"，可以和她开玩笑。外孙李舒帮外婆买点心，自己起码要吃一半。李舒拒不承认。实在没有办法，他就说："我要不去买，你们连那一半都吃不到。"剩下的点心，大妈真心实意地留给每一个孙子，而且要让他感到亲婆（或外婆）最爱他，是特意留给他的。这些孙子互通情报，发现每一个都是被"最爱"的，便和亲婆（或外婆）开玩笑，说她"一根骨头哄几条狗"。我儿子李斧强教亲婆说英语，她便用中文说"阿都那提罗"（I do not know）。大妈生性乐观，形势一好，幽默感就更加显示出来。有一次，大姐为一件小事不高兴。大妈当时没有说什么，隔了一会儿，大妈摸着大姐的脉对她说，要给她开副药方。大姐莫名其妙地问开什么药方，大妈说："平肝！"我1973年调回四川，在出版社工作，离大妈住地很近，几乎天天去看她。正因为经常去，每次去就不可能有很多新话题。我一去，总是先在纸上给大妈写："你好不好？我这几天很忙。李斧来看过你没有？"大妈对我简单的谈话很不满意。有一次，她对我说："你最好刻一个图章。"我不理解大妈的意思，申明我已有图章。她说："你每次来，只有这几句话，不如刻一个图章，来了一盖就行，省得每次都写。"我这才知道大妈在"挖苦"我。大妈还经常告诫我，要多去看她，否则将来她"没"了，我要后悔。又有一次，我听说大妈病了，淋着大雨去看她，她很高兴。我为了"报复"，写了四句话：

　　大雨探母亲
　　其心何虔诚
　　还说儿不好

晚年的大妈没事就写字

采桑子

人生易老天難老，歲歲重陽，今又重陽，戰地黃花分外香。一年一度秋風勁，不似春光，勝似春光，寥廓江天萬里霜。

憶秦娥

西風烈，長空雁叫霜晨月。霜晨月，馬蹄聲碎，喇叭聲咽。雄關漫道真如鐵，而今邁步從頭越。從頭越，蒼山如海，殘陽如血。

七絕

暮色蒼茫看勁松，亂雲飛渡仍從容。天生一個仙人洞，無限風光在險峰。

蝶戀花

我失驕楊君失柳，楊柳輕颺直上重霄九。問訊吳剛何所有，吳剛捧出桂花酒。寂寞嫦娥舒廣袖，萬里長空且為忠魂舞。忽報人間曾伏虎，淚飛頓作傾盆雨。

卜算子

風雨送春歸，飛雪迎春到。已是懸崖百丈冰，猶有花枝俏。俏也不爭春，只把春來報。待到山花爛漫時，她在叢中笑。

十六字令三首

山，快馬加鞭未下鞍。驚回首，離天三尺三。

山，倒海翻江捲巨瀾。奔騰急，萬馬戰猶酣。

山，刺破青天鍔未殘。天欲墮，賴以拄其間。

母親在"文革"中抄寫的毛澤東詩詞

四爸巴金

打起灯笼找

大妈看见纸条，哈哈大笑。然后悄悄告诉我，她知道我儿子李斧有"朋友"了。当时，李斧正在和方惠谈恋爱，常常一起去亲婆那儿玩。他们既是去看望亲婆，又是在那儿谈情话，因为亲婆听不见。我问大妈怎么知道的。大妈说："那天我对李斧说，我知道你有朋友了。李斧问是哪一个，我说总之不是圆的、不是扁的。"

一家人团聚吃饭是最愉快的时候——大妈往往在一个月前就开出菜单，征求国庆节或春节吃哪些菜肴——大小十五人，分坐两桌，说说笑笑。大妈把儿孙们孝敬她的钱大部分用来请儿孙们吃饭。我女儿李芹说："亲婆的方针是：取之于民，用之于民。"

这一两年，大妈几次对我说："昨晚我又梦见你伯伯，大概他要我去了。"我则要她不要胡思乱想。李芹问过我亲婆的健康状况，我说至少两三年内不会有问题吧。

大妈，我们多么期望您多过几年幸福生活呵！

六

不幸的时刻突然到了！

1980年4月12日，我忙了一天，十分疲倦。十时前上床，打算提前睡觉。伴着"砰砰"的敲门声，我听见："舅舅，快到二姑家里去，亲婆婆出事了！"这是晓音的声音。她是二姐邻居、市文化局郝局长的女儿，与我们家的关系很好，跟着二姐的孩子叫我舅舅。我立即从床上跳起来，跟着晓音便走。路途并不长，但老走不到。我想知道更多的情况，晓音只知道大妈上床睡

大妈，摄于1968年金秋十月

觉，突然偏倒，叫不答应。

赶到二姐家，大妈躺在大床上，已经深度昏迷。二姐说，他们发现大妈昏迷时曾不断叫她，大妈唯一的反应是手动了一下，把五根指头捏在一起，示意要叫我去。可是我去迟了，连叫："大妈！大妈！"再也听不到回答。对面医院的周院长、唐医生早在这里。我知道现在不是悲伤的时候，必须冷静，便和二姐、医生商量，立即把大妈送医院抢救。

四姐、秀涓等赶到医院。医生诊断大妈是脑溢血，安好输氧、输液的管子，由我守护。考虑到大姐身体不好，决定明早再通知她。我又动员二姐、四姐和秀涓回家，第二天再来替换我。她们走后，天下大雨，代我流了眼泪。我坐在大妈身边，目不转睛地望着她老人家。她鼾声很大，像已熟睡，还看不出痛苦的表情。但我已预感到大事不好，凶多吉少。生死离别的感情开始笼罩着我。大妈的情况逐渐恶化。我用一张纸做了记录：

十二时四十五分情况

血压：八十至一百三十

呼吸：二十七至二十九（鼾声较大）

头部、身上出汗，两腮明显肿大。太阳穴附近也开始肿大，

继续溢血

一时情况

血压：一百至一百六十八

皮下肿大，眼睛也肿起来

一时四十分情况

血压：一百一十至六十

"一百一十至六十"是个什么数字？我现在已经看不懂了。当时，我心乱如麻，两手发抖，无法再记录下去。是呀！一个儿子，怎么能冷静地记录下母亲衰亡的情况呢？

我默默地望着大妈……

我想起童年的时候，夏季炎热，大妈让我睡在室外的春凳上，不断地

用扇子为我扇凉和驱蚊虫，直到我睡熟才把我抱进室内。

我想起上小学的时候，大妈每天给我送午饭。如果大妈迟到了，我就靠在校门上，从门缝望出去。直到大妈来了，才破涕为笑。

我想起上初中的时候，有一次回家拿钱，大妈不在。我从窗户翻进屋，打烂立柜，没有找到钱，留下一张胡言乱语的纸条。回学校后，我知道做错事了，满以为回家要受责备。但后来大妈看见我，却带有歉意地说："我不知道你要回来。"

我想起三十岁生日的时候，大妈知道我喜爱鲁迅的书，拿出自己的积蓄，买了一套精装的《鲁迅全集》送我。多么珍贵的礼物！

大妈的呼吸没有停止，心脏还在跳动。我站起来，内疚地、感激地、深情地亲吻了大妈的前额。大妈，这是你儿子的亲吻，也是您女儿、孙儿和孙女的亲吻！

以后的事，我糊涂了，记不清了。

第二天一早，三个姐姐和姐夫来了，秀涓来了，孙子辈来了。对大妈的抢救，只不过让她多活几小时罢了。我和四姐商量，如果确实抢救不过来，最好让大妈少受一点痛苦。我们把这个想法告诉了医生。如果大妈逝世，几个姐姐一定承受不了，我请几个姐夫和外甥照顾她们。晚上，我口授了讣告，请外甥李舒做了记录。

第二个晚上我又守护大妈。我平常对大妈照顾太少，这时我再也不能离开她了。这一夜，李舒与我一起守护。大妈的病情更加恶化，我们的主要任务是给大妈吸痰。我头昏脑胀，别的什么都记不住。

1980年4月14日下午七时，大妈告别人世，享年八十一岁。

我的三个姐姐，有的昏倒，有的心脏病发作。我强忍巨大的悲痛，和四姐的朋友刘桂文给大妈换了衣服，把她送进太平间。第二天上午，我们把大妈的遗体送到火葬场。正如我们在《讣告》上通知的"丧事从简"，"不举行追悼仪式，不接受花圈、祭幛和其他纪念物品"，我们没有举行任何仪式。我们几姐弟躲在一个朋友家里，用无言的沉默来舔干内心出血的伤口。

办完丧事，我扑在床上放声大哭。

四爸给我们来信:"大妈去世,消息来得突然。我刚从日本回来,得到通知,也没有写信安慰你们,你们姐妹兄弟的悲痛是想得到的。我也难过,我本来以为我还会回成都,还可以再见她一面。不过我对生死问题看得开,也看得透,我没有几年好活,因此要多做事情。但你们都得保重身体,你们年轻,你们还有许多事可做。要热爱生活,好好安排生活。有什么事需要我帮忙的,可以告诉我。我希望你们都过得好!"

七

大妈逝世十四年了。

这些年来,我们几姐弟谁也不敢轻易提起大妈。时间的流逝,冲不淡我们对母亲的深情。大妈患高血压,如果认真服降压药,可能不至于猝死。当时我为什么就没有想到呢?现在想到已无济于事。

悔之晚矣!悔之晚矣!悔之晚矣!

有一次我打算写一篇短文,只写了第一句"我已经没有母亲,只有在梦里寻觅",便再也无法写下去。我的确多次梦见大妈,但最后总是又找不到她了,直到哭醒。这也是我为什么到现在才写这篇回忆的原因。不过,我无时不在内心呼唤:

大妈,我的母亲!

1994年3月22日

带来光和热的人

我的三爸叫李尧林。我从没有见过他,但他却给我留下极为深刻的印象。

三爸和四爸,都是我父亲的弟弟。1923年,他们抱着追求新生活的热望,毅然离开成都,去南京读书。四爸以后成了作家,笔名叫巴金,抗日战争时期,曾两次回成都住过一些时候。但三爸离家以后,就再没有回来过。

我心目中三爸的形象,是从照片上得来的。他穿一身中式长衫,头发梳得很整齐,戴一副圆形的近视眼镜,显得善良温和,文质彬彬。这张照片原由我母亲保存,我长大以后便理所当然地"接管"过来。

我很小就知道全家的生活费用主要靠三爸供给。当时,我们家庭成员在成都的一共九人:祖母,一个姑姑和一个叔父,我母亲,四个姐姐和

巴金的三哥李尧林

难舍亲情

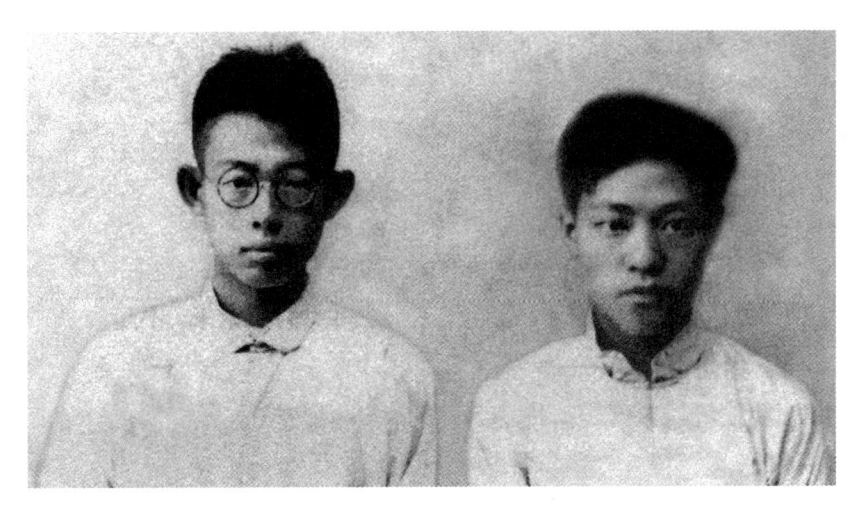

1925年，三爸李尧林（左）和四爸巴金摄于南京

我。三爸的汇款，每月按时从天津寄来。当时，我们家已从童子街搬到金丝街。我爱在院子外面玩，邮差（现在叫邮递员）送汇款单来，总是我最早发现。汇款偶尔也会有迟到的时候。这首先使祖母着急，坐卧不安，以致全家笼罩着一种担忧的气氛，连我都不敢过分调皮。

在这种情况下，我更爱在大门口玩。这可以少惹大人心烦，又能担负起一种"侦察"任务：留心邮差是否到我们家来。如果匆匆从我们家走过，我自然感到失望。要是向我们家走来，不是送一般的信，而是汇款单——

我便接过来就往上屋跑，同时大声喊："三爸寄钱回来了！"

这时，我可以不怕大人，也不必拘束了。祖母仔细地看着汇款单，我已经帮她打开抽屉，把图章和印泥找出来。祖母把图章蘸了印泥，总要用口对着图章哈几口气，然后才盖在回帖上。于是，我又挥舞着回帖，飞快地跑出去把它交给邮差。我做这件事十分得意，好像自己也给家里做了一点贡献似的。

这样，家里至少又有一个月的安宁。

抗日战争全面爆发以后，天津和四川的联系中断。我们家再也接不到三爸的汇款了。无论我在门外等多少次也无济于事。接不到三爸的汇款，

143

四爸巴金

全家的生活无着。经过"家庭最高会议"讨论（我们小孩子是没有资格参加的），决定一分为二，祖母和母亲各自带着子女回娘家居住。我们搬到北门崇华寺街跟外祖母住在一起，除靠母亲为别人绘画、刺绣以外，还靠变卖一些旧的衣物维持生活。这是日本帝国主义侵略中国，给我们家庭带来的一个直接影响。

1941年和1942年，四爸两次回成都，发现家里生活困难，便由他负担一家的生活。四爸是作家，没有固定收入。好在这时我的小幺爸和大姐先后当了小职员，多少也分担一些。经"家庭最高会议"再次研究，为了节省开支，把已分在两处的家庭又合在一起，搬到东城根下街七十六号居住。

三爸在1939年9月从天津到了上海，身体不好。在休养的同时，翻译一些外国文学作品。1945年，抗战终于胜利了。几个月以后，四爸从重庆回到上海，但年底接到四爸来信，说三爸患病去世。我们全家都为三爸去世感到难过。父亲去世时我只有一岁多，毫无印象。三爸去世，使我第一次感到失去亲人的痛苦。

我没有和三爸接触过，谈不上对他有所了解。后来读四爸写的文章才知道三爸的情况。三爸先后在东吴大学和燕京大学读书，过着一种苦学生的生活，有时还得担任家庭教师来为自己缴纳学费。他"从不羡慕别人的阔绰，也没有为自己的贫苦发过一句牢骚"。大学毕业后，三爸找到职业，在天津南开中学做英文教员，并给自己的未来订了一些计划，但不幸我父亲去世了，留下一个破碎的家。三爸过去没有向家里要求什么，现在却毅然挑起这副重担，每月按时把自己的大部分薪水寄回家。不用说，他自己的计划完全消失了。正如四爸所说，他像"一只鸟折断了翅膀"，"永远失去高飞的希望了"。就这样过了九年。三爸教书很认真，得到学生真诚的爱戴。以后，我认识了他的学生邢方群、黄裳、黄宗江，也证实了这一点——但家庭的重担使三爸逐渐消瘦，身体也渐渐坏了。他到上海以后，翻译了俄国作家冈察洛夫的小说《悬崖》和其他几本书。因为没有钱，长期不能住进医院。三爸去世的时候，已经四十多岁，还没有结婚。三爸不是什么英雄人物，也没有干什么惊天动地的事情，然而——这也是四爸说的——他像"一根火柴,给一些人带来光与热,自己却卑微地毁去"。

了解三爸的情况以后,我对他十分尊重和热爱。我是身受三爸带来光与热的人之一,不能不对他充满感激,但更重要的是我感到三爸具有为别人幸福而牺牲自己的精神。

1964年7月,我第一次到上海。四爸问我有什么要求——他曾答应过我到上海时陪我玩。我提出到三爸墓地去一次。在一个星期天(26日)下午,四爸雇了一辆三轮车,我们两人坐在一起,冒着烈日,到了虹桥公墓。三爸的墓碑很别致,是用大理石制作的图书形状的墓碑,上面刻有他翻译的小说《悬崖》上的一段话:"别了,永远别了。我的心在这里找到了真正永久的家。"四爸不断地弯着腰去拾墓地上的枯草。我默默地站在墓前对三爸——我从没有见面的叔父——表示敬意。当时,我和四个姐姐早参加工作,都结了婚,有了孩子,生活很幸福,但三爸却一个人长眠在这里。我想起四爸说过的一句话:"你悄悄地来到这个世界,又悄悄地走了。"眼泪从我眼眶里流出来,一直滴下去。……亲爱的三爸,就让这几滴纯真的泪水,来浇灌您坟上的一两棵小草吧!

没隔两年,史无前例的"文化大革命"发生了。当时我在共青团中央工作。一个极愿做我"顶头上司"的同志,抢先和造反派站在一起,根本不顾我家庭的实际情况,赠予我一顶大帽子——"地地道道的地主阶级的孝子贤孙"。以后,再加上其他"罪名",我被关进"牛棚"。在"牛棚"里面,凡属我自己支配的时间,我一用来学习,二用来回忆。我越讨厌那些一天到晚讲假话、乱整人的人,就更加怀念三爸这种平凡的、有益于人的好人。1973年,我在回干校途中悄悄绕道上海去看四爸,又提到三爸的墓地,但四爸回答说:"已经在破'四旧'时被铲平了。"我听了心像刀割似的绞痛,但怕引起四爸难受,便竭力控制住自己的感情,一句话也没有说。我只是想:你们能铲掉三爸在虹桥的墓地,但无论如何也抹不掉三爸在我心中的崇高形象。

"十年浩劫"早已过去了。不论社会如何发展和变化,我不相信什么"人本来就是自私的"这类鬼话,我期望下一代能具有好的思想。每当晚

四爸巴金

上，我有机会和孩子聚在一起的时候，我爱讲三爸的故事给他们听。四爸说三爸不愿意惊动别人，但却"播下了爱的种子"。我发现，孩子们已开始了解和尊敬三爷爷了。有一次，刚学步的小外孙在旁边玩，我女儿就对他说："等你长大了，给你讲我三爷爷的故事！"

1981年10月22日

| 附 |

挽三哥

◎ 李健吾[1]

世界上少了一位君子人。"三哥"去了，静悄悄的，没有留下一句话，带着生的希望，就在小鸟迎着太阳唱起欢喜的歌曲的时候，辞别了我们这个永远在纷呶之中旋转的地球。去了也好，对于这样清贞自守的君子人，尘世真是太重了些，太浊了些，太窒息了些。

他并非不是斗士，我们一直把他看作《家》里面的觉民，随着三弟觉慧打出腐朽的世纪，独自，孤单单一个人，在燕京大学读书，在南开中学教书，以李林的笔名翻译外国的杰著，然后，神圣的抗战未了，流落在上海这个闹市，除去六七个朋友之外，没有朋友，为良心，为民族，守着贫，读着书，做了一名隐士。他没有"琴"，永远没有那么一位鼓舞他向前的表妹。我们时常和他开玩笑："你的琴表妹呢？"他笑笑。那是他四弟的制造。巴金在故事里面安排了一点点理想，一点点美满的幻觉，然而我们的"三哥"一直在寂寞之中过活。

他是巴金的三哥，我们这些热情的喽啰，便也喊他"三哥"。

他兄弟的几个朋友变成他的朋友。四五年来，不想多交朋友，有了钱便只是在旧书铺为自己买书，为兄弟买书，更喜为心性喜爱音乐，买旧乐片（古典的、著名的大曲），听工部局乐队演奏。没有人看见他在任何社交场合抛头露面，生活越来越高，他没有力量维持下去了，然而不开口，他只是剥削他可怜的最低的享受。书不买了，音乐会不听了，门也索性不出了，他开唱机，坐在他的（实际是他四弟的）破旧的沙发里面，四处堆满各式各样的西洋书，陶醉于灵魂的独来独往的天地。人是一天一天瘦了。朋友也一个一个全瘦了。聚在一起，大家握着

---

[1] 李健吾（1906—1982）：作家、戏剧家、翻译家。

四爸巴金

一份报纸，从兴奋或者颓丧的消息推论战争的胜败。期限恐怕更要长了，压迫恐怕全要更长了，朋友恐怕更走投无路了，最后一关最难过。做生意不会，煎熬的本领倒是有的。物质的享受减到零，一个原本瘦弱的身体越发瘦弱了，最后有一天，倒下来，躺在床上，发了好几个月的烧。他拒绝寻来的同情，以为肺痨不至于把他带往死亡。然而，精神敌不过物质，书生斗不过市侩，我们的三哥，由于营养不良终于去了。胜利让他兴奋，他唯一的遗憾是他没有能够利用长期的隐居好好工作，分分四弟的担负［负担］，减减四弟的心思。

百无一用是书生。

这个书生是我们几年以来看到的仅有的一位君子人，他不高傲，但是孤洁两个字送给他当之无愧，恐怕也就是只有他最最相宜。这真不易，太不易了。

  听不到人籁，
   自有你的天籁，
  天那样蓝，
  天那样高，
   你干净的灵魂。

1945年11月29日《文汇报·世纪风》

一部旧书，一片兄弟情

1976年4月24日四爸巴金来信说："……下个月内还要寄出几本书，里面有一部雨果的《九十三年》，是我四二年回成都时带走的，书上还有你父亲的图章，让你保存更好些。"

不几天，我果然收到这部书了。

这是两本薄薄的书，上、下册，书名叫法国革命小说《九十三年》。作者为嚣俄（即雨果），译者为东亚病夫。竖排，仅有圈点。版权页上印有：中华民国二年十月发行，印刷所和发行所均为有正书局。定价为大洋六角。正文第一页右中有一圆形蓝色的印章：上面有一排英文LIPUSHIEN，中有一条线，下面有"李卜贤"三字。

李卜贤是我父亲。他名为李尧枚，号卜贤。这本书印证了当年我父亲和三爸李尧林（笔名李林）、四爸（笔名巴金）阅读新书报的事实。四爸的文章中早有描述：

> 我常常说我是五四的产儿。五四运动像一声春雷把我从睡梦中惊醒了。我睁开了眼睛，开始看到了一个崭新的世界。
>
> 五四运动发生的时候，报纸上如火如荼的记载，甚至在我们表面上平静的家庭生活里敲起了警钟。大哥的被忘记了的青

春也给唤醒了。我那时不过十四岁半,我也跟着大哥、三哥一起贪婪地读着本地报纸上关于学生运动的北京通讯,以及后来上海的"六三"运动的记载。本地报纸上后来还转载了《新青年》和《每周评论》的文章。这些文章使我们的心非常激动。我们觉得它们常常在说我们想说而又不会说的话。

当年,三爸、四爸是学生的时候,我父亲已在工作。四爸的文章还说:

大哥设法买全了《新青年》的前五卷。后来他甚至预先存了一两百块钱在华阳书报流通处,每天都要去那里取一些新到的书报回来(大哥工作的地点离那个书铺极近)。当时在成都新的书报很受欢迎,常常供不应求。

我分析,这部法国革命小说《九十三年》,是当年我父亲所购买的新书之一。三爸和四爸在1923年离开成都去南京求学。四爸以后去法国留学,并在法国写出他的第一部小说《灭亡》。四爸归国后,我父亲曾在1929年去上海看望他,相聚一个多月。当时,三爸毕业于燕京大学,在天津南开中学教书。由于没有解决路费,他们失去了三兄弟团聚的机会。1931年,我父亲逝世,给三爸、四爸带来极大的痛苦。四爸在离开家乡十八年后,于1941年和1942年两次回成都,都住在我们的小家。1942年那次住得较长,雨果的法国革命小说《九十三年》,是他"四二年回成都带走的"。这显然是四爸珍惜他和父亲的感情,以此留作纪念的。

在书的首页左下有一个大一些的椭圆形蓝色印章:上面有三排字,第一排是"上海",第二排是"尧林图书馆",第三排是"藏书"。在第一页前的译者《评语》上,有四爸用毛笔写的:"李卜贤先生捐赠"。

我三爸李尧林,用作家李健吾的话来说,是一位"君子人"。我父亲逝世后,他毅然担负起全家十一人的生活费用。为此,他一直过着清贫的生活,甚至没有结婚。抗日战争爆发后,他不愿在天津教书,应四爸之邀到上海,靠翻译书的稿费生活。抗日战争胜利了,他却因病离开人世,年

难舍亲情

《九十三年》书影

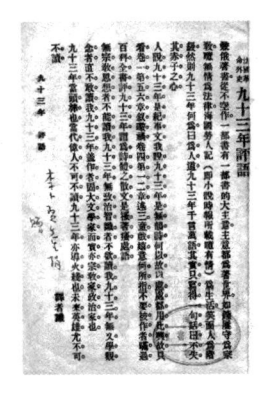

《九十三年》内页上巴金写有"李卜贤先生捐赠"和尧林图书馆章

《九十三年》内页上加盖有李尧枚、巴金和李致的章

仅四十二岁。四爸先后写过两篇怀念他的文章，称赞他像"一根火柴，给一些人带来光与热，自己却卑微地毁去"。为纪念三爸，四爸准备成立一个"尧林图书馆"，并在许多书上盖了"尧林图书馆"的章。法国革命小说《九十三年》便是其中之一。以后由于多种原因，尧林图书馆没有建成。

这部书，不仅印证了当年他们读新书、追求新思想，同时反映了他们三兄弟的友情。当我看见它上面盖的章和所写的字时，心里流淌着一种激情。

我在书上加盖了"李致"二字的印章，体现四爸说的"让你保存更好些"的用心。

这部书在我这里保存了二十八年。因多次搬家，曾一度找不到下册。2003年夏天，我女儿找到下册，令我十分高兴。我今年七十有五，难免丢三落四。为保护好这件"文物"，我已把它交给儿子，请他代我复制和保管。

为此，我写了这些文字，以作纪念。

2004年10月11日

唱片《小宝贝》

最近，我经常听20世纪20年代的一首美国歌曲，名叫 *Sonny Boy*。我最先是从四爸巴金的文章《做大哥的人》中知道这首歌的。

四爸本名李尧棠。我父亲是他的大哥，叫李尧枚。巴金还有一个三哥，叫李尧林。他们三兄弟之间感情深厚。四爸李尧棠和三爸李尧林在1923年离开成都，去南京读书。以后，三爸从燕京大学毕业，在天津南开中学教书。四爸则留在上海。1927年，四爸去法国留学，把他的旅途见闻写信寄给两个哥哥，若干年后以《旅途通讯》为名正式出版。在法国，四爸创作了他的第一部小说《灭亡》，扉页上印着："献给我底［的］亲爱的哥哥：枚！"我童年时在家里见过这本书。

六年间，我父亲给他的两个弟弟写了一百多封信。四爸非常珍惜，把它们装订成三册，可惜后来在"文革"毁于一旦。

1929年秋，我父亲去上海。他在上海停留了一个多月，与四爸相聚得非常快乐。他们邀请了当时在天津的三爸去上海，因为没

年轻时的巴金

有寄路费，三爸未能成行，失去三兄弟团聚的机会。一年半后父亲的去世，给两个弟弟带来莫大的痛苦。

30年代初，四爸的散文集《忆》中，有一篇叫《做大哥的人》。其中写到我父亲离开上海回四川时的情景：

> 我们的分别是相当痛苦的。……正要走下去，他却叫住我。他进了舱去打开箱子，拿一张唱片给我，一边抽咽地说："你拿去唱［即听］。"我接到后一看，是G. F. 女士唱的 Sonny Boy，两个星期前我替他在谋得利洋行买的。他知道我喜欢听这首歌……然而我知道他也同样地爱听它，这时候我很不愿意把他喜欢的东西从他手里夺去。但我又一想我已经有许多次违过他的劝告了，这一次我不愿意在分别的时候使他难过。……我默默地接过唱片。我的心情是不能够用文字表达的。

这段细节相当感人。从此，我知道他们都喜欢这张 Sonny Boy 的唱片。1984年，我去上海看四爸，四爸把仅存的我父亲给他的四封信给我看。其中一段，也提到这张唱片：

> 弟弟，你说你硬把我的《小宝贝》要去了，你很失悔。弟弟，请你不要失悔，那是我很愿意送你的。之所以要在船上拿与你，就是使我留下一个深刻的映［印］象，使我不会忘记我们的离别时的情景，借此也表出我的心情，使我的灵魂附着那张小小的唱片永在你的身旁。

这张唱片不仅为父亲和四爸所喜爱，而且还反映了他们的手足深情。当时，我就很想找这张唱片认真听一听；我问过音乐界的朋友，都不知道这首歌。1985年，我儿子去美国攻读博士学位。他先忙于学习，后忙于工作，我不便给他布置任务。1992年，我去美国探亲，闲聊时提到此事，儿子记下了我的心愿。去年庆贺巴老进入百岁，上海明星演出曹禺改编的话

四爸巴金

剧《家》。我两次在电视上听见剧中播放了一首英文歌,打电话问在上海的济生叔,果然是 *Sonny Boy*。我立即将此事告诉儿子。不久,我收到女儿从北美用电子邮件给我发来的 *Sonny Boy*,喜出望外。原来,儿子在网上找到,女儿请她的儿子下载,再由她传给我。

我连续听了许多天,一天听若干遍。为了加深理解,我请女儿把歌词试译为中文:

乌云遮盖了天空,
我却不在意灰暗,
你就是我的蓝天,Sonny Boy。

众人弃我而去,
就让他们离开,
我仍然拥有你,Sonny Boy。

你来自上天,
珍贵无限。
你使人间变成了天堂,
上帝保佑你!Sonny Boy。

当我老去,灰发丛生,
答应我你不会离去,
我需要你在身边,Sonny Boy。

从三爸李尧林的好友杨苡那儿,我知道三爸也喜欢这首歌。他们三兄弟为什么都喜欢这首歌?为此,我请教了杨苡。Sonny Boy,直译为"儿子般的男孩",四爸意译为"小宝贝"。杨苡说:"Sonny是儿子的爱称,也可理解为心中最珍爱的人。"我推想,不知是否还可理解为某种信念或者博爱?

父亲生于1887年,三爸和四爸分别生于1903年和1904年。出生在封建大家庭，他们却从自己的母亲和"下人"那儿学到"爱"。四爸在1936年《我的几个先生》一文中说："我的第一个先生就是我的母亲。……使我认识'爱'字的就是她。""她很完满地体现了一个'爱'字。她使我知道人间的温暖；她使我知道爱与被爱的幸福……"

与此同时，封建的礼教和人世间的尔虞我诈，激起他们强烈的恨。五四运动像春雷把他们唤醒。他们贪婪地阅读新书报，吸取新思想。不同的是父亲重在妥协，四爸重在反抗。在各自选择的道路上，都有曲折和痛苦。我父亲从上海回成都不久，在信上对四爸说：

李尧林的好友杨苡

> 弟弟，你对现代社会失之过冷，我对于现代社会失之过热，所以我们俩都不是合于现代社会的。现代社会所需要的是虚伪的心情，无价的黄金，这两项都是我俩所不要的，不喜的。我俩的外表各是各的，但是志向却是同的。但是，我俩究竟如何呢？（在你的《灭亡》的序言，你说得有我俩的异同，但是我俩对于人类的爱是很坚[定]的。）其实呢，我两个没娘没老子的孩子，各秉着他父母给他的一点良心，向前乱碰罢了。但是结果究竟如何呢？只好听上帝吩咐罢了。冷与热又有什么区别呢？弟弟，我的话对不对？

面对旧社会，父亲处处委曲求全，走投无路；四爸期望改天换地，难见成效（他作品的影响是另一回事）。他们三兄弟既喜欢音乐又懂英语，唱片《小宝贝》，无论作为心中最珍贵的人，还是孤寂中的精神寄托，或作为所寻求的信念"对人类的爱"，引起他们的共鸣，就不难理解了。

是否如此，得请专家评论。

2004年五一劳动节

"她仍和我在一起！"

——巴金对萧珊的深情

巴金对萧珊的深情，集中体现在他的两篇怀念萧珊的散文和《家书》与萧珊的通信中。下面记叙的几件事，仅是我的感受。

萧珊原名陈蕴珍，是巴金的读者。他们于1936年首次在上海见面，以后相爱八年，1944年在贵州花溪结婚。40年代，萧珊两次回成都，住的时间不长。我那时在上高中住校，她因语言不通，有时要我为她外出带路。60年代在上海见过她一次，在北京见过她一次。时间虽短，但我已感到巴老有一个温暖和睦的家，萧珊在家里起着重要的作用。萧珊既管理家务，又在《上海文学》杂志做义务编辑。

年轻时的萧珊

"文革"一开始，我被迫中断与巴老的联系，也不知道萧珊的情况。在那史无前例的黑暗日子里，巴老和萧珊相濡以沫。萧珊为了保护巴老，受到北京来的红卫兵用带铜头的皮带毒打，留在她左眼上的黑圈好几天后才褪尽。巴老则说："我多么愿意让她的泪痕消失，笑容在她那憔悴的脸

难舍亲情

1949年，巴金与夫人萧珊、女儿小林在上海寓所

上重现，即使减少我几年的生命来换取我们家庭生活中一个宁静的夜晚，我也心甘情愿！"这是若干年后读巴老的《怀念萧珊》才知道的。1972年8月，我在河南潢川县团中央"五七"干校，给巴老的女儿小林写了封信，希望能得一些信息。小林回信告诉我，萧珊因患肝癌在8月13日逝世。萧珊比巴老小十三岁，她怎么会这样早就离开人世？我接受不了这个事实，也深知萧珊逝世对巴老会有多大的打击。

只有两只眼睛非常明亮

为了安慰巴老，我终于提笔给他写了信。11月4日得到他的回信：

……蕴珍去世对我是一个很大的打击，我永远忘不了她，然而我无论如何要好好地活下去，认真地学习。

157

四爸巴金

……你第一封信是8月4日写的，信寄到时，她的病已到危险阶段，刚开了刀，小林在病床前对她讲你有信来。她只是点了点头，那时身体极度衰弱，靠输血维持生命，说话非常吃力，只有两只眼睛非常明亮。我们不知道她那么快就要离开我们，还劝她不要费力讲话，要她闭上眼睛休息。她也不知道这个情况，因此也没有留下什么遗言。想到这一点，我非常难过。

写不下去了。……

随信有一张较大的萧珊的照片，身体不错，略带微笑。我真不能相信，她已离巴老、离我们而去。

床头和书桌都有萧珊的照片

1973年春，我从北京回干校，悄悄绕道上海去看望巴老。这次去上海的情况，我写在散文《我淋着雨，流着泪，离开上海》里面。其中一段写萧珊逝世给"家里笼罩着一层阴影"。"记得我第一次来上海时，到处都有她的身影和笑声。她张罗着许多事，她殷勤待人，她不断地和我开玩笑……"我不敢向巴老提到萧珊。"只在小林卧室的玻璃板下看见一张照片：萧珊躺在床上，全身盖着白布单；巴老站在旁边，穿一件短袖衬衫，左袖上戴着黑纱，两手叉着腰，低着头哭泣。我突然觉得自己也到了现场，和家人一起给萧珊妈妈告别。"

若干年后我在巴老的《怀念萧珊》的文章中读到："我在变了形的她（萧

中年时的萧珊

珊）的遗体旁边站了一会。别人给我和她照了相。我痛苦地想：这是最后一次了，即使给我们留下来很难看的形象，我也要珍视这个镜头。"我理解巴老的心情。不过，离开上海前一天，我向小林说："这张照片看了使人难受。最好换一张妈妈平常的照片。"小林赞同我的建议。

粉碎"四人帮"以后，我再去上海，在巴老的卧室床头上，放着萧珊带着笑容的相架。书房的两张书桌上，也各放着一个有萧珊笑容的相架。无论巴老在工作或休息，萧珊都陪伴着他。

保留这段黑暗历史的真面貌

有一次我去上海，巴老在聊天时谈到他有些事需要人帮助办理，其中之一是整理照片。

我马上表示可以效力。遵照巴老的指点，我拿出一大堆照片，按新中国成立前、"文革"前、"文革"后，分成几大类。这时，巴老拿出几张萧珊在新中国成立前的照片给我看。萧珊当时很年轻，照片的质量也不错，可惜有的被打了叉，有的在萧珊脸上画了胡须。我一看就知道是当年那些红卫兵"英雄"干的，心里顿时充满愤怒。

为避免引起巴老不愉快，我什么都没有说。后来我建议把这几张照片带回成都，请人做技术处理，恢复照片的本来面貌。巴老却说："用不着，就让它这样，这是历史。"

联想起萧珊在"文革"中的遭遇，那是一个多么疯狂的年代啊！谁也不该遗忘它！

在萧珊的骨灰盒前留影

1986年4月，我随川剧院演出去上海，同去的还有摄影家陈彦，机会难得。我向巴老说明，由于工作变动，我以后不可能像在出版社时经常来上海，所以想拍一些照片。巴老欣然同意。我和陈彦在5日上午去了巴老家，分别在花园、客厅、书房、卧室等地，按巴老平常的生活习惯，为巴

四爸巴金

巴金第一张上楼时的照片

老摄影。

　　巴老那天情绪很好,针对我要拍照的原因,开玩笑说:"没关系,如果我不行了,会打电话叫你来。"他积极配合,听从安排。陈彦在巴老上楼时拍了一张,巴老笑着说:"我上楼时还没拍过照片。"在书房,我看见大镜子,立即想起巴老的散文《大镜子》,说镜子对他说真话,"在我的头脑发热的时候,总是它使我清醒",便请巴老站在大镜子旁照了一张相。

巴金深情地望着放在卧室里的萧珊的骨灰盒

在卧室，巴老主动提出："在萧珊骨灰盒前为我照张相。"拍了几十张照片，都是我安排的，只有这一张是巴老提出的。我一下想起巴老在《怀念萧珊》一文中所说的："一切都结束了。过了几天我和女儿、女婿到火葬场，领到了她的骨灰盒。在存放室寄存了三年以后，我按期把骨灰盒接回家里。有人劝我把她的骨灰盒安葬，我宁愿让骨灰盒放在我的寝室里，我感到她仍然和我在一起。"骨灰盒放在寝室进门靠床的立柜上，巴老走到前面，像望着萧珊似的望着骨灰盒。陈彦立即拍下这张照片。

1987年夏，我随川剧院去日本访问演出。4月29日，巴老来信说："你们去日本，在那边文化界我有不少朋友，如遇见我的熟人，请代我问候他们。"我想，在日本遇见巴老的朋友，最好请他们看看巴老的近照。正好上次陈彦为巴老拍有照片，装了一本影集，我便把影集带上。一天下午，日中友好人士丰田正子到东京国立剧场看望我。1980年巴老访问日本时，丰田正子用日文宣读过巴老的演说，是巴老的朋友。我们很自然地谈到巴老，我请她看影集。当她看巴老在萧珊骨灰盒前的那张照片时，目光停留了很久。我看见她眼里充满泪水。

听《怀念萧珊》的录音

自萧珊逝世后，我怕引起巴老伤心，从未主动向巴老提到过萧珊，然而巴老很坚强。1997年我去杭州看望巴老，有天下午，看见巴老靠在轮椅上，安详地听散文《怀念萧珊》的录音。小林告诉我，这是著名播音员陈醇的播音。我坐在巴老身旁，不敢出声，绝不能在这时对巴老有任何打扰……

2001年2月16日

巴老对我健康的关爱

巴老对我的关爱是多方面的，包括对我的身体健康。

抗日战争时期，成都流行疟疾，人称"打摆子"。我当时十岁左右，也被感染，一会儿高烧发热，一会儿冷得发抖。因为缺少药物，很难治愈。正好四爸巴金在离家多年后第一次回蓉，住在我们的小家。他离开成都不久，即寄回一种叫"扑疟喹啉"的药，为我治好了疟疾。

1960年，"大跃进"造成物资极度匮乏。成都市每人每月十九斤粮食，一月一斤肉，一般只能买点厚皮菜和空心菜（人称"无缝钢管"），其他副食品全无。现在的年轻人可能不理解，认为十九斤粮食满够了，问题是现在可以喝牛奶吃鸡蛋，鸡鸭鱼肉、蔬菜水果和其他副食品很多，当时以粮食为主。我身体本不强壮，那个时候更骨瘦如柴。一天中午，我突然吐血。当时四爸正回成都写作，住在学道街。他得知我吐血后，很快来看我。巴金的《成都日记》1960年12月19日记有："……两点后我去李致处探病。在李致处坐了一个多钟头，返家已四时半……"正像四爸所说："为了保粮保钢，汽车都弄去运煤去了，城里公共汽车只剩了两路，到许多地方都搭不到车。"四爸从学道街步行到祠堂街看我，又步行回学道街住地。他在21日写信给萧珊妈妈说："……我星期一还是走了一大段路，去看小五的病。他开始吐血，一连几天未止，星期一下半天入医院后已经

难舍亲情

李致和巴金在上海寓所交谈

止住了。"1961年1月24日,他又写信回答萧珊妈妈的询问:"小五身体最近好些了,虽然住医院,已经可以请假出外走动了。"有一次,市长李宗林弄了几样菜,请了几个家人陪他吃饭,我应邀参加。我自带碗筷,他说不必。他叫我不要紧张,说:"年轻时我也得过肺病,休息一段时候,吃点药,也就好了。"以后我照胸片,没发现肺结核病灶,不知是什么原因导致吐血的。

我从小常患眼病,细菌或病毒这些"牛鬼蛇神"隔几年就"跳"出来一次。四爸也很关心。1975年,我因眼病住进四川省人民医院,四爸多次来信询问我的病情,并说:"我觉得更重要的还是你的眼睛、你的身体,你要注意,为了更好地工作。"特别是有一次误传我得青光眼,四爸十分关切,在给我的信上说:"知道眼病基本治愈,就要出院,很高兴。本来听说你患青光眼,倒有些着急。"我为此请我爱人写信给他说明情况。这次住院时间较长,当炎症基本消失后,我耐不住寂寞,又想看书。四爸理解我,多次叮嘱我不要急于看书和多看书,同时又专为我找出大字本的《镜花缘》(六本)寄我,并在信上说:"《镜花缘》找全了,这是大字

163

四爸巴金

本，看起来方便些。"以后又多次叮嘱我保护眼睛。

我在1980年发现心脏供血不足，住过疗养院。四爸来信后说："你怎么也成病人了？想得开，很好，但要认真对待，做到劳逸结合，真正休息。"第二封信又说："好好疗养吧。看书也要有节制。你和我不同，千万不要把身体累垮。"1997年，我去杭州看望他，他又问我的心脏情况，我说问题不大，就是刚下飞机，因为气温突然变化，稍有不适。我说过就算了。没想到离开杭州前，四爸很认真地对我说："我发现你的动作不如以前敏捷，千万要注意身体。我想你来看我，但你不要一个人来，要有人陪你。"我答应好，但心里却不愿为此麻烦别人。他又托人带话给我，还说他不愿我因一人去看望他，造成我身体出问题。

1999年，四爸住进华东医院，再也没有出来。我经常从小林和国烩那儿得知四爸的病情。我当然关心四爸，可是却不能为他做任何一件事情。联想起他对我健康的关爱，我感到痛苦和内疚。

2000年12月1日

不知如何弥补

今年上半年的一天，我与住在上海华东医院的巴金通电话。巴老有语言障碍，主要是我讲成都亲人的近况和问候，不向他提问，以免他着急。那一天他突然说了一句："你到上海来走走。"我知道巴老想念我，便回答说："到上海有点困难，等女儿暑期回来，争取到杭州看望您。"

放下电话，我心里很不平静。

40年代巴老两次回成都，当时我很小。50年代中期巴老路过重庆，我才算以成人的资格与他交往。1964年我调北京工作后，巴老来北京开会或办事，加上我出差到上海，接触的机会增多。"文革"中我悄悄去看望巴老，对林彪、"四人帮"的仇恨，对国家、民族前途的担忧，使我们的心紧紧地靠在一起。粉碎"四人帮"和以后几年，我在出版社工作，每年一般两次到北京、上海组稿。到上海住巴老家。为了便于交谈，姑妈在巴老书房里给我放了一张折叠床，巴老还亲自为我抱过枕头和毛毯来。这是我享受的"特殊待遇"。我和巴老每一次会面，彼此都很高兴。我除了出外组稿，就是在家和巴老摆龙门阵。那些深夜长谈，是长辈对晚辈的启发，又是心灵的交流，我从中得到净化和快乐。

1982年年底我的工作变动，到了四川省委宣传部。工作忙得几乎没有间歇的时候，更不像过去在出版社，有些工作必须去上海。我和巴老见

四爸巴金

巴金在开心地打电话

面的机会大为减少。当时飞机票很贵，我的外甥李舒，过去为存钱去上海看巴老，吃饭时只买咸菜。有一次我半开玩笑写信给巴老说，准备只吃咸菜，以便存钱去看他。巴老很快回信说："你不用吃咸菜。要是我不回四川，我就请你来上海，你买飞机票，实报实销吧！"巴老因患帕金森病，写信难；以后听力减退，通电话也吃力。1986年10月3日，巴老在信上说："我这几个月身体很不好，大概编写《随想录》太疲倦，快到'心力衰竭'的地步。最明显的是听力衰退，所以无法同你交谈。"尽管如此，我仍经常去信问候巴老。

巴老需要我的帮助。1987年3月30日来信说：

我已搁笔，现在心情倒还平静，估计还可以活两三年。这段时间当用来处理后事。所谓后事，除了要把捐赠北京图书馆、现代文学馆、上海图书馆、黎明学院的图书资料全部交出，还有《全集》和《译文集》两种。《全集》由王仰晨负责，《译文集》我自己在整理，有十本稿子已经交给董秀玉了。这最后两件事，大概都需要你帮点忙，出点力。

我极愿为巴老效劳，但时间从哪儿来？好在只有三年我就该退下来了。1988年2月，我被选为四川省政协秘书长。巴老知道后来信说："信早收到。打算回信，却一直抽不出时间。干扰实在太多，因此我常常感到苦恼。……有一段时候我倒希望你退下来帮忙我做点工作，例如整理

难舍亲情

李致和巴金总有谈不完的话

我的日记、佚文、书信，等等，在我不能工作的时候，代替我帮助王仰晨编好《全集》的后一部分。现在这些都成为空想。"巴老的失望，是我的痛苦。我一时找不出好办法，便主动提出帮助他校看日记。有一次我生病住院，校看《赴朝日记》。原稿写在一个很小的笔记本上，字比小蚂蚁还小。我要戴上四百度的老花镜，加上放大镜才看得清楚。由此可见当年巴老在战地生活的艰苦。我这次校看，时间和精力集中，任务完成较好。但以后校看《上海日记》，时间和精力分散，拖得很久，影响了王仰晨的进度，使巴老着急。若干年后见到巴老给王仰晨的信上说："李致他们不了解我，我比较急，只因为我没有多少时间了！"幸好1991年我去上海给巴老祝贺生日，趁客人多的时候，躲在一个安静的地方才把它看完。我实在为巴老做得太少了！

时间长了没去上海，我想念巴老。巴老思念家乡，终于下了决心，在1987年10月回成都住了一段时间。回上海后巴老来信说，十七天过得这么快，"仿佛做了一个美好的梦"。不久他又来信说："这次回成都我收获不小，想到一些人和事，我觉得精力充沛。我感到遗憾的是没有机会跟你交谈。能够多活，我当然高兴，但我离开世界之前，希望更多的人理解我，你可能理解我多一些。"巴老说我理解他可能多一些，我当然感到高兴。但同

167

时也感到惭愧，因为我对巴老的理解还很不够。理解巴老，既要有一定的理解能力，更重要的是应具有一定的思想境界。我在这两方面都不够，已做过一些反思，还将继续做下去。至于没有机会交谈，主要是因为我负责安排巴老整个活动，既要考虑到许多人希望见到巴老，又不能让巴老过于劳累，所以尽管天天见面，却不愿多占巴老的时间。天下真难有两全的事！

这以后，我大概每隔一年到上海去一次。不能要求巴老多写信，他听电话又吃力。不过我每次去上海，除少数必办的事以外，总是尽可能待在巴老身边。他精神好的时候陪他聊天，疲倦了就让他闭目养神。他说找不到照片，就为他清理照片。有时轻轻地为他揉揉手。我的时间安排得很紧，有几次巴老都问："为什么慌着回去？"但巴老处处为人着想，从没有强留过我。有一次我到了上海机场，航班改在第二天，我立即赶回家里，对巴老说："'上帝'要我多陪你一天。"巴老高兴地笑了。

1989年7月，巴老写信对我说："我仍在医院，大约八九月回家。回家后可能感到寂寞。……你有机会过上海时，可以找我谈谈。你可以理解我心上燃烧的火，它有时也会发光，一旦错过就完了。……"

然而那时我一天忙到晚，未能满足巴老的愿望。

1991年我退下来。为探亲，和老伴在美国待了八个多月。这八个月巴老一共给我写了三封信。他不但没有责备我，反而在信上说："你和秀涓难得这样长期休假，能多看看，多休息也是好的。"

我满以为回国后有机会多去上海，帮助巴老做点事。但我的老伴病了，生活不能完全自理。1993年10月，我陪三位美籍华人去上海（这是在美国时约定的），当天下午便赶去看望巴老。巴老正在客厅午睡，姑妈说平常这时巴老已经起来，要叫醒他。我坚持不叫醒巴老。大约半小时后巴老醒来发现我，生气地问："为什么不早叫醒我？为什么不早叫醒我？"巴老这样珍惜和我见面的时间，使我很受感动。

这几年，只要我女儿李芹从加拿大回来，我的身体条件许可，我总要争取去杭州看望巴老。但巴老年高，身体不好，有语言障碍，交谈的时间不能过多。我这才感到自己的过失。我错过了许多理解巴老发光的"心上燃烧的火"的机会。然而他知道秀涓的病情时，却对我说："我赞成你对

难舍亲情

1997年8月底，李致女儿李芹、儿子李斧和孙女珊珊到杭州看望巴金。图为四代人同在西湖边。左起：李芹、小林、珊珊、巴金、李斧

秀涓的态度。"还说，"你身体不好，出远门最好找人陪你"。

去年暑期，我的女儿和女婿、儿子和孙女，一起去杭州看望巴老，特别是我儿子会说些话使巴老发笑，巴老很高兴。临别时，巴老对我女婿说："李致前几年他不来，现在来，我谈话已经困难了。"

我原准备今年去杭州，但暑期因住医院，愿望落空。我觉得对不起巴老，又让他失望，但巴老却担心我的健康，叫我千万不要去。

我真不知怎样才能弥补这些遗憾和过失。

1998年9月28日

心留巴老家[①]

我有六年没到上海市武康路巴金老人的家了。

前几年,巴老每年一半的时间在上海,一半的时间在杭州。我曾两次到杭州看望他,一次住了三天半,一次住了两天半。1999年巴老因病没去杭州,我和儿子就到上海去看他。

过去我到上海,都住在巴老家。为了便于和巴老聊天,家里在巴老的书房架一张行军床。这次怕增加家里的负担,我请(上海)市文联安排住宿。巴老住华东医院,(上海)市文联的宾馆恰好在医院对面,十分方便。

1999年巴老两次病危,最近相对稳定。我早想看望巴老,但巴老知道我有心脏病,几年前就不同意我一人远行。这次儿子应邀从美国回来参加国庆五十周年观礼,约好他在上海虹桥机场接我,一起去看巴老。

在医院见到巴老,他很想与我们说话,但又说不出来,非常着急,眼角流出泪水。我和儿子看了很难受,几次到外面的套间去擦眼泪。那天我的心情十分沉重,对别的任何事都没有兴趣。直到第二天上午听陈护士长

[①] 此文是李致1999年去上海看望巴老后所写,记叙了他当时的心情。值得庆幸的是,巴老顽强地与疾病做斗争,已胜利进入新世纪。

难舍亲情

1999年9月，李致和儿子李斧去上海华东医院看望巴金。后去巴金家，李致一人坐在客厅，回想起许多往事

介绍，说巴老的主要器官尚好，如果没有意外可以进入新的千年，我的心情才稍微平静。特别是小林一到，高高兴兴地向巴老问好，与我们讲话，使病房有了生气。回到宾馆，我和儿子谈到巴老武康路的家，都想去看看。

中午，我和儿子随小林去武康路巴老家。

进入巴老家，从大门、房屋到庭园似乎都没有大变化，只有地板、房门和窗框等用油漆过，颜色深一些。吃饭的方桌、楼梯、客厅的各种设置、室外的草坪，一切依旧。两只小狗，见到我们也很亲切，似乎早就认识。

小林要送书给我的儿子，儿子跟着她上楼。

我一人坐在客厅里。客厅比较大，四方都有沙发。"文革"期间，巴老被迫从二楼卧室搬下来，把客厅当住房。1973年春我悄悄来看望巴老时，屋里有两张床。小棠在安徽插队，他的床空着。我和巴老同在大床上睡了两个晚上，未能深谈。我永远不会忘记那可诅咒的日子。

粉碎"四人帮"以后，巴老搬回二楼卧室住，客厅得以恢复。1978年秋，我再来到上海。晚上全家都在客厅看电视。巴老很随和，大家看什么，他就看什么。有一次巴老正要上楼休息，电视播放姜昆、李文华的相声《如此照相》，把"四人帮"时期的某些荒诞做法讽刺得淋漓尽致。巴

四爸巴金

一家人其乐融融。从左到右为：祝鸿生、小林、巴金、端端、九姑妈

老站在客厅中间，不时哈哈大笑。我真愿巴老经常这样快乐！

巴老在1982年摔伤腿。出院以后，他活动的地方主要在客厅。客厅外的走廊三边装上玻璃，巴老常在走廊上的一张小桌子上写作，累了在走廊的藤椅上晒太阳休息。我到上海看巴老，也常在走廊与他坐着聊天，有时陪他走几步。他说："我重新学走路。"我以为，除走路外，这话还意味着巴老经过反思，破除迷信，独立思考，坚持说真话了。为了维护巴老的健康，我不敢再与他深夜长谈。

巴老对家乡有很深的感情。1984年秋川剧团到上海演出，巴老已不能到剧场看戏。一天下午，以陈书舫、周企何为代表的十几位老中青演员去看望巴老。就在这个客厅，演员们清唱给巴老听。唱完后大家要求巴老讲话，巴老说："我爱家乡，爱听乡音，当然爱川剧。"直到1993年秋，巴老还对我说："我哪儿都不想去了，只想再回四川一次。"可惜这个愿望未能实现。

有一次，我在客厅里与巴老谈到我的父亲和三爸，巴老两次痛哭失声，他说："我最爱我的两个哥哥，他们两人都是因为没有钱而死的。现在我有钱，也没用了。我又不想过好生活。"这是我唯一一次看见巴老失声痛哭。

　　我有几次在巴老寿辰时到上海。无数鲜花、贺电、蛋糕,不断的来客和采访,代表了人们对这位讲真话的作家的爱戴。巴老对我说过,一个人如果不能工作,长寿也没意义。我不同意巴老这个话,多次与他辩论,期望他以健康为第一。巴老似乎赞同我的建议,但实际并未被我说服,他像春蚕似的不断吐丝,编《巴金全集》和《巴金译文集》。巴老还说:"长寿也是一种惩罚。"我理解他说的"惩罚"是指:不能工作,生活不能自理,许多亲友(同辈的和下辈的)先他而去。

　　……

　　儿子从楼上下来,手里拿着小林送他的《随想录》(手稿本)和《巴金小说全集》(台湾版)。正好国烨也赶回家。国烨是我小幺爸的女儿,住在巴老家里。她除自己的编辑工作外,长期与小林、小棠一起照顾巴老,尽心尽意,非常难得。我与两个妹妹在客厅里说话。儿子为我们照了相。趁我们说话,儿子还在巴老家里拍了不少照片。我的儿子和女儿,对巴老有深厚的感情。1997年,他们还和我的女婿、孙女一起专程去杭州看望巴老。

　　我和儿子依依不舍地离开巴老家。我深深地感到:人虽走了,心却留在这里。

1999年10月初稿
2000年5月12日改

白　发

巴金1923年离开成都，1941年回到阔别十八年的家乡。我那时仅十一岁，第一次看见他。他留给我的印象是，身体健康，满头黑发。

这个印象一直保留到1965年。那时我在北京工作，巴老去越南前从上海到北京，约我和我爱人一起到他住地吃午饭。

"十年浩劫"中我和巴老异地受审。我在1969年获得所谓"解放"。巴老在上海，受了很多迫害，甚至失去他的妻子萧珊。事后才知道，张春桥说过："不枪毙巴金就是落实政策。"

我在1973年从北京回河南干校，曾悄悄绕道上海去看望巴老。

这次见面，巴老最大的变化是满头白发。

满头白发，让我看到"四人帮"从肉体到精神对给巴老的摧残。十四卷《巴金文集》，包括引导许多青年走上革命道路的小说《家》，被打成"邪书"。给巴老加上了各种罪名，在全市电视大会上批斗，把他赶出文艺界。我感到心痛，好像有一双手要把它撕成两半。

满头白发，又让我感到巴老的纯洁和崇高。面对这场浩劫，他的精神没有垮。正如巴老后来回忆："我即使饿死，也不会出卖灵魂，要求他们开恩，给我一条生路。"萧珊逝世以后，巴老在家搞点翻译，准备将来把书稿送给图书馆。不仅如此，他内心仍然燃着对祖国、对人民的爱。在一

难舍亲情

满头白发的巴金

片"万岁"声中,重新开始独立思考。这时,我被撕裂的心又感到希望。

粉碎"四人帮"以后,巴老坚持说真话,严于解剖自己,写出了他的巨著《随想录》。人们赞颂他为"20世纪中国知识分子的良知"。

我比巴老小二十五岁。巴老经常勉励我好好工作,并用实际行动支持我。当我接近六十岁,开始考虑退休后怎么办,巴老觉得很好笑。他说这"正是该好好工作的时候",他"六十六岁才进干校"。至于巴老,他早就表示要为人民工作到生命的"最后一息"。

随着年龄的增长,我也开始有白发。

开初,机关的理发员曾主动用染发剂把它染黑。但我爱人是学化学的,她认为任何染料对头发都会有损伤,坚决反对。当然,更主要的是我们都崇尚自然,头发白了就让它白吧,不必修饰。

有一次巴老说:"你的头发开始白了。"

以后每一次见面,巴老都会说:"你的头发又白一些了。"去年,他刚见到我时,竟把我当成他身边的一个工作人员。因为我的头发更白了,白的程度接近那位同志。

"不知我们家有没有白发的遗传?"我问。

巴老笑了一笑,未置可否。

四爸巴金

李致和巴金摄于上海巴金寓所

"希望我的头发将来和你的头发一样白。"我说。

巴老不无惋惜地说:"可惜我看不到了。"

我理解巴老的心情。巴老是现实主义者又是乐观主义者,他从不避讳他的"日子不多了"。但他是我一生爱得最深的人之一,我不能设想他看不见我满头白发,马上表示:"我相信你能看到。"

多年来,我一贯愿意满足巴老的愿望。不过,头发变白是一个自然发展的过程,没有办法提前实现。我不能为满足他的愿望把头发染白,也不能戴一个白发套。因为巴老从不喜欢虚假的东西,我也如此。

想来想去,唯一的办法是祝愿巴老健康长寿。到巴老百岁华诞,看到我满头白发,我们一定都非常高兴。

想到将来有这样一张照片,我现在就笑了。

1996年8月13日,第七个"秋老虎"

叔侄情（三则）

一、谈小说《春》中海儿的原型

《巴金全集》第十八卷（《集外编》上）刊有一首诗：《哭侄》。这是四爸巴金在1923年写的，距今已七十三年。

"四叔！"
"四叔！"
从可爱的小口里叫出的声音
我能再听一回吗？

四爸所哭的侄儿，是我的哥哥。我的朋友大多只知道我有四个姐姐，而不晓得我还有一个哥哥。因为我哥哥四岁多就去世了。

我哥哥是我父母的第一个孩子，生于难忘的1918年，叫李国嘉，小名庆斯。我小时候听母亲讲，哥哥出生，祖爷爷为实现了四世同堂而特别高兴。哥哥眉清目秀，聪明活泼，大家都喜欢他。我母亲还特别说四爸非常爱李国嘉，经常逗李国嘉玩。

真是天有不测风云，人有旦夕祸福。我哥哥四岁多一点时，突害脑

四爸巴金

膜炎，多次抽风。先请中医看，没有效果。有一次抽风，家里的人十分紧张。稍后好一些，哥哥居然用大人的口吻说："我今天把你们吓倒了！"由于病情加重，父亲改请了成都平安桥医院的法国医生祝医官来看，但为时已晚。哥哥去世，我父母和全家都很难过。我父亲把他葬在天回镇我祖父祖母的坟地，还给他立了一个碑：嘉兴李国嘉之墓。我家祖籍是浙江省嘉兴县，清朝嘉庆年间来到四川。

过去我们家有许多老照片。我看见过以曾祖父为首的全家福、曾祖父和我父亲的合影、爷爷的单人相、我父亲和我四个姐姐以及我父亲抱着我的照片，可是唯独没有看到过我哥哥的照片。我分析，我父亲一定给我哥哥拍过照，但我哥哥去世给我父亲打击太大，很可能把照片毁了。

我父亲、四爸还有三爸之间的感情极好。同时，四爸一贯喜欢孩子，所以非常喜欢李国嘉。在创作"激流三部曲"时，四爸情不自禁地把李国嘉作为海儿的原型写在《春》里。1958年四爸在《谈〈春〉》一文中写道：

> 海儿是我大哥的第一个儿子，孩子的小名叫庆斯。海儿的病和死亡都是按照真实情形写下来的。连"今天把你们吓倒了"这句话也是庆儿亲口对我说过的。祝医官也是一个真实的人，到今天我还仿佛看见那个胖大的法国医生把光着身子的庆儿捧在手里的情景，我还仿佛看见那个大花圈和"嘉兴李国嘉之墓"七个大字。我为什么记得这么清楚，到现在还不能忘记？因为我非常爱这个四岁多的孩子。"嘉兴李国嘉"在《春》里面就变成了"金陵高海臣"了。

我过去没有和四爸谈过有关哥哥的情况。最近因为读到《哭侄》诗，我为四爸深厚的叔侄情而感动。

一个月前我去看望四爸，陪了他三天半。在一次谈心中，我问四爸《哭侄》诗是否写的是李国嘉。"是。"四爸说，然后沉浸在回忆之中，叙述着七十多年前的往事，"我很喜欢李国嘉，他死了我很难过。

我记得那是正月初七，我和朋友到草堂寺去玩，回家看见带李国嘉的何嫂在哭，说李国嘉去世了。"稍后他又说，"尽管平安桥医院的法国医生祝医官给他看过，但当时条件差，没有办法。"

四爸今年九十二岁，对七十三年前的事记得这样清楚，连我哥哥去世的日子也记得这样准确，我不禁感到惊奇，想寻找一个答案。其实，根本用不着我分析，四爸自己早有说明："我为什么记得这么清楚，到现在还不能忘记？因为我非常爱这个四岁多的孩子。"

1995年7月22日

二、巴金与侄女李国煣

李国煣，巴金大哥的长女，巴金的侄女。

李国煣出生前，也就是当年的旧历除夕，巴金的祖父李镛逝世。在全家举哀期间，李国煣的母亲面临生产。封建礼教认为，产妇必须搬出城外，否则死者会遇"血光之灾"。李国煣的母亲在这种压力下，搬到城外生下李国煣。这个细节，巴金把它写在小说《家》里。小说中的高觉新，巴金以自己大哥李尧枚为原型。觉新的妻子生孩子，正面临祖父逝世，也因避免"血光之灾"，搬到城外生产，以致死亡。不同的是，巴金的大嫂没有死亡，生下的孩子是李国煣。

李国煣出生在巴金的故居：成都市正通顺街。巴金在1923年离开成都以前，李尧枚的长子、四岁半的李国嘉因患脑膜炎去世。巴金很喜欢李国嘉，曾为他写了一首小诗《哭侄》。离开成都时，李尧枚的五个子女，巴金仅见过李国煣，其他四个尚未出生。

巴金和他大哥的感情极深。在大哥的支持下，巴金和他的三哥李尧林先去南京、上海读书，后又只身去法国留学。1931年，李尧枚自杀，给巴金巨大的打击。当时，大哥的子女，除李国煣外，其他四人都很小，尚不懂事。只有李国煣万分痛苦，哭着叫爹爹，并用手去扳李尧枚的眼睛，期望父亲再醒过来。这以后的长时间内，李国煣以日记的方式来倾诉自己对父亲的感情；无论谁提到她父亲，都会引起她伤心甚至流泪。1941年，巴金第一次回成都。当巴金知道李国煜对父亲的感情时，对李国煜产生了一种深厚的、共鸣的情感。

1942年，巴金回成都，在大嫂家住了几个月。时值李国煜从省职业学校毕业，又因平时的郁闷生了一场病，巴金把李国煜带到重庆文化生活出版社工作。李国煜在出版社担任会计，工作认真负责，得到巴金的赞许。她继承了李家几兄弟"讲付出"的优良传统，把自己微薄的工资的大部分寄回家，以供母亲和弟妹的零用。1945年，抗日战争胜利，巴金和夫人萧珊返回上海，本拟要李国煜同去，李国煜因不愿离母亲和弟妹太远，仍留在重庆。在重庆工作这几年，巴金与李国煜相互的理解加深，感情也更深厚。

李国煜小的时候，父亲为她订了《小朋友》和《儿童世界》。半夜醒来，常看见父亲在读书报。受父亲的影响，她从小爱读书。以后在出版社工作，又与巴金、曹禺、丽尼等作家接触，进一步激发了她读书的兴趣。1980年病退后，更有时间博览中外名著。她是李尧枚子女中读书最多的人。正因为李尧枚子女都爱读书，巴金一心想为他最爱的大哥的子女办一个图书馆。

李国煜于20世纪50年代

李国煜先后在《西南工人日报》和四川省科委工作，以认真勤奋的态度，获得同事的尊重。她没有出川，只是在1982年去上海看望过巴金。巴金很高兴李国煜去上海，请李小林到火车站接她。事后，弟妹们开玩笑说，李国煜去上海，受到四爸"高规格"的接待。

2007年12月23日

难舍亲情

三、巴金与侄女李国炯

1946年，巴金在回忆他的三哥李尧林的《纪念我的哥哥》一文中写道："在离我们家乡不远的地方有着一个称你做'亲爱的爹爹'的女孩，我不能忘记她。那是我们大哥的女儿，在她很小的时候就'过房'给你的。……现在她已经做了两年小学教师，却始终得不到跟你见面的机会，而且永远不会有这样的机会了。……她喜欢音乐，像你一样，她热诚待人，像你一样，她正直，她无私心，也像你一样。你们在一块儿，应该是一对最理想的父女。"

巴金提到的这个女孩，名叫李国炯，是巴金大哥李尧枚的女儿，我的三姐，她出生于1926年。我的四爸巴金和三爸李尧林于1923年离开成都去南京读书。1941年巴金第一次回故乡，李国炯才首次看见他。李尧林1945年在上海病逝，始终没有回来。尽管李国炯从来没有见过李尧林，但她对李尧林的感情一直很深，其原因就是我父亲把李国炯"过继"给了李尧林。李尧林在北平燕京大学学英语，后在天津南开中学任英语教员，给李国炯起了个英文名字"Mary"。李国炯称自己的父亲为伯伯，称李尧林为爹爹。为什么把李国炯过继给李尧林，已经没人能说清楚。分析起来，主要是李尧枚、李尧林和李尧棠三兄弟的感情极好；李家当年又有过继和拜干爹的习惯。李国炯初中毕业以后，在绵阳师范读书。受恩师、著名的女高音演唱家刘亚琴的影响，李国炯酷爱音乐，歌唱得好，会弹风琴。40年代中期，李国炯曾参加刘亚琴组织的以日本国内反战为主题的大

1953年李国炯当选为成都优秀教师

四爸巴金

型歌剧《秋子》，在成都的国民剧场演出，引起轰动。李国炯还能作曲，她的弟弟妹妹至今还能唱她谱曲的歌。

20世纪50年代初期，李国炯多次被评为优秀教师、优秀校长、优秀共产党员。李国炯的丈夫文栋臣是李国炯在绵阳师范的同学，后参加中国人民解放军，抗美援朝。转业时响应号召留守福建，任劳改农场的场长。李国炯为此也离开家乡去了福建，继续担任教师。"文化大革命"中，犯人造反，李国炯、文栋臣夫妇首当其冲，备受迫害，并累及子女。党的十一届三中全会之后，在时任福建省委书记项南的关怀下，得到平反。

巴金爱他的两个哥哥，自然爱他们共同的女儿李国炯；再加上李国炯一家远离家乡，生活有一定困难，"文革"中受尽迫害，巴金更加同情和关注这一家"弱势群体"。关心他们的生活和健康，寄钱帮助他们修房，给他们寄书，通信也比较多。李国炯有三个女儿，一个儿子；在巴金百岁华诞之际，她的女儿文小西写了一篇文章，感谢四外公对他们的关怀。

文栋臣于2001年逝世，李国炯于2005年逝世。两人叶落归根，其骨灰现合葬于成都"憩园"公墓，安息在李国炯母亲的墓旁。"憩园"二字是由张爱萍将军题写的。巴金的小说《憩园》，是用旧时李家那个小小的花园作背景的，这是一种有意思的巧合。

2006年9月19日

一定要学好中文
——珊珊不忘巴金的叮嘱

珊珊是我的孙女,叫我的四爸巴金为太爷爷。

珊珊第一次看见太爷爷是在1987年9月。当时她不到两岁,我的儿子从美国回来接她。返美途经上海,珊珊理所当然地跟着她爸爸去看望太爷爷。

当时,珊珊只能叫人,说一些简单的词语。在太爷爷家,和比她大一岁的小姑(太爷爷的孙女)一起骑儿童车玩。她的爸爸和姑妈抱着她和太爷爷照相,她还挣扎着要下来。

珊珊到了美国,父母最初教她学英文,以便她能提前上学。上学后有了学英语的环境,家里就教她讲中国话、学中文。

1992年我去美国探亲,珊珊已经上小学一年级下学期,在学校成绩名列前茅。中文课程学到国内小学课本第四册。普通话的词汇虽然掌握得不多,但她发音比我准确,因为我儿子的童年是在北京度过的。许多中国小孩到国外后不会讲中国话、不认识中文,我最担心珊珊也会变成这样子。这下放心了。

我给珊珊带了不少适合她看的书。连环画《西游记》是她百读不厌的。她最喜欢孙悟空,最讨厌唐僧。妖魔鬼怪当然不好,但一般打不过孙

183

四爸巴金

1987年8月，一岁多的珊珊第一次看见太爷爷，认生，不愿照相，挣扎着要下来。左为李致的女儿、珊珊的姑妈

悟空。只有唐僧一念紧箍咒，孙悟空就痛得在地上打滚，特别是唐僧偏听谗言是非不分。我喜欢她这种爱憎分明的感情。

我还带了《巴金影集》和大型连环画《家》（根据小说改编）去。当我把肚子里的故事给珊珊讲完一遍（或几遍）以后，便把连环画《家》讲给她听。没想到六岁多一点的珊珊对《家》的故事产生兴趣，并同情鸣凤的遭遇。趁此机会我让她看了《巴金影集》。她对太爷爷非常崇敬，还自豪地对她的小朋友讲："巴金是我的太爷爷。"有一位小朋友告诉了来自上海的外公，以至于她外公打电话来"核实"。

当时，我每天教珊珊学中文，便鼓励她给太爷爷写信。为了避免她失望，我同时告诉她，太爷爷身体不好，写字困难，很可能不会回信。她似乎不计较这些，一连给太爷爷写了两三封信。这使我想起抗日战争时期，有一段时间我们疏散到乡下，暂时不能上学。母亲怕我荒废学业，除按时复习已读过的课本外，我唯一的作业就是给四爸（也就是珊珊的太爷爷）写信。我当时对四爸一无所知，而且心在抓鱼、放鸭子上面，极不愿意写信，头上不知挨了母亲多少次敲打。珊珊自觉地给太爷爷写信，与她读过连环画《家》、关心小说中的人物分不开。

难舍亲情

我在美国期间，巴老给我写过三封信。第一封里有一段话是给珊珊讲的："珊珊来信看到，她写得比晅晅好，希望她将来有机会帮助晅晅学中文。"晅晅是珊珊的小姑，她那时也到了美国，在东部上小学。珊珊很高兴，又继续给太爷爷写信。

9月下旬，收到巴老给我的第二封信，其中一页是给珊珊的：

亲爱的小珊珊：

收到你三封信，谢谢你还没有忘记太爷爷。

太爷爷住在上海，又老又病，成天坐在家里。太爷爷的住处你也到过，我还有你在我家里拍的照片，在1987年吧。太爷爷喜欢小姑，也喜欢你，希望你们不要忘掉中国话。

我身体不好，写字困难，不写下去了。

问候你爷爷、奶奶、爸爸、妈妈。

愿你生活愉快。

太爷爷
1993年9月23日

珊珊读了太爷爷的信，又笑又跳，赶忙把信拿给她的爸爸、妈妈看。大家都为珊珊感到高兴。我说："珊珊是老愚公，每天挖山不止，终于把'上帝'感动了。"珊珊立即给太爷爷回了信，可惜我没有把这些信复印下来。

我们1993年年初回国。1994年暑假，珊珊回国探亲。当时她九岁半。她的

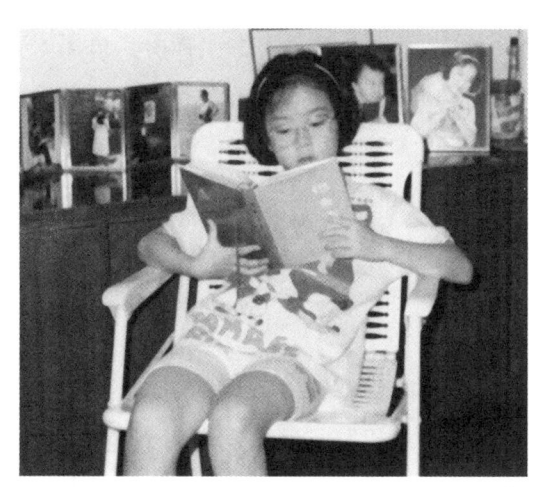

1994年夏，珊珊在成都家里读巴金的小说《家》

185

四爸巴金

外婆为她翻录电视连续剧《家·春·秋》，再一次引起了她对太爷爷作品的兴趣。后来，她又主动看小说《家》，我悄悄为她拍了一张照片寄给巴老。1995年我去杭州看望巴老，巴老说："她看得下去，就不错。"

今年6月，珊珊第二次回国探亲。她在美国，不到六岁提前上小学。由于学习成绩优秀，学校让她两次跳级，即将读高中一年级。去年她的英语和数学成绩（SAT）即达到美国排名最前的大学的入学标准。可是，珊珊仍热爱祖国文化，见面时第一句话就对我说："爷爷，我这次回来，还要看电视剧《家·春·秋》。"

8月，珊珊给太爷爷写了信：

亲爱的太爷爷：

您好！我在美国已经住了十年。这次回国本想从上海回成都，以便看望您。可是您到杭州去了，我和姑妈就从北京回成都。

我这次回来读了曹禺改编的《家》，我很喜欢它的一些对话。特别是觉新和瑞珏进洞房的那天夜里的对话很动人。我第二次看了《家·春·秋》的电视剧，我觉得觉新实在太软弱。如果我是他，我一定要像觉民、觉慧那样反抗、斗争。爷爷还让我读《憩园》，他说杨三老爷类似克定，他说对了吗？

您叫我好好学习，特别是学好中文。我比较努力。今年我和小姑都考了美国的大学考试，而且都考得不错。我回国每周都要用中文写作文，请爷爷改。不过，我跟爷爷一样，做得最好的还是"玩耍的时候放心玩耍"。祝您健康！

爱您的李佳枫（珊珊）
1997年8月8日

据我所知，太爷爷看见珊珊的信，十分高兴。太姑国烁称赞她的信"还有点思想"。珊珊还极有兴趣地读了小说《家》《春》《秋》《憩园》和《灭亡》。不过她现在才十一岁半，很难说读懂多少。我告诉她："好书一定要多读几遍。随着年龄和知识的增长，每读一遍你会有不同的

难舍亲情

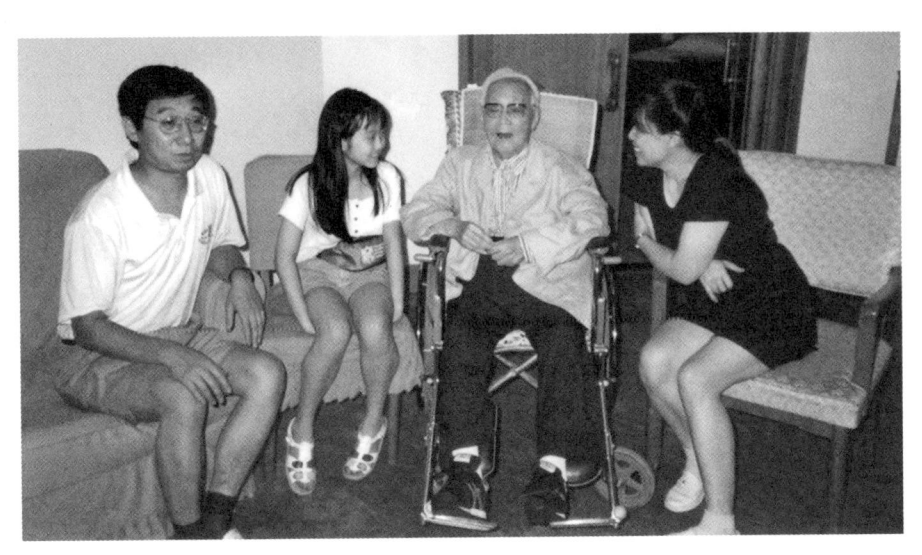

1997年8月底，十一岁的珊珊（左二）去杭州看望太爷爷巴金

理解。"她同意我的意见。

8月29日，珊珊跟着她的爸爸、姑妈和姑爹，到杭州看望太爷爷。她文静地坐在太爷爷身旁，希望太爷爷再写一本叫《冬》的小说，她想知道高家众多人物的"现状"。太爷爷笑着没有回答，太姑国煣问珊珊的妹妹有多高，珊珊用手比了一下，说："我妹妹很乖！"太爷爷年老有语言障碍，这时却敏捷地说："你也很乖！"第二天清晨，珊珊和她的爸爸、姑妈、姑爹，陪太爷爷到西湖边散步。

珊珊恋恋不舍地拥抱太爷爷。太爷爷再一次深情地对她说："不要忘记中文！"

1997年9月8日

第一次去杭州看望巴老（1995年）

6月6日

四时半起，收拾好最后一批东西，吃了一个肉粽子和鸡蛋。给秀涓留了一张条子，说明让她多睡一会儿，所以没叫她。李芹在床上对我说了一声"再见"，又睡了。

乘老赵师傅开的车去双流机场。七时起飞，行程一千七百公里，九时正点到杭州。乘民航大客车到城内售票处，确认十号回成都的票。再乘计程车到南山路浙江西子宾馆。巴老住二号楼，安排我和小棠住一间屋子。我到巴老卧室外的套间，巴老坐着轮椅由人推出来，说："你的头发白了，我第一眼还以为是老彭。"老彭是巴老的司机。

我与巴老握手，巴老说："现在很难看见你！"他紧握着我的手不放，我发现他的眼睛润湿了。我想说话，但说不出来。直到陈护士长给他洗手，他的手才松开。

巴老说："我随时都可能'走'了。我当然不愿意'走'，还有些事要做。你看过《为夏公送行》没有？我羡慕冰心，她把该做的事都做了。"

难舍亲情

我立即转移话题,说早该来看他,但秀涓身体不好,需要照顾。最近李芹从加拿大回来,能照顾妈妈,支持我来看四爷爷。几个姐姐也关心他,给他写了信。李芹和齐齐写了信,下午一起念给他听。

他也说:"你一年前来,我可以和你谈许多,现在身体不行了。"

我转达了马老、王火和丹枫等对他的问好。我说李累[①]写了一篇文章《祝福巴老》,问他是否记得李累?他说:"记得,在成都见过面,还通过信。"

李致与巴金在宾馆外的草地上合影

我拿了两张与巴老的合影给他看,考他的记忆力。一张是黑白的,他说:"[一九]五五年在重庆。"另一张是前年在上海拍的,他说:"这张没有见过。"回答正确。

他主动谈到我最近写的几篇文章,认为写得不错。

可能在飞机上喝了咖啡,中午没睡着。

三时起,我先给巴老念成都亲人的信,再念李累的《祝福巴老》。李累的文章充满感情,巴老听得很专心。上海作协的陆正伟念了廖全京[②]写的《理解那颗心——读李致的亲情散文》给巴老听。我到小林卧室聊天,我俩都认为巴老回上海后还是住华东医院为好。现在巴老真要把健康放在第一位,事情哪有做得完的?小林说给王仰晨写了信,建议《译文集》不要让爸爸写跋了,我很赞成。

回到巴老身边,他问我的散文集《往事》什么时候出书。我说有可能

---

① 李累:作家、戏剧家。
② 廖全京:评论家,曾任四川省戏剧家协会主席。

在三季度。他说："出来后寄十本给我。"

晚饭后，与李芹、秀涓通了电话。陪巴老看《新闻联播》和《焦点访谈》，直到他进卧室睡觉。想起过去我们常深夜长谈，不免有些怅然。和国煣一起看电视，聊天。十时后进房间看书，我很怕打鼾影响小棠入睡，颇有思想负担。

6月7日

凌晨二时醒，怕开灯影响小棠，没有看书。四时，凭着闹钟微弱的灯光到室外吃安定。回屋竟摸到小棠的腿。（后来他说正做梦，武打，突然有人摸他的腿，吓了一跳。他说："如果我真叫一声，会把你吓倒。"）

六时起，到西湖边散步。遇陈护士长，又向她询问巴老的情况。

巴老九时吊针（输液）。我站在床边，听他说话。他有语言障碍，声音微弱，听不清楚的地方只得问他。

——我们三兄弟在"慧园见面"，只有拜托你了。我不能回成都。三爸的东西还可能找到一些。将来在上海办"尧林图书馆"，用我的稿费成立基金会。我写了一个意见要整理出。

——与四川人民出版社签了《讲真话的书》的合同。这本书在国内外都有影响。你是特约编辑，工作要负责到底。

——台湾印的《巴金小说全集》，他们写了总序，每一本又写了序。我不同意其中一些观点。签合同时没有注意到这一点，没有经验。书的纸张和印刷还不错。给了我二十套，可以供研究者用。我写了一张字条，说我可以容忍它，但我不同意它。

——我的作品能保留一半就不错了。

谈着谈着，巴老睡着了。

天下雨，我午睡约一小时。三时，巴老起床。工作人员小吴把轮椅推到书桌前。巴老先签了本《家书》送我和秀涓，签了本《再思录》送马老，又签了本《童话故事选》送我和秀涓。这是他今天的工作，对他的手也是一种锻炼。

难舍亲情

然后巴老和我谈话,前一段小棠也在。

——你们将来写文章,对后头婆婆(即继祖母)要公正。你父亲死,人家来讨账,她本来可以不管,但卖了她的养赡田还账。我小时候爱生病,她给我扯痧。我当时痰很多。有一次过年放火花,鞋被烧坏,脚烧伤了(小棠问:你不晓得把鞋脱了?)在床上躺着。还尿床(小棠说:那么大了还尿床!),也是婆婆为我找的药。

——你父亲死的时候,我寄了一百元回家。[一九]三〇年三爸来上海,要我和他共同负担家里的费用,当时我不愿意。

——[一九]六〇年在成都迁坟,有前头婆婆、爷爷、你父亲、二姑、十姑和你哥哥李国嘉的。有个名单,上面有二姑和十姑的名字,交给小四①的。现在都记不清他们的名字了。当时,前头婆婆的遗体很好。(小棠问:为什么?)主要是棺材木料好。(我说:可能风水好,向阳、干燥。)你父亲的遗体不行,当时已破产,棺材不好。(我问与他自杀有没有关系?)不一定,他服的是安眠药。

——《家》出版以后,大幺爸②寄了一本回成都。许多人都骂我。(我说,主要是对号入座。)

我问《哭侄》诗是否指我的哥哥李国嘉?他说:"是。我很喜欢李国嘉,他死了我很难过。我记得那是正月初七,我去草堂寺玩,回家看见带李国嘉的何嫂在哭,说李国嘉去世了。害的是脑膜炎,平安桥医院的法国医生祝医官(叫祝武烈)给他看过,但当时条件差。只病了几天,还抽过筋。"

我又问他,我小时候他为我取的英文名字Peter,是否来自克鲁泡特金的名字?他说:"是。"

大概我们说得久了一点,陈护士长来推巴老出去。小林说:"让爸爸谈谈,又散散步。"然后,让巴老在饭厅一旁休息。我坐在旁边陪着他,不再交谈。

七时,巴老看完《新闻联播》,进卧室。今晚,小棠住在巴老卧室,

---

① 小四:即李国莹,巴金的侄女。
② 大幺爸:即李采臣,巴金的弟弟。

191

我去掉思想负担。看刘白羽送巴老的《心灵的历程》。十时关灯。

<h2 style="text-align:center">6月8日</h2>

六时起。到巴老卧室,护理人员正帮他穿衣服。我问:"睡得好不好?"他回答:"不错。"

天有细雨,但不久即停。

大家推着巴老的轮椅到西湖边散步。绿树成荫,空气新鲜。我拍了几张照片。浙江医院一青年护士小张来为巴老按摩,大家才回到二号楼。

与护士长陈秀珍聊天。她原在上海第五医院工作,去年12月1日到华东医院护理巴老。家里有丈夫和两个儿子。一家人都敬佩巴老,支持她来护理。

巴老做完按摩,又和我谈话。

我说我写《大妈,我的母亲》时,曾与姐姐商量,都认为后头婆婆顾全大局卖田还账。细想起来,当时生活困难,这么多口人,她难免心烦;我人小,又爱闹,所以关系不够亲密。这也可以理解。

浙江省人民医院金院长来看望巴老。他以聊天的方式告诉巴老,老人在必要时住医院是一种保健措施,不要以为一住医院就不好。我在一旁"帮腔",说四川有些老同志也常住医院检查和治疗。

以后,巴老又和我聊天。他说:"四川出版工作有成绩,但出版社有的人连版权法都不懂。××出版社宣传要出《家》《春》《秋》,使我丢脸。编我的书信集,一些信的原件不退还给收信人。最近还有人说我在四川拿高稿酬。"我说关于他在四川出书不拿稿酬的情况,我在《巴金的心》一文中说得很清楚。

小林告诉我:下午陪爸爸去游湖。

中午约睡一小时。三时,去巴老卧室,他正准备拿书签名,但小吴来催他,说要上游船了。小吴要他吃"红豆",巴老笑出声。原来是吃"枫斗晶",小吴念成"红豆"。这次游船,是封耀松、陈福新两位处长安排的,并陪同巴老。西湖风光宜人,多数人到舱外欣赏湖光。我陪巴老留在

难舍亲情

巴金在西湖游船上

李致与巴金在西湖游船上

舱内，与两位处长聊天，后到舱外拍了几张照片。从四时半到五时半，游了一小时。

回到二号楼，我问巴老有什么话给几个姐姐讲。他说："本想给她们带点东西，但现在杭州，不方便。以后回上海再说。"我重复再问："有什么话要说？"他说："希望他们保重身体，抱歉的是图书馆没有搞成。"我说："也不是完全没有搞成。一家一个书柜，书都保存得好好

193

的。"他又说："原打算一人送一套《全集》，但可能找不全了。"

中共浙江省委常委史大孝请巴老吃饭，其余人作陪。国烁能喝酒，成了主攻对象。我主要和大孝同志聊天，但也喝了三杯绍兴酒。

巴老上床后，我看了一会儿电视，与国烁谈心。她说，当知青从云南回来，她沾了四伯伯的光。到《收获》工作，她是努力的。至于照顾四伯伯，她愿意尽全力。联想起警卫处有人称赞小林是"孝子"，巴老有她们照顾真是福气。

今晚又和小棠住在一间屋子。

6月9日

六时起，到饭厅看《家书》。

七时，到巴老卧室，他正准备起床。我向他问好。他说："下午还可以谈谈。"

小陆（正伟）用轮椅推巴老到室外呼吸新鲜空气，我又和巴老聊天，记得他讲的一些话：

——前头婆婆娘家，有大舅公、二舅公和四舅公；后头婆婆娘家，有大幺舅公、七舅公。

——抗日战争在重庆，我先住沙坪坝互生书店（吴朗西办），后住市区民国路一二五号文化生活出版社。

——［一九］四二年回成都，我把李国煜带到重庆去的。

上午巴老吊针，很快入睡。我分别与小林、国烁聊天。读刘白羽的《心灵的历程》，其中有一段记录周总理在深夜给他的电话：

> 作家一定要到火热的斗争中去……你们不是到了火热的斗争中才写出新的作品吗？现在国内没有战争，外国有战争，比如抗美援越，为什么不组织作家去呢？这事，你和总政商量一下……请巴金带个头，他抗美援朝，深入生活很好嘛！写出《英雄儿女》那样的好作品。当然，不可勉强，要征求他的意见，还要保

护他的安全。

周总理一贯关心文艺工作者，多次表扬巴老，令人感动。1964年巴老去越南，路过北京，曾邀我和秀涓到他住地吃中饭。原来他那次去越南是周总理点的将。

陈护士长要回上海两天，浙江医院临时派了一位护士长来。不知是谁建议巴老下午吸氧，巴老不同意，而且有些激动。他说："这样就把我的时间占完了！"

午睡约一小时。

三时，到巴老卧室，他喝牛奶、吃点心，然后和我谈心。要点是：

——人各有志，最要紧的是得做人，做好人。与别人往来，多想点别人，少想自己。宁可人负我，不要怕自己吃亏。

——我现在觉得我很难工作。活着，总要对社会有点用处。我要用实际行动证明我宣传的道理。现在有些人就是为自己，为钱，可怕的是假话太多。中国人过去讲积德，积阴德。大阴德修桥补路，小阴德济贫。一些

李致和李小林

人为了自己赚钱，害别人（如食物中毒），实在可怕。

——1945年，毛主席在重庆会见我、胡风、邵荃麟、傅彬（开明书店编辑）。毛主席说有人做调查，到延安的青年中，许多人受过巴金的影响。他问我："你年轻时信仰过无政府主义吗？"我说："是，听说你以前也信仰过。"

——我很赞成你对丁秀涓的态度（指秀涓生病我照顾她）。

——一个人做点好的事情，总不会被人忘记。我常想起你父亲，他对我很多帮助。三爸也是，对我帮助很大；我要帮助他，结果没有机会了。我知道我不会被忘记，但我也希望他们两人能被人记住。

——冰心健康地活着，她的存在对我是很大的鼓励。

五时，封处长来接小棠、国煣和我一起去彩虹桥，陈处长请客。席间的菜有蚂蚁和臭豆腐，我吃东西很保守，十分担心，但也误吃了一点蚂蚁。他们偶然谈到谭启龙和严永洁同志①在杭州，他俩既是我的领导，又是朋友。封处长立即为我联系，饭后便去看望了他们。尽管时间不长，大家都很高兴。……

回到二号楼，巴老已睡。我到他床边站了一会儿，依依不舍。收拾行李，十时半关灯。

6月10日

六时起。把东西完全收好，与老彭聊天。巴老七时起，国煣等正帮助他穿衣服。我和老彭去吃早饭。

巴老在楼外呼吸新鲜空气。我与巴老、小林和国煣合影。该告别了，我拥抱了巴老。巴老深情地望着我，我说不清是什么心情。

飞机九时五十分起飞。天空晴朗，我庆幸又一次见到巴老。特别是他说的"人各有志，最要紧的是得做人，做好人"，将不可磨灭地留在我心里。

---

① 谭启龙：曾任中共四川省委书记；严永洁：曾任中共四川省委宣传部副部长，谭启龙的夫人。

|附|

三辈人给巴老的信

国煜、国炜、国莹致四爸

亲爱的四爸：

你给我们的《再思录》已收到，谢谢！

听说你住过医院，最近又去杭州休息。成都的亲人是非常想念你的。近两年，我们姐弟经常见面，聚会中总是想起你，谈到你。俗话说：常被念到的人耳朵要发烧。亲爱的四爸，你的耳朵烧过没有？

这次小五去杭州看你，也代表我们大家。让他带去我们对你的思念、我们的问候、我们的祝福和真诚的爱。

近来我们的身体还可以，小病不断，大病未犯，精神很好，请勿以为念。

天气太热，就写这些，请多保重！

敬祝夏安！并问弟妹们好！

国煜、国炜、国莹　敬上
1995年6月4日晚

李芹致四爷爷

亲爱的四爷爷：

你好吗？［一九］九一年你给我的信上说："希望你有时还想起我。"这些年，我虽然没有常给你写信，但我的确经常想起你。80年代初看了你写的《大镜子》后，我就希望你能如愿，把时间都用在写作上，我就很少给你写信。我相信

四爸巴金

你知道我是爱你的,因为青年人喜欢讲真话的人。我也相信你是爱我的,因为你爱年轻一代,而我又是你的侄孙女。我去年秋天去了加拿大的温哥华,现在回来看望爸爸妈妈,支援儿子考高中。秋天又要回去。无论我在哪里,我都要像你那样,爱我们的祖国,爱我们的人民。还要学你讲真话,做好人。爸爸说你是当今的快乐王子,他和我都想做你的小燕子。你高兴吗?

爸爸一直想来看你,但妈妈生病,他无法离开。这次我回来的目的之一,就是支援他来看你。

希望你有时也能想到我。

爱你的李芹
1995年6月5日上

汪齐齐致太爷爷

太爷爷:

你好!

我至今记得我们在上海和在成都的几次见面。说实在的,除了被老师逼着我写有关你的作文时,我几乎不把你看成是一位"非常了不得了"的人物;你只是我慈祥的太爷爷,辈分最高的人。从第一次见面和你玩打老鼠的游戏后,我一直想教你打更高级的电子游戏。尽管这个希望并不现实,可我相信你一定能恢复健康。我总有一天会教你打电子游戏。

汪齐齐 上
6月4日

第二次去杭州看望巴老（1997年）

8月9日　周六

　　五时，被闹钟叫醒。匆匆喝了一碗芝麻糊，吃了一个鸡蛋。五时半，乘高兴东开的车离家，约二十分钟到达双流机场。

　　飞机正点（六时五十分）起飞，正点（九时十分）到杭州。下小雨，

上海作协的徐钤为巴金念书

四爸巴金

巴金在翻阅李致的散文集《往事》

不算太热。巴老的司机彭正昌师傅来接，在车上询问巴老的有关情况。老彭说："老先生最近还好，没有休克过。小林和国烨在杭州。特护是一位姓谭的护士长。"十时，到达西子国宾馆，住二号楼二一一四房间。立即去巴老卧室外的套间看望他老人家，他和小林、国烨均在。巴老坐在轮椅上，气色不错，但他第一句话却说："我现在不行了。"我说："我们很想念你。"他说："我也很想念你们。"我握着他的手，感到比前年来看望他时要柔软一些。对帕金森病患者来说，这是好现象。我把李芹、齐齐和珊珊的信读给巴老听。国烨说："珊珊的信写得不错，还有点思想。"这是指珊珊的信中说："我觉得觉新太软弱。如果是我，我一定要像觉民、觉慧那样反抗、斗争。"小林说："爸爸十点钟该休息，但他坚持要等你来。"我说不要打乱巴老的生活秩序，护士长把巴老推进卧室。

十二时，吃中饭。巴老吃了一小碗泡饭，还吃了两个小包子。宾馆的工作人员小曹在旁边帮助巴老。小林说："小曹一直帮助爸爸吃饭。"

中午，我酣睡到三时半才醒。巴老已起来，在饭厅另一边听上海作

难舍亲情

协的徐钤同志念《短暂春秋》一书。我把带去的《往事》①精装本拿出，在扉页上写："献给爹，以此感谢您对我的爱，教我做人。李致，1997年秋。"他拿着书看了一会儿，我趁机拍了一张照片。书中有些文章，出书前他早看过。

巴老改在套间休息。我坐在他身边和他聊天。他说："我现在主要是精神差，眼睛有白内障，一个一个字看得清，但连不起来。看电视也是一句一句的话听得清，但连不起来。"巴老有语言障碍，声音微弱且时断时续。我尽量少提问，耐心听，以免他着急。

他说："我到杭州已经三个月了。"

我说小林安排得好，冬天在上海华东医院，五月到十月来杭州。他说："西湖污染少，空气好，治疗方便。不过给人家增加麻烦和负担。"我说："人家欢迎你。可惜不能回成都，否则四川也会欢迎你，像你[一九]八七年回去时一样。"

我不愿巴老讲得过多，便主动给他讲我几个姐姐的情况：大姐会保养，二姐开朗乐观，四姐爱跳舞。又讲了采臣叔拟为我出书（《巴金教我做人》），前半部是巴老给我的一百九十二封信，后半部是我写巴老的文章。他说："我给你和王仰晨写的信最多。"我说："你给我的信不止一百九十二封。'文革'抄走了近五十封信，至今没下落。还有些信我没有拿出来。"

"'文代会'时，你参加文学馆奠基仪式没有？"他问。

我答："没有得到邀请。"

晚饭后，大家陪着巴老在西湖边散步。小吴推车较快，我跟不上。雨早停，颇热。七时，看中央电视台的《新闻联播》。我与成都家里通电话。巴老看完《焦点访谈》后，进卧室准备睡觉。我回房间看电视，翻倪萍前不久送我她写的《日子》，十时半关灯。

---

① 《往事》：李致的散文集。巴老先后要了十五本平装本，精装本是李致正式送巴金的，所以写上了自己的心里话。

四爸巴金

8月10日　星期天

六时醒，看《早间新闻》。

七时，去看巴老，他正在洗脸。我向他点头致意。他却说："早！"然后到卧室外套间，看中央电视台的《实话实说》。小林来叫巴老散步，我们都出去走了十多分钟。

早餐，巴老喝一碗稀饭，吃一个鸡蛋、一小块甜点。

饭后，巴老坐在轮椅上，小林坐在他身边。小林一边揉巴老的手，一边要巴老背鲁迅的诗。小林告诉我，爸爸已能背出八首鲁迅的诗，仅个别时候要提示。这时，巴老像一个小孩子。小林笑得很甜，时而提示，时而鼓励。父女相依，是一幅最美的画。我跑回房间拿出相机，把这个情景拍下来。

小林去工作，我和巴老聊天。我告诉巴老，到目前为止，我已写了十一篇有关他的散文和随笔，还可以写一些。我问他："听李舒讲，去年他读《不做盗名欺世的骗子——巴金二三事》给你听，你说'李致了解我'。你认为我了解你吗？"

他说："是。"

我谈到采臣叔①准备为宁夏人民出版社编几本书，介绍巴老的为人。这使巴老回忆起40年代的往事。他说，当时的文化生活出版社，吴朗西是老板，他任主编，采臣负责经营管理。"采臣能干，吴朗西有些指挥不当，以致后来分手了。吴朗西已经逝世，我送了花圈，还对吴朗西的儿子说：'过去我的脾气大，没有把人团结好。'"说到采臣叔的女儿绵绵，巴老还记得她是1942年生的。我说："那年你第二次回成都，我们睡在一个大床上。"

护士长来叫巴老用助步器散步，在过道（饭厅到卧室，约二十米）走了三次。后发现血压低（五十至八十），立即把轮椅放平，不久即恢复正常。一直睡到十二时。

---

① 采臣叔：即李采臣，巴金的弟弟。

中餐，巴老吃了一牙烩饼、一块红烧肉和一些烧茄子、丝瓜。

我午睡到二时半起，三时去看巴老。

巴老已起床，问我："睡得好不好？"鉴于巴老的精神较好，请他为我的几个朋友的书签名，字写得较大，说明手不太抖。他送了一本《巴金杂文自选集》给我，也签了名。

为帮助巴金增强记忆，每天早上巴金都要背诵鲁迅的诗

接着聊天。巴老又讲了一些文化生活出版社的情况。他讲得吃力，我听得也吃力。我换个话题，想请他讲讲我父亲和三爸的情况，他讲得不多。我问他，我现在和前年相比，有什么不同？他说老了一些。我说是不是头发更白？他说是，还补充说："行动上也看得出来。"我说昨天下飞机，感到气紧，不大舒服。他说以后出来要有人陪伴。我说不是公差不便找人，他说："不要冒险。"我表示只要可能，仍会来看望他。

他说："现在是看一次少一次。我并不悲观，时刻准备……"我一下接过话头："时刻准备着建设共产主义！"我想起少先队员的呼号，故意开玩笑说，"与前年相比，我觉得你的气色好，手柔软，只是语言障碍重一些。我不反对你时刻准备，但仍要争取健康。你内脏没有病，这是最有利的条件。你原计划争取活到九十岁，已超额。我先争取活到八十岁，想写点东西，可惜眼睛不太好。"

"你可以写。"

提前十五分钟吃晚饭。巴老吃了一碗面条、两块鱼、两个鸡翅膀。然后散步，七时，赶回来看《新闻联播》。我找小林，问巴老能背鲁迅的哪首诗。她说有《自题小像》《悼柔石》《自嘲》《无题》《悼杨铨》《悼丁君》《无题》《亥年残秋偶作》。巴老看完《焦点访谈》进卧室。我回

四爸巴金

房间看电视连续剧《和平年代》，后看最新一期《收获》，十二时关灯。

8月11日　周一

六时起。六时半到巴老卧室。大家随巴老到西湖边散步。

八时早餐。巴老吃面包一片、奶酪一块、鸡蛋一个。稍事休息，巴老用助步器在过道上来回走了一遍。我问他今天上午是否吊针。他说："上午吊针，下午还可以谈谈。"开始吊针后，巴老一般要睡觉。我也感到疲倦，回房间睡了大半个小时。

中餐，巴老喝稀饭一碗，吃了一些炒面、猪肝和虾仁。小林和国烊吃我带去的牛肉丝，巴老两次表示要吃一点。国烊夹了一点点给他。巴老喜欢吃家乡的菜。

午睡后，我二时半到巴老卧室，他还没有醒。

小林和国烊上街买东西。我看电视。三时半巴老起床，小吴把他推到饭厅另一边，我坐在他身边。我说："你今天睡得好！"他说："睡得好。"可是他很快又睡着了。护士长给他量血压：七十至一百三十六。我给成都家里打电话。直到四时，我才和巴老开始聊天。

他说："可惜家宝①死了，他还有东西没写出来。"我说："我只差一天，不然就能看见他。后来去看了李玉茹②。"

"李玉茹很好，为了家宝牺牲了自己的艺术。"巴老接着说，"写《明朗的天》不是家宝的本意，他不满意。以后收集了不少的材料，胆子小，没有写，后来又病了。他在医院写了一些诗和散文，在万方③那儿，万方准备编佚文集。"

我告诉巴老，中央电视台刚播了张爱萍将军的经历和贡献，可惜没有看见片头，不知这个专题片叫什么名字。我转达了张老和夫人又兰大姐对巴老的问候，巴老说了一声："谢谢。"我说："张老先后三次表示支持

---

① 家宝：万家宝，即曹禺。
② 李玉茹：曹禺的夫人，京剧表演艺术家。
③ 万方：曹禺的女儿。

你建议成立'文革'博物馆的意见。我准备在适当的时候把它写出来。"巴老说："［一九］八七年回成都，我们三次在一起看了川剧和曲艺。"我说："50年代张老参观过正通顺街故居，就提出把它保留下来，可惜以后拆了。"巴老说："现在故居搞得太多，没有必要。"我告诉巴老双眼井仍在，有石桩和铁链把它围着。

近五时，理发师来给巴老理发。小林和国烊买东西回来。趁巴老焕然一新，请国烊为我和巴老拍照。

晚餐，巴老吃了一个小馒头、一些叫花鸡和猪排。看见国烊吃四川的牛肉丝，巴老又想吃。国烊用巴老吃的馒头，给他沾了一点牛肉丝上的油。

随巴老到西湖边散步。秋风徐徐，感觉凉爽。七时，播《新闻联播》。巴老一边吸氧，一边看。看完后，巴老在进卧室前问我明早几时走；我说和彭师约定七时吃早饭。他说："明天见！"

我回到房间看电视剧《和平年代》。收拾行装。翻了一会儿倪萍的《日子》，十一时关灯。

李致与巴金

四爸巴金

8月12日　周二

五时半起。看《早间新闻》，预报成都天气，最高三十五摄氏度。六时半，到巴老卧室，他已在听收音机播的新闻。这是他长期养成并坚持的习惯。

巴老又问我几点走。我说七点去吃早饭，怕塞车，要早一点走。护理人员帮助巴老穿衣，我怕影响他们的工作，退到靠玻璃窗前的沙发上。我十分珍惜这半小时。巴老站起来又要说话，我立即走到他身边。他问："与彭师联系好了没有？"国烺笑着说："五哥昨晚就告诉你联系好了。"

小吴把巴老推到外面的套间，已经七时。我拉着巴老的手说："你保重身体，我会……"突然说不下去了，我尽全力控制住自己的感情，才接着说，"争取来看你。"我不愿引起巴老伤感，就此告别往外走。

国烺送我到二号楼门口。

吃过早饭，八时五十分到达机场。我再次向彭师表示感谢。九时四十五分，飞机起飞。在飞机上，我的感情很复杂，当然希望再见到巴老，但他毕竟高龄。他是我一生爱得最深的人之一，我不能没有他……

十二时，到成都的双流机场。文化交流中心秘书长窦维平来接。小窦是我的朋友，1993年在上海与我一起见过巴老，一路上我都在给他讲巴老的情况。十二时半回到家。珊珊和我拥抱。

2003年11月21日

上海日记（1999年）

9月27日　去上海

六时，吃完早饭，叫醒秀涓。

六时半乘文联赵光亚的车去机场，八时起飞。我昏沉沉的，不时想起小林说"你看见爸爸会难受的"这句话。十时飞抵上海虹桥机场，李斧在机场内等我。上海市文联秘书长褚水敖、组联处长叶国强在出口接我们。住华东医院对面的文联宾馆八〇七室，这对我们看望巴老十分方便。不久上海市文联的周渝生（党组书记）、李伦新（前党组书记）、迟志刚（副书记）、褚水敖、叶国强来看望，并请吃午饭。我感谢他们的接待，并说明我们来的目的是看望巴老，不打扰他们。

二时，汪致正来。三时一起去华东医院十七层看望巴老，市作协徐钤在外间。他说巴老近况还好，但前几天小林给他讲上海变化很大时，他说就他没变化。进病房，巴老躺在床上，两眼闭着，嘴张得很大。鼻孔在吸氧，脸色苍白，与前年见他大不一样。站在床前，我不仅不知说什么，连叫他的力气都没有。我控制不住感情，只得走进外间流泪。我再进去时，护士把床摇高一点，为巴老戴上眼镜。巴老看见我们，我只听见他说的

四爸巴金

"说话——眼睛——",估计是说话不行,眼睛看得见。立即咳嗽,痰从塑料气管口涌出。我赶快离开,泪水长流。再进病房,巴老的眼里充满泪水,并从眼角流出。我赶快到外间,痛哭失声。济叔、国煣先后来,我也无法和他们交谈。李斧从病房出来,背向我们,用纸擦眼。直到五时我们才回宾馆,小汪妈妈约吃晚饭。

六时半,我们再去医院,护士在帮助巴老喝茶。办法是用一根小棍,上面有棉花醮着的茶水,让巴老吸吮。七时,巴老看《新闻联播》。我和李斧坐在旁边陪巴老看。其实,我根本没看新闻,而是目不转睛地望着巴老。我不知巴老是否看明新闻,但相对来说表情较为正常。只是两手不断地抓遥控器。下午徐钤告诉我,巴老曾说他已失去人的尊严,只能听人摆布。我理解他的痛苦。七时半,我和李斧主动离去。

与李斧交谈到十二时半始睡。

9月28日

昨晚有些热,睡得不舒服。四时醒,李斧近六时醒,又聊天。

济叔电话,说昨天见我很激动,没谈成,随即交换一些意见。我和李斧去对门华东医院。

到病房遇见陈护士长。过去我们在杭州见过,她知道我关心巴老。她说巴老目前较为稳定,白天未用呼吸器。我直截了当问她巴老的现状能维持多长时间。她说如果没有意外,到明年没问题。她的这个回答,使我的心稍为平静。我还问了一些细节。例如,巴老的手为什么老拿纱布卷和遥控器?她说,巴老患帕金森病,手捏得很紧,怕把手捏坏;同时因为神经上的错觉,巴老觉得旁边有个什么东西,他老想去抓住。

李小林来了。她高兴地叫爸爸,问这问那,气氛大为缓和。

巴老睡觉。小林与我和李斧在外屋谈话,内容较广。主要有:

——问我是否要参加襄樊巴金国际学术讨论会?我说没接到通知。她说是她推荐的,因为她认为我写巴老的文章很好,说话得体。

——小林告诉我:爸爸说,他死了以后,把他和妈妈的骨灰合在一起，撒入东海。我问，过去不是说埋在武康路花园里吗？小林说，那是公家的房子，自己不好提。我表示赞同。

——小林告诉我：爸爸说，他把《讲真话的书》的版权送给你和几个姐姐。我说，巴老在十年前征求过他打算放弃版权的意见，我没有赞成。我当时说，小林、小棠不会计较这些，但文化市场很乱，放弃版权会有很多意料不到的事发生。小林补充爸爸的意见，版权到你们一辈为止。

——小林告诉我：爸爸说，上海文艺出版社的《巴金六十年文选》的版权送小叔叔（济生叔）；宁夏人民出版社出的他两本书的版权送大叔叔（采臣叔）。

——当我谈到《巴金教我做人》一书的稿费处理（捐希望小学）时，小林说，爸爸说他给你的信的版权给你。

——小林对李斧说，我送你一套台湾出版的《巴金小说集》。我对李斧说，这套书印得不错，但序言和一些评论文章有不妥之处。四爷爷曾说，我不赞成这些观点，但我可以容忍。小林说，还要送一套书给李芹。

此外，谈到昨下午看见巴老时我很难过，小林哭了。

十一时半，我们三人乘老彭的车到丁香花园。济叔已到，国烁、小汪陆续到。菜点得不错，吃得也好。饭后三人到武康路。

我坐在客厅里，感触很多。我不知在这个客厅里坐过多少次，有过许多美好的回忆。但以后我再也不能与巴老同在这个客厅里了。

李斧上楼取了书，拍摄了一些照片。并为我、小林和国烁（她很快回来）拍了几张。在室外拍摄时，我嫌三人靠得太近。小林说："亲热点。"我征求小林意见：今晚是否要向巴老告别？她主张不告别，以免爸爸难受。我想也是。

怀着难舍的心情离开武康路一百一十三号。

没午睡，回到宾馆我与李斧又聊天。丁锡满（《解放日报》前总编）来电话，一定要请我和李斧吃晚饭。盛情难却，只好答应。

三时，我们去华东医院，国烁已到。我和李斧先一起去看望巴老。巴老的床刚被摇起。有人问他是否认识李斧？他点了一下头。又问他是否认识我？他没有特别表示。他不会没认出我，他可能有更多的想法，但

四爸巴金

无法表示。以后我和李斧又分别去看他。当我一人在他床边时,我叫:"爹!"然后努力克制自己,向巴老独白:

"我和李斧、小汪来看你,代表成都和海外的亲人!"

"你怕我一人来,这次是李斧陪我来的。"

"你担心我身体不好,"我用手拍拍胸,"你看不是很好吗?该放心了吧!"

"几个姐姐身体也可以。秀涓能支持我来看你,说明她病情稳定。"

李斧进来向巴老说:"我每次来,[一九]八五年、[一九]八七年、[一九]九四年、[一九]九七年,你都说下一次你来看不见我了,但现在你又看见我了。"

我又说:"李斧这一次是应教育部邀请,回国来观五十大典①的。他在机场接我,我们一起到上海的。你不是不放心我一人来么?"

不知巴老听懂多少,见他眼里有泪水,我说不下去了。

如约回宾馆。五时,丁锡满和李伦新来,邀我们在附近一个餐厅吃饭。老丁很热情,说了很多友好的话,可惜我只能听懂一半他的浙江话。对李伦新,彼此相见恨晚。老丁是美食家,很会点菜。青鱼特别好吃。我还喝了黄酒,吃了不少虾。差一刻六时结束。

七时,到医院陪巴老看《新闻联播》。我和李斧坐在他旁边,不知该向巴老说什么。记得1989年有一次到华东医院看他,临走时他用助步器散步,我又得准时下去乘车,只对济叔说了一声就跑下去了。下次来时,巴老批评我不辞而别,我作了检讨。可是今晚我真要不辞而别了。爹,你能原谅我么?

回宾馆取行李。太热,开了空调。小汪十时来取走小林送李芹的《随想录》手稿本。太疲劳,聊到十一时就入睡。明天,巴老的眼里不会再出现我和李斧的面容。让巴老少滴几点泪水吧!

---

① 五十大典:即新中国成立五十周年庆祝大会。

9月29日　离上海

五时醒。与李斧聊天，商量一定要付他的住房费。近六时起。

七时半，叶处长来，说领导打了招呼，不收费。叶把我们送到机场。李斧办好手续，送我登机。稍晚一点，他即返北京。我在飞机上似睡非睡，十一时十分到成都机场。省文联赵光亚来接，到家刚十二时半，秀涓已午睡。给七妹、二姐电话，报告我已回来。匆匆吃了饭，午睡大半小时。开始补写日记，并发了一部分给芹儿。接了不少电话。老干处通知去领钱。去我姐那儿，报告巴老情况。到邮局领回周良沛从昆明寄送的月饼。打电话向采叔[1]报告巴老情况。

---

[1] 采叔：即李采臣，李致称他为"采叔"。

与四爸的历次会面[1]

1941年

年初 巴老第一次回成都,住在我们家。春节前回来,住了五十天。当时,我们住在鏊华寺街外婆家。我在外东踏水桥小学读书。巴老经常带几个姐姐去看电影,说我看不懂,给我钱,让我去买外国邮票。还与九姑妈和我们五姐妹去相馆合影。照片见《巴金全集》第七卷。我对照相毫无印象,20世纪80年代,巴老拿出照片我才看见。我穿童子军装。

1942年

5—9月 巴老第二次回成都,住在我们家。当时我们已从外婆家搬出,仍住鏊华寺街。我在五世同堂街航空委员会子弟学校读书,高小四册。我和巴老睡在一张大床上。当时我很调皮,放学就在外面玩,吃饭都

---

[1] 文中加引号的文字皆引自《巴金全集》第二十五、二十六卷,人民文学出版社1993、1994年出版。

要"捉拿归案"。我原名李国辉,巴老说:"你改名李国飞吧!"以后,巴老写了四句话送我:读书的时候用功读书,玩耍的时候放心玩耍,说话要说真话,做人得做好人。①

1955年

春 巴老去印度参加世界和平大会归国,途经重庆,住民生路重庆宾馆。

我在共青团重庆市委工作。巴老打电话给我,我去宾馆看巴老,星期天又和秀涓一起陪巴老玩,吃杭州汤圆和鸡汤抄手,合影一张,照片见我的《往事》一书。巴老问我喜欢什么,我答读书。从此,巴老经常寄书给我。

1958年

秋 我参加中国青少年报刊工作者代表团去苏联访问归国,在北京遇即将去苏联参加亚非作家会议的巴老。

当时,我在共青团四川省委《红领巾》杂志社工作。巴老请我在和平饭店吃晚饭。他问我想吃什么,我说回锅肉。结果上了对虾,我第一次吃了对虾。

1960—1961年

巴老回成都写作,与张秀熟老人同住在学道街的院子里。

这期间我去巴老住处共十一次。11月3日,我请巴老在新声剧场看京剧《穆桂英挂帅》。我生病时,巴老于12月19日步行到祠堂街三十三号宿舍看我。"……两点后……我去李致处探病。在李致处坐了一个多小

---

① 详见本书《永远不能忘记的四句话》一文。

时，返家已四点半。"1961年1月29日，我请《红领巾》杂志社摄影家郑家声，为巴老摄影。2月8日，送巴老离蓉返沪。

巴老在离开学道街前，把欧阳山送他的小说《三家巷》转送给我。

1964年

7月　我出差到上海。当时我在共青团中央工作。

7月25日晚　第一次到巴老家，"（晚）饭后李致来……在廊上纳凉闲谈。十点一刻送走李致和济生夫妇。"

7月26日　下午，"李致来。四点同他去虹桥公墓和万国公墓。五点半左右回家。晚饭后在廊下闲谈到九点。"

在家闲谈时，萧珊妈妈多次和我开玩笑。

为三爸李尧林扫墓。①

8月　巴老和萧珊带小棠从山西访问后来北京，住华侨大厦。

8月27日　"十二点半李致全家来，他们已吃过饭。……李致、秀涓坐到一点半钟带着孩子回去了。"

8月28日　上午，"李致来。……十一点半到楼下大同餐厅吃了中饭。……一点半作协车来，树基、李致、家宝夫妇和作协周真勋各位送我上车，并替我搬行李，盛意可感。"

10月　我陪日本民主青年访华代表团去上海访问。

10月13日　抽空到巴老家坐了半小时。萧珊妈妈不在家，我与巴老在书房聊天。"李致来，谈了一会。"

1965年

1月　巴老来京参加全国人民代表大会，住前门饭店。

1月2日　"（晚）饭后李致来。……（八点一刻）同李致谈到十

---

① 详见本书《带来光和热的人》一文。

点。"遇见赵超构。我告诉赵超构：1946年，我在学校推销过他的《延安一月》一书。

7月 巴老因访问越南来北京，住新侨饭店。

7月7日 "六点三刻前李致来叫醒我，同他到六楼吃早饭。饭后李致去机关上班……（两点一刻）李致送蚊帐来，谈了一刻钟，我要他把蚊帐带回去。"

7月8日 "十一点一刻打电话约李致夫妇吃中饭。一点半后送他们下楼。"

1973年

4月14—16日 我从北京回河南团中央"五七"干校，悄悄绕道上海看望巴老。①

1978年

5月 我去上海组稿。

5月9日 "晚饭后李致来，同李致谈到十一点。"

5月10日 "午睡。看李致带来的校样。同李致闲谈。……同李致谈到十一点。"

5月11日 "七点后起。同李致散步闲谈。晚饭后……同李致闲谈。十二点前睡。"

5月13日 "……同李致谈了一会，又陪他上楼找书。十二点前睡。"

5月14日 "……八点后汪琪父子来找李致，谈了一会，一起照了相。"

5月21日 巴老在北京参加全国人代会，住西苑宾馆。

5月25日 "八点后李致来，在会客室里谈到十点。"

---

① 详见本书《我淋着雨，流着泪，离开上海》一文。

四爸巴金

5月26日　"八点李致来。同他到十号楼我的房内,闲谈到十点后。他替我拿行李,我搬到了六号楼六五七号房。……十二点前同李致到餐厅吃中饭。"

10月　我去上海组稿。

10月26日　"四点李致来。……同李致闲谈到十一点三刻。十二点后睡。"

10月27日　"上午在家同李致谈话……同李致闲谈。十二点前睡。"

10月28日　"十点前返家……同李致闲谈到十一点半。陈昌竹来约李致出去。……回家吃晚饭。济生来,同他和李致闲谈。十一点半后睡。"

10月30日　"上午同李致闲谈。"

10月31日　"十点李致、小林出发去北京。"

1979年

5月14日　巴老从欧洲返回北京。"六点飞机提前到达北京机场。李季、张僖、毕朔望、严辰、李致、小祝,法国使馆文化参赞到机场迎接……李致来,同吃了晚饭。"

5月17日　"李致来。五时半坐《文艺报》车去青海饭店吃晚饭,(臧)克家请客,同席的有(戈)宝权、冯至、沙汀、(严)文井、(卞)之琳、(孔)罗荪夫妇、徐迟、小林、李致诸人。"括弧内的姓是我加的。

5月19日　"……李致来。"上午,我同丁磐石[①]父子去宾馆看望巴老,巴老分别与我们合影。磐石父子二人走后,我一人待到十一点。我和巴老谈得十

李致会见巴金时的会客单

---

① 丁磐石:丁秀涓堂弟。

起劲。这期间，巴老对我说，法国友人问他中国还有哪些小说家。他说有李劼人、沙汀……当时门卫森严，许多人在一大会客室里，不许客人进宾馆。后来要"方便"，找不到地方，我只有"忍痛"离开巴老，赶公共汽车走了。此事我和巴老一直作为笑谈。我至今保留着当时没交回的会客单。

11月　北京举行全国第四次文代大会和全国第三次作家代表大会。

11月1日　"七点后李致来，同去吃早饭，饭后谈到十一点半……李致又来……四人同去楼下吃午饭。"

11月2日　"六时半后起。李致来，七时半一起吃早饭。"

11月5日　"七时后起。李致来。"

11月7日　"七时一刻前起。李致来。"

11月9日　"七点半起。小弥来，李致来。"

11月11日　"李致来，送他两本书。"

11月12日　"李致来，七点三刻早饭……李致在中饭后离开……六点前晚饭，饭后同小林、李致去科影，看了一场亨利·方达主演的 *Once Upon a Time in the West*。"

11月14日　"……李致来。"

11月17日　"……七点早饭。李致同丁品来。"

12月　我从长沙到上海。

12月23日　"……十二点李致来。……同李致聊天。……晚饭后看电视。同李致聊天。十二点睡。"

12月24日　"……晚饭后看电视，同李致聊天。十一点半后睡。"

12月25日　"……九点前同李致去邮局（送书）。十一点送李致上车去机场。"

1981年

8月　我在疗养院请假一周。先去山东泰山参加少儿读物座谈会，然后从泰山到上海。

四爸巴金

8月31日 "晚十点后李致来,在我家住到9月6日。"(无详细内容)晚九时到上海虹桥机场。下飞机则碰上雨。萧姐和沈姐的儿子到民航城内办事处来接。到武康路,巴老刚看完电视,见我很高兴。姑妈在巴老卧室为我准备了床。因为天热,我把席子拿到书房,在地板上睡。

9月1日 上午和巴老商定,由四川出版《巴金选集》。共八卷:(1)《家》;(2)《春》;(3)《秋》;(4)《爱情三部曲》;(5)《中篇小说选》(上);(6)《中篇小说选》(下);(7)《短篇小说选》;(8)《散文选》。我表示力争在1983年前出齐。巴老说:这部书可以给低稿酬,捐给中国文学馆。还谈了有关出版萧珊译作事。……晚上聊天,谈到李舒要我问四外公为什么不入党。我说巴老可能像鲁迅一样,做个党外布尔什维克,比党内某些高级干部的思想觉悟高。巴老说:我不能和鲁迅比。你可以向李舒解释,我自由散漫惯了,不愿意命令人,也不愿听命于人。过去信仰无政府主义时也如此,不加入组织。还笑着说,我不入党,××就不能指挥我了。谈到××已入党,他说,对,可以增加新鲜血液。谈到回四川,巴老说,我暂时不回去了,熟人太多,恐怕得不到休息。

9月2日 下午和巴老交谈。巴老说,四川出版冲破出版只此一家的垄断,立了一功。如把"现代作家选集"丛书出好,是一个贡献。我说有人嘲笑,说我出外约稿,打着你的名义,叫声叔叔伯伯,就用网兜把书稿拿走了。其实,我从来没有用过你的名义在外面活动过。巴老说:现在人家都知道我和你的关系了,反而要我找你。我说是公家的出版社,我不能指挥李致。对四川没有出版《许茂和他的女儿们》,我说明了经过,巴老说不管你怎样解释,没有出,是个失败。谈到我写的《永远不能忘记的四句话》,其中就"什么是好人"发了一些议论,请教在技巧上怎样看?巴老说,技巧是为自己服务的,最高的技巧是无技巧。巴老主张我现在写文章,不要发表,六十岁以后再发表。因为写文章容易出问题,有可能影响我担任的领导工作。晚上,巴老送我一些照片,各时期拍的都有,共十九张。我嫌少了,他说你拿多了,也没用处。鉴于巴老一贯认为作家靠作品出书,不能靠卖照片,我说你放心,我不会拿去出版。在寻找一张照片时，巴老打开一本相册。其中有三张萧珊的照片，是她年轻时拍的，可惜画面都被弄坏了。除了打叉以外，还在嘴上画了胡须。我知道这是那些"造反派英雄"干的，建议让我带回成都，请出版社摄影室作技术处理。巴老说，不必了，就让它这样吧，这是历史。后来谈到巴老为给在成都我的三个姐姐成立图书馆事，决定给她们各买一个书柜。

9月4日　上午到王西彦家，谈出他的《选集》事。他问了巴老的情况，建议巴老把身体健康放在第一。下午我向巴老转达了西彦同志的建议，巴老说：我到一定时候，什么也不管了，人也不会，信也不回，专心写作。现在许多人想照相（包括你在内），如一个月有××人，也吃不消。

9月5日　早上散步，谈到××要稿费的计算办法（按版面字数算）不对，巴老估计是×××出的主意，并说他的《选集》不必这样算。

9月6日　早上天气晴朗，在院子里散步。谈到《家》，我又提起在鸣凤跳湖后，觉慧一度要放弃鸣凤，总觉得有些遗憾。巴老说，这是一，还有高老太爷临终时，觉慧跪下去。有人说这两处是《家》的败笔。其实当时觉慧只有这个觉悟，他看见高老太爷的态度有些变化，不能过高要求觉慧。谈到电影《苦恋》，巴老说不准备写表态文章。看过电影，对其中吃生鱼片的镜头感到恶心，但不能说整个影片不是爱国主义的。我问巴老的社会活动情况。巴老说，不太多，但找我的人多，要回的信也多。我在学你的办法，写短信。到了一定的时候，我什么事也不办，什么信也不回，得罪就得罪，我要完成自己的计划。我问《大镜子》发表以后是否好一点。巴老说，收效不大，有些人专为这篇文章（指他说自己衰老了）来看我。我向巴老建议客人来了，到该散步的时候，可以邀客人一起散步。巴老说，你可以，别人怎么行？又谈到回成都的问题。巴老说，后年还是回四川一次。我说杜心源同志（省委书记）早表示欢迎，我可以负责接待。巴老说，要去我自己去，一切费用自己负责，不要让人家误以为我利用你的关系。巴老再一次叮咛说，"四川不要过多地出我的书，别人要攻你，会抓这一条。"我说这问题我完全出于公心，而且我们同时出了不少茅盾、老舍的书，还要出《曹禺戏剧集》。话题转到某些社会风气，巴老说，我过去在南京上过的中学，打算把我、汪道涵、朱逢博找在一起，拍一部电视。要我捐一万或两万元，设立巴金奖学金，我没有同意。找我的人太多，利用各种封建关系，要这样，要那样。有一位亲戚，说我很有钱，要一部彩电，否则别人会以为我不是你的亲戚。有时，我想把精力浪费在这些事上，不如早两年死去。

1982年

11月 巴老摔跤，住华东医院。

11月23日 我去上海看望，他第一句话就说："摔跤是我自己不小心，与你无关。"说与我无关，是我刚介绍四川电视台去为巴老拍纪录片，怕巴老为此累了。我带了花生酥去，巴老很爱吃，常说："看在李致的面子上，再吃一个。"在这期间得知他的好友李健吾逝世的消息。

1985年

4月 我随四川出版代表团访问日本，途经上海。

4月15日 九时到武康路，巴老去华东医院检查身体。我跟司机老彭去把他接回家。闲谈时，他对出版界有些人只考虑赚钱，感到不安。

4月16日 二时去武康路，与巴老随意交谈，又一起散步。他说要言行一致，把各种问题处理好。至少要在两个方面做出榜样：一不自私，二不爱钱。他同意《巴金近作》第四卷的书名叫《心里话》。

5月5日 我从日本回到上海。

上海出版局的车把我送到武康路。巴老看见我，很高兴。……济叔来，我和他在饭厅聊访日情况。巴老主动来听，平常这时候他一般都看电视。安排我睡书房，巴老为我抱了毛毯，又去取床单。我赶快请他不要为我操劳。他知道我明上午十时三刻将去机场，一再说："我明早六时半起床，起来我们就谈。"还问我："为什么急着要走？"

1986年

3—4月 我随四川省川剧院到上海。

3月30日 九时后和川剧表演艺术家周企何一起去看望巴老。巴老说，我原以为养几个月，可以回成都一趟，但养不起来。上海突然降温，我的衣服带少了。巴老要送我一件毛衣，不知我是否穿得。我说，你送我当然要，万一穿不上就作纪念品。谈到我六十岁要退下来时，巴老笑着说他六十六岁才进"五七"干校。

3月31日 去武康路，与巴老交谈四十五分钟，没受干扰。我说，昨天冷，你送我的毛衣起了很好的作用。巴老说，留个纪念。我说裤子也穿少了，腿疼（这是当年在"五七"干校，冬天犁地留下的后遗症），幸好加了毛衣。今天晴了，不是要你再送毛裤。巴老看我用手捶腿，笑着说，你也上年纪了。后又说，你正是干事的时候，可以向李向南学习嘛！李向南是电视剧《新星》的主人公，我问巴老对《新星》的看法。巴老说，不错。几个老书记写得很真实，我看见过这种人，是"四化"的累赘。相反，李向南不真实，还没有这种人，只是反映了人们的愿望。资本主义有钱就行，我们是有权就行，李向南也弄了点权术。有权就行是封建主义的产物。有人说，高干子弟犯错误，是资本主义的影响。其实主要是封建主义的东西，《水浒》中就有衙内。强奸妇女也是封建主义那一套。……我不要求什么，我的一切将来都要交给国家。巴老说，前不久张光年来上海，建议他有两个职务不要推掉：一是全国作协主席，因为找不到合适的人，要借助他的威望；二是全国政协副主席，因为有这个职务，生活上才有人管，许多问题才好解决。谈到编十本《译文集》，巴老说，等你能亲自抓的时候再说。

4月2日 约十时到武康路。我用了一小时多的时间，询问了有关我父亲给巴老写的四封信的事。巴老说，我的两个哥哥对我帮助很大，他们两人都是因为没有钱而死的。我现在有钱，却没有办法帮助他们，我又不想过什么好生活。巴老很激动，两次痛哭失声。我全部录音。

4月3日 下午三时，我和川剧人周企何、陈书舫、张巧凤、左清飞、王世泽、田卉文、古小琴及陈彦等去看望巴老。多数人为巴老清唱，大家都很高兴，巴老"被迫"在最后讲了话。汪其武全程摄了像。历时半小时，一起照相。巴老把大家送到大门外，我的朋友陈昌竹参加。我对巴老说，昨上午录音效果很好，以后我只要想念你，就可以听录音。他说昨天很激动，疲倦了。我说今天请您听川剧清唱，算是弥补。他哈哈大笑。

4月5日　九时约陈彦去武康路，为巴老照了不少相。上楼时，巴老说我还没在楼梯上照过相。在书房，我特别安排巴老在大镜子旁边照了相。在卧室，巴老自己提出在萧珊骨灰盒旁照了几张相……我看见巴老充满深情。陈彦走后我对巴老解释，在宣传部不像过去在出版社，来上海的机会不多，所以要多照几张相。巴老说，没关系，如果我不行了，会打电话叫你来。

11月　我随四川诗书画展览去上海。

11月21日　吃过晚饭，把夫妻肺片送到武康路。巴老说，我太疲倦，需要休息。

11月23日　八时到武康路，巴老还没吃早饭。老人家气色很好，但他说是"虚火"。我们散步，谈心，约有半小时交谈录了音。他同意：（1）《译文集》给四川出，但不出单行本；（2）由我给他编书信集；（3）《日记》也交给我，由我负责校看。

11月25日　今天是巴老八十二寿辰。十一时半到武康路。下午来祝寿的有辛笛、黄裳、杨静仁（杨苡）等，还有一些上海市八中的中学生。我和小林在四时半去小木屋路把萧荀接来。人很多，吃饭时很热闹。

11月29日　昨天从杭州回来。九时去巴老家告别。昨天下午，市委书记芮杏文受胡耀邦同志委托去看望巴老。今天新华社发了消息称赞巴老是中华民族的精华，是一代精英。我和巴老开玩笑，用"精华"和"精英"称呼他。他今天很高兴。他说，把暖气烧的煤给我解决了。

1987年

10月3—26日 巴老返乡，在家乡待了十七天零一夜。①

1989年

4月 我和秀涓去青岛路过上海。

4月7日 九时去华东医院北楼七〇一病房，小林值班。巴老看见我很激动，说这一次差一点看不见你了。他对我在他摔跤后没及时给他写信颇有意见，我作了一些解释，并问他为什么没有叫我。他说，我只告诉你摔跤——言外之意是说我没主动询问他。巴老说他不怕死，但有些事没办完，表示要交给他信任的人：小林、李致、小棠、树基（即王仰晨）。我当然表示愿为他做事，但他又觉得我没有时间。我们就近作合集《讲真话的书》作了讨论。巴老和小林都主张粉碎"四人帮"初期写的文章，例如提到华国锋主席，原则上不作改动，这是历史，以后是作者的思想发生变化。巴老要我写个后记说明情况。……三时后，我们又去医院，国燥值班。四时后，四川电视台卢子贵、王岳军、李达明和四川人民艺术剧院的傅仁慧等来看望巴老。稍后，济叔来。七时，祝鸿生来接班。我和秀涓一直待到八时二十分离去。

4月8日 九时到医院，小林值班。巴老精神甚好，主动谈到四川出版，认为能达到过去那样很不错，但现在垮了，名声不好，被罚款，停业整顿，实在丢脸！我一再说明我现在与四川出版没有任何关系，但巴老仍很激动。后来，我才意识到巴老不是从我个人来看问题，他热爱出版事业，对四川出版倾注过很多感情，怎么不令他失望呢？谈到我离休后干什么，又说到写文章。巴老说，我现在就是学鲁迅，写短文章，但很不容易写。我和小林都说，我们与他不同，写短文章有多大作用。……四时十分再到医院，国燥值班。济叔先到，主要听他聊天。五时后巴老用助步器走

---

① 详见本书《1987年巴金回乡纪要》一文。

路，我抢拍几张照片，因时间已到，五时半匆匆离去。

4月17日 从青岛返回上海后，九时到医院。张教浩在院门等我，我们一起去看巴老。巴老正在洗漱，候日本客人来访。十时，巴老会见石上夫人（石上系《随想录》日文译者，已逝世），我拍了几张照片。十一时巴老吃饭，他说我有"官"气，指我八日离开医院时没有打招呼。我赶快说明，那天我早向他报告五时离开，到时为他拍照，过了半小时，怕司机久等，才匆匆与济叔离去。吃过晚饭，巴老说，我现在要把"后事"办完。有些事是大事，想和你谈谈。你了解我，可惜时间来不及了。我过去写《家》，但目前这个环境里，我的觉悟并没有觉慧那时高。我也谈到自己的一些苦闷。巴老说，最近我见过一些人（有的是党员，有的不是），都比较悲观。要有信仰。人类一定有希望，也一定有好人。说句笑话，坏人一定得依赖好人存在，否则就无所谓好人坏人。还说，我写了不少文章，有人理解我，有人不理解，甚至歪曲我。我写文章说明自己，我是清白的……过去我写你父亲写觉新，这个人很不容易，我现在更理解他。以后，话题又转向我。巴老说，一个人要谦逊，多想想自己的问题，我正在给你打分。我请巴老说说我的缺点，巴老说你和小林一样：一贯正确。巴老一席话，我很受感动。从目前情况看，他还会健康地活着，但毕竟八十五高龄，我也不会常来上海。……

12月 去上海参加"未来军官学校"丛书首发式。

12月3日 下午八时到虹桥机场，住延安饭店九一五号房间。小侯开车送我到武康路。巴老见我很高兴。我把施鸭子交九姑妈。小林和国烨说，爸爸一直在等你的鸭子。马绍弥也在。

12月4日 今天是农历冬月初七，我六十岁生日。九时到武康路。因马绍弥在，我问能否今晚搬过来。九姑妈说马绍弥明下午回北京，叫我明晚去。巴老说，今晚可以住，就是要多见见面。巴老说还有一些事，没有人为他做。我表示愿为他整理日记。××夫妇来，拉着我谈他们电视剧的事。巴老有些坐立不安。十二孃看见巴老不安，借口把他们请走。我和巴老才得以继续谈下去。十一时回到延安饭店。……八时把行李搬到武康路。小林和国烨为我在书房外廊铺一行军床。几年前我来武康路，每次和巴老谈到深夜。现在巴老九时上床，我不敢干扰。

12月5日　一早醒来，躺在床上看巴老的日记。早饭后就日记有关问题与巴老交换意见，我建议删去涉及第三者、可能造成误会的地方，巴老原则同意。郑拾风（上海戏剧艺术家协会副主席，四川人）来，他说，四川灯戏在上海演出反应很好。巴老忙着整理他拟送成都市档案馆的照片。……从汪道涵同志家回来，巴老已睡。

12月6日　五时半即醒，躺在床上看巴老的日记。早饭，没人给我冲咖啡。巴老问十二嬢为什么。十二嬢答不知李致会不会喝。巴老说，李致遍游欧洲，能不会喝咖啡？巴老赠我一个有塑料木架的相片。下午二时半离开武康路，巴老提前下楼送我。到了机场才知，成都天气不好，航班被取消，又回武康路。巴老很高兴，我说，"上帝"要我多陪你一天。

12月7日　今天是我的阳历生日。上午没干扰，和巴老从容谈心。他仍对我离开出版社感到遗憾。下午二时半离开武康路去机场。飞机延至七时半起飞。我很疲倦，但身边没有熟人可照顾东西。只好用手抱着《日记》，用脚夹着提包，昏沉沉地睡了两下。

1991年

11月　我和秀涓去上海。

11月21日　四时抵上海虹桥机场。国烨来接我们，巴老的司机老彭开车。住上海文联招待所，到住处时祝鸿生在场。立即去武康路。巴老的身体比预想的好得多，语言障碍也不算太大。我送他三件礼物：（1）《永远不能忘记的四句话》一文的六个版本；（2）周企何川剧录像带；（3）茶杯盘两套。他高兴地说，我先收下这三样礼物。晚饭后在客厅边看电视边交谈：（1）《讲真话的书》未用《"文革"博物馆》，不选就行了，"开天窗"（即"存目"，这经巴老同意）的办法不聪明，别人会找麻烦；我表示我并不后悔；（2）《巴金影集》拖得太久；（3）《日记》前几部分已寄王仰晨；（4）对我出《家信》（指给成都亲人的信），无不同意见；（5）可以考虑四川出几本影印日记；等。小棠送我们回招待所。

11月22日 七时半我一人去武康路。巴老叫小罗给我冲了咖啡。我陪巴老散步，他用助步器。两批客人来，上午就这样过去了。四时再去武康路，济叔在。不久，李舒从成都来。近七时，秀涓来，一起回招待所。

11月23日 四时醒，看巴老昨天送的《巴金散文精选》。约七时和秀涓一起去武康路。巴老在楼下，为陈世五和朱丹枫的书签了名。我带了一件皮大衣送他，试穿后嫌重了，经李舒提议又转送给我。和秀涓一起，听巴老讲如何度过老年。之后，巴老同意我影印1962至1965年日记，又委托我在成都搜集他的书信。……一时半我又去武康路，巴老在午睡。

11月24日（农历十月十九） 今天是巴老的农历生日，也是我祖母的生忌。我和秀涓一早去武康路给巴老拜生。上午来的客人很多。我在二楼读巴老的"文革"日记，秀涓则在姑妈卧室学英语。中午吃完寿面，我和秀涓回招待所午睡。下午秀涓采购，我到武康路。不断有客人来，我仍在二楼校读巴老的日记。今天很顺利，看了一百页。济叔和小瑞也来了。因人多，饭桌上加了圆桌面。喝文君酒，贺巴老八十七大寿，喜气洋溢。秀涓在饭前赶到。

11月25日 巴老阳历生日。到武康路不久，即有客人来。我在楼上校读巴老的日记。罗洛（老朋友，即罗泽浦，上海市作协党组书记）来，把我叫下去。叙旧合影，他赠我诗集一本。不久（上海）市文联党组书记陈清泉来，我又下楼作陪。近十二时，曹禺夫人李玉茹来，我再下楼，并一起与巴老合影。

11月26日 起床后，校看巴老的日记。到武康路不久，三姐的儿子文小北和妻子周鹭并带儿子来。因吃饭人多，我和秀涓邀小北一家出外吃排骨面。下午陪巴老聊天。

11月27日 七时半我先去武康路，秀涓稍后到。龚学平（上海市广播局局长）请我们在"七重天"吃螃蟹。送巴老四只，又要我们带回四只。下午我陪巴老聊天，秀涓去大木桥，把另四只螃蟹送萧姐。

11月28日 我八时前到武康路，秀涓正在吃面。九时半我和李舒去招待所拿东西，昌竹和世宽已到。回武康路，昌竹、世宽与巴老合影，然后陪秀涓上街买东西。我陪巴老聊天。他要我把他给我的一百八十八封信交王仰晨，供《巴金全集》用。还要我帮助成都的慧园，让他们三兄弟在那儿会面。十一时秀涓回来，十二时午饭。一时老彭来接我们去机场。九姑妈哭了，说："以后不一定能见得到了。"我和巴老拥抱告别，九姑妈、十二孃、小祝在大门口送我们上车。我心里很难受。回成都后，打电话给巴老，报平安抵家。

1993年

9月　　陪陈达孚夫妇去上海。

9月2日　　下午二时半到武康路。九姑妈开门，喜出望外，问我为什么不早通知？巴老在客厅的藤椅上睡觉，显得比前年瘦弱。姑妈说平常这时候，巴老早醒了。我不愿惊醒他老人家，便和姑妈聊天。三时后巴老醒来，知道我早来了，连声问姑妈："为什么不叫醒我？"我赶快声明，是我主张让他多睡一会儿的。我把龙井茶叶送他，开玩笑说这是生日礼物，提前祝贺。巴老说，我有两件事没想到：一是没想到我能活到九十岁，一是没想到老了也很可怕。接着问了秀涓的情况，要她把心放宽一些。谈到我的近况，巴老说，你还年轻，身体还可以，现在就没事干了，可悲。巴老主动对我说："龚明德说我《选集》（十卷本）拿了高稿酬，我不想反驳。龚对《书信集》计稿酬的办法不对，我早批评过。"我说，我可以写篇文章，说明情况。巴老说，不必，《全集》的书信集出来以后，真相自然大白。我向巴老报告，有三个美籍华人，是他的读者，从北京买了《家》《春》《秋》来，想明下午见他十分钟，巴老同意。

9月3日　　下午四时半，与陈达孚夫妇以及小弟、窦维平、汪致正一起去看望巴老。先分别合影，然后问好并表示敬意，仅用了八分钟即告别。端端站在旁边。巴老送到门口。

9月4日　　下午二时，汪致正送我到武康路。大部分时间和巴老聊天，请巴老为温其锦（马来西亚华人）等人题字。书房久没住人，安排我住三楼放书的一间屋子，颇热，有一股霉味。晚饭后看电视，巴老的思想不太集中，九时半即上楼睡觉。

9月5日 七时巴老下楼。他先喝田七花粉，吃一两多面、一个鸡蛋，喝一碗牛奶，又喝"太阳神"口服液和吃药。我陪他在花园散步，他用助步器。进客厅后，巴老主动给我讲他年轻时在成都、南京读书的情况，但我来不及录音。他想找《全集》的后记给我看，没有找到，却找出他和三爸1932年去嘉兴的文章手迹（复印件），要我送给李斧，因为李斧一直在研究家谱。巴老想在一定时候放弃所有版权，征求我的意见。我说现在出版界相当乱，为了赚钱什么都可以干出来，不宜放弃。在帮巴老找东西的时候，小林对我说：爸爸年纪大了，以后最好不要带人来找爸爸。下午，我就巴老访嘉兴事提了一些问题，并录音。济叔来，几乎全是他在摆龙门阵。

9月6日 巴老七时半下楼，一边吃饭一边听广播，然后用助步器在花园散步。不久彭新琪来，并带来一些煎馒头。中饭，巴老吃两片面包夹肉饼。我告诉巴老，打算下午去看萧姐。巴老说，应该去，不然她会伤心。

9月7日 与巴老同时吃早饭，陪他散步。我讲了萧姐的情况，说我劝慰了她。巴老笑着说，这有什么用？进客厅，又谈到我父亲和三爸。巴老说，我们三兄弟有一个共同点，都愿意多为别人着想，多付出一些。还说，1929年你伯伯（指我父亲）来上海，如果把情况讲清楚，我可能愿意负担一部分家用，他可能不至于以后自杀。巴老找出三本书《书信集》（人文版）、《处女地》、《巴金传》送我。济叔来，中午吃面。我请巴老午睡，巴老叮咛我走时一定要叫醒他。济叔一直和我聊天。国烁帮我买了两包杏花楼（散装）月饼。三时，巴老下楼，稍后汽车来接，我和巴老、姑妈、济叔、国烁握手告别。

1995年

去杭州看巴老。[①]

---

① 详见本书《第一次去杭州看望巴老（1995年）》。

1997年

去杭州看巴老。①

1999年

9月 与李斧一起去上海看望巴老。②

2000年12月25日整理完毕

---

① 详见本书《第二次去杭州看望巴老（1997年）》。
② 详见本书《上海日记（1999年）》。

巴金的头像

曾路夫翻制从众创作的巴金青铜头像

我有一个巴老的石膏头像,还有一个巴老的铜铸头像。

我把铜像放在沙发旁的茶桌上。无论从哪一个角度看,无论是形象和气质,都非常像巴老。特别是我坐在沙发上,靠近铜像,就像坐在巴老身旁,使我想起过去许多与巴老在一起的日子。

1958年夏,我曾在苏联白俄罗斯共和国美术馆见过一个苏联艺术家为巴老铸的胸像,后来又在巴老家里见过相同的胸像,是苏联艺术家送他的。这个胸像,大体像巴老但又不全像。20世纪80年代初期,雕塑家从众用石膏给巴老塑了头像,塑得很好,巴老送了我一个。我曾对从众的父亲、作家从维熙赞誉过从众所取得的成就。可惜石膏像招灰,用塑料袋套上又看不清,两者无法兼得。我常想:要有这样一个铜像多好!

当时,四川和上海常有文化交流。有一次我在上海,在巴老家里看见

230

一个巴老的铜像。面部表情与从众塑的像一样,但只有面部,头的其他部分是空的,另有一番风味。巴老说,这是雕塑家曾路夫在为巴老翻制从众的塑像时,因头部的模子坏了,只好如此。

我很喜欢这个铜像,但巴老只此一个,得找曾路夫才行。人常说无巧不成书,我的好运来了。一次,与同乘坐一车的同志相互介绍,原来他就是我要找的曾路夫。我情不自禁地谈了对他为巴老翻铸的铜像的喜爱。他立即表示可以把多存的一个送我,并要我留下地址和电话。这让我喜出望外,用流行的话说:有缘。

大约半年后,我在家里接到曾路夫打来的电话。他去敦煌参观,现在到了成都。他将把巴老的铜像送给我,而且坚持要送到我家里。他这种"君子重然诺"的精神,使我深为感动。当我从他手里接过沉甸甸的铜像,更感到他带着铜像,从上海到敦煌,又从敦煌到成都,实在很不容易:真难为他了。我不知该用什么语言感谢他才好。他既尊敬巴老,我便送了他一套十卷本的《巴金选集》。

从此,我天天看见巴老的铜像,犹如天天看见巴老。

每当我坐在巴老铜像旁边,思念巴老,在心灵上与巴老交流,我总会想起从众和曾路夫,感谢他们为人间留下了这样美好的艺术精品。

2003年4月26日

李致凝视着巴金头像,与巴金进行思想交流

"巴金赠书"章

李辉著的《巴金·云与火的景象》中，收有巴金的两印章：一个是"巴金藏书"章（见书14页），篆刻者为西泠十大家中的钱君匋；一个是"巴金赠书"章（见书61页），没有署名。去年见着李辉，我告诉他赠书章的篆刻者是汪致正。

粉碎"四人帮"以后，人民文学出版社出版了一批名家名著，重印了巴金的《家》《春》《秋》等著作。四川人民出版社除新出《巴金近作》外，也重印了巴金的一些旧作。许多亲友和读者向巴老要书，巴老也需要向亲戚和朋友赠书。巴老一贯尊重人，赠书得亲笔题签。当时，还得自己亲自包书，提着书从武康路走到淮海路邮局去寄，工作量颇大。为减轻他的负担，在四川出版的书，除寄一部分样书给巴老外，留下了一部分由我代寄。代寄的书没有巴老签名，亲

汪致正为巴老刻了"巴金赠书"章。图为赠书章印

友和读者往往感到遗憾。

我说:"要是有个巴金的赠书章就好了……"

我女儿提议让我的女婿汪致正为巴老刻一个赠书章。小汪当时在部队工作,中学时自学篆刻玩。小汪认为肯定有不少篆刻大家为巴老刻过章,自己是无名之辈,不敢妄为;加上一时也没有好石料,颇为犹豫。

我女儿鼓励小汪说:四爷爷不会看重图章是否出自名家之手,也不会在乎石头的好坏。只要你刻出水平,他喜欢,他就会认可。于是,小汪花了几毛钱买来一块石头,刻出了"巴金赠书"章。图章上"巴金"二字用的是巴老签名手书的字体,"赠书"二字为篆字,背景是竖排毛边纸信笺式样。这枚印章,别致好看,先得到了我的喜爱。

1981年,我去上海,把赠书章带给巴老。巴老很满意,认为刻得不错,高兴地把它留下了。他说:"我送书还是由我签名,这才能表示出对对方的尊重。不过,可能有一天会需要用它。"我理解,这是因为巴老觉得自己身体不好,写字时手已开始发抖,字越写越小,将来写字会更困难,有可能使用赠书章。至于我在成都需要使用赠书章,他说:"让小汪

1997年8月,汪致正去杭州看望巴金

再刻一枚同样的赠书章就行了。"他还在9月2日给李芹和小汪的信上，提到"谢谢小汪的石章"。

回到成都后，我请小汪完成四爷爷的任务，再刻一枚同样的印章。得到四爷爷的认可，小汪很高兴。一时找不到合适的石头，他把两块石头粘在一起，刻出第二枚和上海那枚一模一样的"巴金赠书"章。他为自己"克隆"赠书章的"创举"得意了很久。

巴老一直坚持自己签字赠书。1997年，我到杭州看望巴老，他还在送我的书上签名。后来只在因病无法签名时，他才请亲人或工作人员用这个章。留在我这儿的赠书章，一直用到现在，代巴老向许多亲友、读者送书。有的读者为要巴老的签名，甚至拿着书来请我盖这个章留念。

2003年3月8日

最后一次握手
——在巴老弥留之际

"爸爸的情况不好,你尽快来!"

10月14日上午十一时,我刚在医院输完液回家,接到小林的电话通知。我立即买票乘上从成都飞上海的飞机。十年前,巴老就因我心脏有病,不愿我一人去看望他。但今天是周六,我不愿临时增加别人的负担,不得不"违规",一人独行了。

巴老对生死问题看得很开。1980年,我母亲去世,巴老来信说:"我对生死问题看得开,也看得透,我没有几年好活,因此要多做事情。"1986年,我同摄影家陈彦到上海,我请陈彦按巴老平常的生活习惯,在饭厅、客厅、书房、卧室、花园为巴老拍照。我说,以后出差机会不多,我可以从照片上看见您。巴老笑着说:"没关系,如果我不行了,会打电话叫你来。"后来,我急于要《巴金全集》,巴老写信说:"《全集》你将来会有,不用急。即使我突然去世,也会睁开眼,喘着气,吩咐送你一套《全集》。"1995年夏,我去杭州看望巴老,他一见我就说:"我随时都可能'走'了,我当然不愿意'走',还有些事要做。我羡慕冰心,她把该做的事都做了。"难道这最终的日子即将来临?尽管巴老已过百岁,我深知他愿意安乐死,但真面临这个时刻,内心极为矛盾。早在八年前的日记中我就

四爸巴金

巴金和李致在上海寓所

写过:"他是我一生爱得最深的人之一,我不能没有他。"

当晚八时,我赶到上海市华东医院。

为了巴老的健康,医院近两年不让探视的人进病房。前年、去年我两次去上海,都遵守医院规定,站在外面的阳台上看望巴老。但年老眼花,充满泪水,隔着玻璃,我看不清巴老的容貌。这次最后的道别,我也做了不能进病房的思想准备。

到了病房外的套间,我坐在沙发上,说不出话来。

小林理解我的心情。她说:"五哥,你去用肥皂洗洗手,坐在爸爸旁边,与爸爸拉拉手。"这显然是医院同意的,我真是求之不得。

我认真地洗了手,进了病房,坐在巴老病床边的椅子上,握着巴老的右手。过去,我经常一边和他聊天,一边轻轻为他揉手。巴老的手像生病前一样,非常暖和。巴老患帕金森病以后,手有些僵硬,现在却出乎意料的柔软。

我没有叫巴老。既是不愿惊动他,也是我喉管哽咽,说不出话来。但我相信巴老知道我来到他身边了。"文革"中期,我悄悄到上海看他,刚见面没说一句话,只是紧紧地握手,我们的心就相通了。

难舍亲情

握着巴老的手,百感交集。

巴老的手,在我还是少年的时候,为我写了四句话:"读书的时候用功读书,玩耍的时候放心玩耍,说话要说真话,做人得做好人。"这四句话影响了我的一生。

巴老的手,多少年来为了我的学习和工作,无数次给我寄书。每次他都亲自找书、题字、包扎、写地址,然后提着沉重的书,从武康路走到淮海中路邮局去寄。我一直以为巴老会请人帮忙,直到后来姑妈批评我增加他的负担,我才后悔不已。

巴老的手,在"文革"中我

巴金在医院练习起立

去看他,分别时天下大雨,为我披上雨衣。我实在不愿离开巴老,但怎敢不按时回到要我"脱胎换骨,重新做人"的"五七"干校?我淋着雨,流着泪,离开上海。

巴老的手,共给我写了三百多封信。"文革"前的近五十封,大部分是毛笔写的,显示了他的书法和个性。20世纪80年代初期,信里的字越来越小,这是巴老患帕金森病,手放不开,治疗后略有好转。他用稿笺,一格一字地写。这三百多封信,除近五十封被造反派抄家丢失外,现有的二百五十多封,我装订成册,经常翻看。

巴老的手,在粉碎"四人帮"以后,无论四川出版他的近作或是旧作,特别是巴老自选的《巴金选集》(十卷本),从写作到校改,举起重似千斤的笔,一丝不苟。

巴老的手,亲自填写汇款单"肆拾壹圆壹角正",寄给四川人民出版社,并附言"汇还翻印照片垫款"。巴老在四川出书不要稿酬,而出版社为

237

四爸巴金

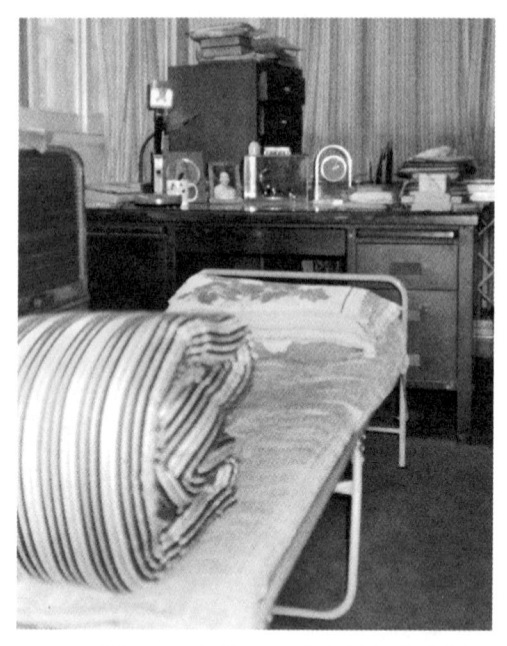

20世纪七八十年代，李致到上海看望巴金，住在巴金书房里的行军床上

他翻印照片，他却坚持付款。

巴老的手，当我20世纪七八十年代去上海，几次为我抱来被子或床单。为便于交谈，姑妈或国烨为我在书房铺了行军床。

巴老的手，90年代我去上海或杭州看望他时，他总是长时间拉着我的手不愿放开。

……

我愿意永远这样握着巴老的手，一边为他揉手一边谈心。然而已经晚了，这一次，可能是最后一次握手了。巴老，80年代您多次提醒我要常来看您，您说思想上有"火花"要迸发，您有话要对我说。我错过了许多机会，您又总是原谅我。90年代中期我每隔一年来看您，您惋惜地说："你现在来了我又有语言障碍了。"我写过一篇散文《无法弥补的损失》，刊在《人民文学》杂志上，向您表示歉意。但这有什么用？我欠了您许多债，永远无法还清了。

我努力控制自己的感情，不在巴老面前流泪，但心很疼，它在滴血！

2005年10月20日晨追记
2006年1月23日晚修改

故土之恋

巴金偏爱川剧

新发现一封巴金谈川剧的信，使我惊喜不已。

我知道巴老喜欢川剧。20世纪60年代初，巴老回成都写作，我与巴老第一次见面的地点，巴老就约在川剧场。巴老与酷爱川剧的成都市市长李宗林是朋友。不少川剧演员也十分尊重巴老，与巴老交往甚密。巴老的《成都日记》中的第一天日记，就记有著名川剧表演艺术家陈书舫、戴雪如去看望他的事。巴老那次在成都住了四个多月，看川剧达三十多场。成都市川剧团上演《生死牌》，巴老买了二十多张票送他的朋友。1961年1月24日，巴老在给萧珊的信上说："上星期六我请川剧二团演了一次《生死牌》，不单是我看得流泪，沙汀也揩了几次眼睛，张老的太太一直在用手帕。川剧有一些改动，但仍然激动人心。"

早在1953年，川剧参加全国会演，以《柳荫记》等剧目轰动文艺界。川剧团到上海巡回演出时，巴老不仅自己看川剧，而且买票请朋友看。以后，川剧团每次去上海演出，巴老不仅全家去看，买票请朋友去看，还委托弟弟李济生代他请川剧演员吃饭。

巴老称赞川剧剧本的文学性强。在《谈我的短篇小说》一文中，巴老说："我喜欢的倒是一些地方戏的折子戏。我觉得它们都是很好的短篇小说。随便举一个例子，川戏的《周仁耍路》就跟我写的那些短篇相似，却

1987年10月11日，巴金与川剧表演艺术家陈书舫（右一）、左清飞（中）

比我写得好。一个人的短短的自述把故事交代得很清楚，写内心的斗争和思想的反复变化相当深刻，突出了人物的性格，有感情，能打动人心，颇像西洋的优秀的短篇作品，其实完全是中国人的东西。可见我们的传统深厚。我们拥有取之不尽的宝山，只等我们虚心地去开发。每一下锄头或者电镐都可以给我们带来丰富的收获。"这个观点，巴老也对我说过。

巴老尊重德艺双馨的艺术家。川剧表演艺术家廖静秋患癌症。为保留她的艺术精品《杜十娘》，在全国人民代表大会上，巴老与作家李劼人、沙汀等，联名提案把《杜十娘》赶快拍成电影。巴老说："现代科学固然不能挽救她的生命、减轻她的痛苦，但可以保留她的艺术。"廖静秋拍完电影《杜十娘》后不久逝世，巴老为此写了散文《廖静秋同志》，称赞廖静秋"不愿意白活"，"不愿意把她有的那一点发光的东西带进坟墓里，即使花了那么多痛苦的代价，她也要多留一点东西给中国人民"。

巴老喜欢川剧的喜剧，认为《评雪辨踪》《拉郎配》等，应当列入世界喜剧名作之林。

"文化大革命"摧毁了文化，摧毁了戏曲，也摧毁了川剧。粉碎"四人帮"以后，邓小平在1978年看了川剧，冲破"四人帮"的禁锢，让川剧和传统戏曲获得新生。四川及时地提出"振兴川剧"的口号，在全国戏曲界产生了巨大的影响。巴老很赞成振兴川剧。

我在四川省委宣传部工作期间，积极参与了振兴川剧的工作。1986年，我随川剧团到上海演出。当时，巴老身体欠佳，已不再去剧场看戏。川剧界的朋友无不为此感到遗憾。周企何和陈书舫两位表演艺术家提出：巴老不能来剧场看川剧，我们就该去看望巴老。经我与巴老商定，在一天下午，由我陪同部分演员去巴老家。除陈书舫和周企何外，还有张巧风、左清飞、王起久、王世泽、田卉文、古小琴等优秀演员。巴老在客厅会见了他们，气氛热烈。几乎每一个演员都为巴老清唱了一段，巴老既高兴又感动。为保证巴老的健康，我们把时间控制在半小时内。最后，大家请巴老讲话。巴老说："我小时候，父亲就常带我看川剧。1941年我第一次回四川，途经泸县，在街上听见放《情探》的唱片，感到十分亲切，我站着把它听完。乡音难得！多谢大家来看望我，为我演唱。"巴老开玩笑说，"我不会讲话，李致会讲话，让他讲。"这种"金蝉脱壳"之计，引起哄堂大笑。巴老与大家合影后，亲自送出大门，挥手与大家告别。

我在20世纪80年代，曾随川剧团去联邦德国、荷兰、瑞士、意大利和日本演出。巴老很关心这几次出访演出，在给我的信上说："知道你们访日演出成功，也替你们高兴。"

川剧表演艺术家竞华，唱做俱佳，有很高的声誉。她的演唱自成一派，人称"竞派"。巴老喜欢看竞华的戏，特别爱听她的唱腔。在病中也听竞华的川剧录音带，如《三祭江》。巴老赞美竞华的唱腔是第一流的。

1987年秋巴老回乡，应张爱萍将军之邀，三次看了川剧艺术家的表演，每次都在一个半小时左右。张老建议巴老随意，时间可长可短，巴老却因"乡音难得"，坚持看到底。

巴老这次回川期间，会见了许多川剧界的朋友。周企何和舒元卉还到巴老的住地聊天，共进午餐。周企何是川剧四大名丑之一，有相当高的文化素养，40年代就与吴先忧有很多交往。吴先忧是巴老青年时期的朋友，巴老称他为自己的"第三个先生"。巴老和周企何是通过吴先忧相识的。舒元卉在50年代就是优秀的青年演员，担任《白蛇传》和《拉

四爸巴金

1987年10月13日，巴金与川剧表演艺术家周企何（中）、舒元卉（右一）

郎配》的女主角，萧珊当年很喜欢看她演的戏。

　　1988年1月14日，周企何不幸仙逝。巴老在给我的信上说："请代我在他灵前献个花圈。生命虽短，艺术永在。他会活在观众的心中。我还保留着去年10月在成都和他喝酒谈笑的照片。那情景如在眼前。"

　　巴老1987年回四川，还去了自贡市。巴老在上海就看了剧作家魏明伦的《易胆大》《巴山秀才》两个戏的录像，对我称赞魏明伦很有才华。这次去自贡，在魏明伦的陪同下，看了《易胆大》《四姑娘》《潘金莲》《巴山秀才》中的四个折子戏。魏明伦不时向巴老解说，巴老常常露出笑容。演出结束时，巴老因腿疾不便上台祝贺，全体演职人员下台来看巴老。巴老被感动了，一再向大家表示谢意。

　　有人和巴老开玩笑，说巴老突破了不去剧场看戏的"宣言"。
　　巴老答："回家乡是特殊情况。"
　　巴老对川剧的热爱，饱含着对故乡的深情。
　　巴老偏爱川剧，川剧界的朋友敬爱巴老。

最近发现的巴老在1960年年初给成都市川剧院的信，是《巴金全集》没有收入的。巴老在这封信里表达了他对川剧的热爱，并对发展川剧事业提出了许多重要建议。川剧界看过这封信的朋友喜出望外，大受鼓舞。

2003年8月16日晨

| 附 |

巴金致成都市川剧院的一封信

按 半月前,省川剧艺术研究院副院长杜建华打电话告诉我,原成都市川剧研究所副所长戴德源在1961年市川剧院编印的内部资料中,发现巴金致成都市川剧院的一封信。此信是为祝贺成都市川剧院成立一周年而写的,表达了他对川剧的深情,并提出发展川剧事业的建议。原信在"文革"中丢失。后经林捷(时任市川剧院党支部副书记兼第二团团长)证实了此事。信中许多情况和意见,我都听巴老讲述过。在巴老百岁之际,发现了这封未收入《巴金全集》的信,实在令人高兴。

2003年8月8日

成都市川剧院:

今天是成都市川剧院建院一周年的节日,市川剧院的同志们知道我喜欢看川戏,来信要我对川剧的演出提一点意见。我拿起笔,却不知道写什么好。说实话,我只是一个普通的观众。我自小就爱看戏。我生在成都,到十九岁才离开四川,不消说,看川戏的机会很多。在四川的时候,我并不觉得自己对川戏有特殊爱好。可是1936年,我在上海重看川戏就有一种旧友重逢的感情。1940年年底[①],我第一次回到四川后,由重庆坐船到江安去看朋友[②],船在泸县停了大半天,我上岸去随便走走,忽然听见有人在唱《情探》,我居然站在一家商店门前听完了半张唱片,我觉得多么亲切、多么高兴。喜欢听乡音,这是人之常情。我对川戏的偏爱,也是可以理解的。

---

① 1940年年底:此应指农历,巴金第一次回到四川是1941年。
② 朋友:指剧作家曹禺。

然而说到偏爱，也并非盲目崇拜，不辨好歹。有一个时期（1944年下半年到1946年上半年），我住在重庆民国路，附近就有川剧院，我记不起是"一川"或"二川"①了，总之，买票方便。但是我去看过三次或四次，就不想再去了。和尚与西装少年同台，演员在台上随便开玩笑。那些做黄白生意发财的观众最欣赏的是色情的东西。每次我都等不到戏终场就走了。我有几个爱好川剧的外省朋友，抗战期间他们也曾在重庆住过几年，但那个时候他们是不看川戏的。他们爱上川戏，还是解放以后的事。川戏在上海演出，得到很高的评价，也是解放以后的事。1936年川戏班在上海演出《评雪辨踪》，观众寥寥无几。1954年曾荣华和许倩云两位同志在上海演《彩楼记》就受到观众们的热烈的欢迎。观众变了，剧本也改得好了，演员的表演也进步了。要是我再拿抗战后期在重庆看过的川戏跟最近几年先后在上海看到的几个川剧团的演出比一下，真可以说是有天渊之隔。

从1954年起我在上海看过四次川剧的演出。在剧场里也常常遇见外省的朋友。大家谈起来，对川剧的喜爱都是相同的，意见也差不多。都说川剧剧目多而好，表演有独特的风格，台词精练而又风趣，生活味道很浓；有人甚至说川剧从剧本到表演都够得上三个字的评语，那就是"精""深""美"。自然这是指好戏说的。我过去也看过一些坏戏。川剧团在上海演出的剧目中也有坏戏，也有还不曾整理好的戏，至于好戏像《柳荫记》《翠香记》《评雪辨踪》《拉郎配》等等都是经过了多次修改和加工的。去年9月我看过青年演出团的《拉郎配》，加了一场新的《武拉》，而且，改得的确比1957年在这里演出的更好了。我最近无意间读到原来的《鸳鸯绦》，才懂得所谓"化腐朽为神奇"的意义。几个主要人物的外表，似乎没有什么差异，可是精神面貌不同了。人物的性格鲜明了，主题也突出了。本来是歌颂封建统治者的戏现在变成了揭露封建统治者罪恶的讽刺喜剧。原来那个做替死鬼的大头、小吹董大也变成了观众最喜爱的有血有肉的董代了。《拉郎配》的确是一个最受外省朋友欢迎的好戏。去年我在北京遇见一位向来不看戏的朋友，他忽然拉住我说："想不到川戏的喜剧那样好。"他指的就是

---

① "一川"或"二川"：应为"一川"，即重庆的"一川大剧院"，为京剧厉家班的演出基地。似无"二川"之说。

四爸巴金

这个戏，从这里也可以看出解放十年来戏改工作的巨大成绩。

我常常听见人们谈到川剧中的喜剧，都说它好，川剧团在各地演出的喜剧也比较多些。不过我觉得有些戏似乎还需要更好的加工，要是都能够整理到《拉郎配》那样完整就更好了。《乔老爷上轿》也是近几年中整理出来的很好的喜剧，倘使再花一点点功夫也就可以跟《拉郎配》媲美了。像这样的戏都是应当列入世界喜剧名作之林的。

其实川剧的剧目那么丰富，称得上好戏的岂止喜剧而已！像去年9月青年演出团在上海演过的《治中山》就是一本激动人心的好戏，虽然还不够完整，但是在现有的基础上加工也并不困难。这个戏在上海只演了一场，可是好些看过戏的人都赞不绝口。《焚香记》也是感染力很强的好戏，听说出国演出团在柏林演完这个戏，谢幕多到二十二次。两个多月前陕西省戏曲演出团的秦腔古典剧《赵氏孤儿》轰动了上海文艺界。我曾经这样想：为什么川剧团不把这个戏带出来呢？1956年年底，我在成都陪西德①剧作家魏森堡（《十五贯》的德文译者）看过这个戏的一段，觉得很不错。有些外省朋友说，川剧表演以"三小"②见长。我不大同意这种说法。所以我倒希望今后川剧团出川巡回演出，在喜剧之外，也带些正戏和悲剧出来。培养演员也一定能做到全面发展，不会只限于"三小"的。

最近几年来，川剧在党的领导下对于新生力量的培养做了很多的工作，也有了不小的成绩。许多人谈到这一点，都表示钦佩，我也听见一些同志在公开的会上称赞川剧青年演员成长的迅速。据我这个外行看来，就数量和普遍说，恐怕没有一种剧种在这方面比得上川剧。但是在去年到上海来的青年演出团中我还没有见到一位像姚璇秋同志（潮剧演员）那样成熟的演员，姚同志是在1953年才开始学戏的。我对去年看到的《白蛇传》感到美中不足的地方，就是我看见的，还只是演员，不是民间传说中的白蛇和许仙。为了表演身段和功夫，忽略了人物，也可以说是"得不偿失"罢。好的演员便不是这样。例如阳友鹤同志，这里好些文艺界的朋友特别欣赏他的演技。一位有名的剧作家③说，看阳友鹤同志的戏就像看齐白石的画一样，淡淡的几笔就把人物勾出来了。

---

① 西德：指联邦德国。
② "三小"：指小生、小旦和小丑。
③ 有名的剧作家：估计是指曹禺。因为曹禺对李致讲过同样的话。

巴金与川剧大师阳友鹤

我说这些话绝非故意挑剔。我不过提醒同志们：在社会主义的大竞赛中不能有片刻的松懈；别人跑到前面去了，就应当迎头赶上。这种道理同志们一定比我更清楚，用不着我饶舌了。作为爱好川剧的观众，我愿意在这个喜庆的日子里，代表我全家（连我的九岁的男孩也喜欢川剧！）向川剧院的同志们表示祝贺与感谢。川剧院的同志们在1959年已经打了很漂亮的胜仗。在这个伟大的60年代中，川剧的前途是无限美好的，川剧院的同志们一定会取得更大的胜利，演出更多更好的戏为我们伟大的时代和英勇的人民服务。

巴金
1960年1月9日

巴金历次回故乡

巴金于1923年5月，与三哥李尧林一起，离成都去南京读书，时年十九岁。

离家乡十八年后，巴金于1941年1月从重庆返成都，住大嫂（大哥李尧枚的妻子）家，在鍪华寺街南。与亲友团聚，欢度春节。读到祖父的遗嘱：盼望后人守住旧宅和书画。得知三姐尧彩死亡的经过，并获悉五叔沦为小偷病死在狱中。在正通顺街寻看旧居，早已易主。后写《爱克尔的灯光》。与九妹李琼如和大哥的五个子女合影，保存至今。在成都度过五十天，离蓉返渝。

1942年5月1日返成都，仍住大嫂家，此时，大嫂家已搬在鍪华寺街北。与李致同睡一大床。这次在成都住了三个月左右，主要是治牙，8月离成都去桂林。在成都著散文《在成渝路上》和短篇小说《猪与鸡》《兄与弟》等。给李致写了四句话："读书的时候用功读书，玩耍的时候放心玩耍，说话要说真话，做人得做好人。"

1956年12月1日，以全国人大代表身份回成都视察工作，住永兴巷招待所。与宋云彬一起，参观了都江堰、商业场、草堂寺、省图书馆等地。宋云彬去重庆后，巴金出席了省文学创作会并讲话。参观了正通顺街旧居，在他住房前留影。接受了《四川日报》记者采访。据该报记者朱实回忆，巴金游人民公园，被年轻读者发现和包围，巴金只得到办公室二楼阳台上，与青年学生招手点头致意。学生们要求巴金讲话，巴金说，我不大会讲话，我只有一颗诚挚的心。我祝愿成都的青年学习好、身体好！巴金提高声音说，我相信青年，青年代表了未来，美好的明天是属于青年的。此时，李致在重庆工作。

1960年10月9日至1961年2月8日，巴老回成都写作。他

巴金在朝鲜志愿军某部坑道写作

根据入朝采访的大量素材，陆续写了以朝鲜战争为题材的四个短篇小说《回家》《军长的心》《无畏战士李大海》《再见》和一个中篇小说《三同志》。同时，他还修改了长篇小说《寒夜》。[①]11月，李致生病（支气管出血），巴金曾步行到祠堂街三十三号宿舍看望李致，并宽慰李致说："没关系，我年轻时也得过肺病，不久就好了。"1961年1月31日，李致曾请摄影家郑家声为巴老摄影，参与合影的有老友吴先忧、侄女李国煜和李致。

1987年10月3日至20日，巴老最后一次回故乡。马识途曾撰《巴金回家记》文，李致亦撰《巴金回故乡》《寻找童年的足迹》文。巴老返上海后，《四川日报》发了三篇特写，四川电视台播放了《巴金回乡记》。巴老在上海给李致写了信，对家乡人民表示感谢，载《四川日报》。

2002年10月26日

---

① 详见《巴金全集》第二十五卷《成都日记》，人民文学出版社1993年版。

巴金最后一次回故乡

巴金返川探乡亲

巴老是四川成都人。他十九岁的时候——即1923年离开家乡去南京读书，后留学法国。1941年和1942年，巴金两次回过成都。新中国成立后，1956年，巴金以全国人大代表身份到成都视察工作；1960年10月至1961年2月回成都写作。这以后，巴老阔别蓉城已二十六载了。

家乡的人民和读者怀念巴老。

巴老同样十分怀念家乡。他不止一次地说："近年来我非常想念家乡，大概是到了叶落归根的时候吧！"一时没有回来，连歌曲也常引起他的思乡之情。他很喜欢《那就是我》这首歌。他说："歌声像湖上的微风吹过我的心上，我的心随着它回到了我的童年，回到了我的家乡。"

经过较长时间的准备，巴老决定在1987年秋回趟故乡。

为了这一次回来，我和巴老多次通信。巴老思乡之情极浓，他在信中表示："我的确打算今年秋天回成都看看，因我的时间不多了，只要身体吃得消，我一定走一趟。"在另一封信上他又说："总之，我闭上眼睛之前要回故乡一次，实现我多年的愿望。我要倾吐《愿化泥土》的感情。我想走走看看。"巴老还表示："最好是静悄悄地来去，不惊动任何人。"

当时，我在四川省委宣传部工作。宣传部向省委、省政府写了《值班报告》。报告中特别提到"巴老身体不佳、精力不足，他不打算参加任何社会活动，也不拟多会见人"。我们还给有关人员打招呼，请他们"保密"，以便巴老真正得到休息。可是巴老10月3日离沪抵蓉，当天上海一家大报即发了消息：《巴金返川探乡亲》。尽管消息中提到"此番回乡，巴金与当地有关部门'约法三章'：一、不参加宴会；二、不参加会议；三、不接受记者采访"。但这条消息实际起了宣传作用。

开初，我们只通知了《四川日报》和四川电视台，请他们适当采访，留作资料；即便要发表，也得在巴老回到上海以后。可是没几天，上海电视台记者赶来了。他一到成都就从早到晚守在金牛宾馆巴老住处，巴老走到哪儿他就跟到哪儿。四川电视台的记者也不示弱，并与之竞争。当然，应该感谢他们为巴老的这次故乡行留下了许多珍贵资料。但巴金的每一项活动，都跟有一批记者，加上各处的领导出迎，确也有某些不便之处。马老（识途）在五老（张秀熟、巴金、沙汀、艾芜、马识途）游新都之后就说："这哪像出来游玩？连摆龙门阵的时间都没有。巴老也得不到休息。"我与巴老开玩笑："这就是做名人的难处。"巴老没有说什么，只莞尔一笑。

巴老回到成都，迫切地期望会见老朋友。没料到10月3日抵蓉的第二天，九十三岁的张秀熟七时半便起床，要赶在巴金去看他之前去看望巴老。同行的有作家沙汀、艾芜、马识途。沙老是专为等候巴老来成都而推迟回北京的。一见面，张秀老就说："我们等了你好多年！"这以后，他们多次互相看望，促膝谈心，邀约同行。张秀老还请巴老到他家里吃赖汤圆。张秀老住宅右边的小楼，便是巴老1960年在成都写作时的住处。

巴老分别和文艺界、新闻出版界的朋友会见，无拘无束地摆龙门阵。许多负责同志都以读者身份表示对巴老的敬仰和关注。大家请巴老讲话，巴老说："我从小就不大爱讲话，但有很多感情要表达，所以才写文章。现在身体不好，上气不接下气。我已经有二十六年没有回成都了，我一直想闻闻家乡的泥土味。到现在，我仍要汲取家乡的阳光、雨

四爸巴金

1987年10月13日,四老在李劼人故居合影,从左到右:沙汀、张秀熟、巴金、马识途

露,跟家乡的禾苗、树木一齐生长。同家乡在一起,同祖国和人民在一起,胸中燃起的火将永远不会熄灭。"

由于时间的推移,有些老朋友和亲人,巴金无法再见面了。作家李劼人是巴老的老朋友,但劼老早已作古。巴老和张秀熟、沙汀、马识途几老一起到李劼人故居,参观李劼人的卧室、书房,在李劼人的半身塑像下长久凝视。故居工作人员请几老签名留念,巴老用他颤抖的手写下:"1987年10月13日巴金来看望劼人老兄,我来迟了!"在场的同志,无不为巴老的真情所感动。这句话,既是对李劼人写的,也是对李宗林、李亚群、吴先忧、邓天翕等来不及告别的老朋友写的。去年逝世的老友邓天翕就多次说过："巴金再不回来，就看不到我了。"

巴老给他的外重孙齐齐一本书，上面写着："希望你做一个说真话的孩子。"四十五年前，当齐齐的外公还是孩子的时候，巴老曾要他"说话要说真话，做人得做好人"。说真话，这是巴金对孩子的一贯期望。

童年总是令人留恋的。巴老也想在故乡见到童年时期的足迹。

巴老到正通顺街去访问战旗歌舞团。这里是巴金的故居所在地。他诞生在这个地方，并在这里度过了他的童年和少年。现在这里已经是一片楼房，再找不到被他称为"老师"的轿夫居住过的门房和马房。不少人主张恢复巴老的故居，但巴老认为不能为恢复故居花国家的钱。他说："我必须用最后的言行证明我不是盗名欺世的骗子。"

商业场是巴金的大哥工作过的地方，巴金和他的朋友也曾在这里办过刊物。巴老如今来到这里，全是具有民族特色的崭新建筑，连过去的旧址在哪里也说不清楚。

新都的桂湖还飘着桂花的余香。巴老笑着摆开了龙门阵。他讲了一段他童年的趣事："小时候，我父亲带我到桂湖。我一个人走迷了路，吓得哭起来。以后才被父亲找到。"这也是巴老对他父亲的怀念。巴老是一个十分珍惜感情和友谊的人，尽管他坚决反对封建社会和旧礼教，但他仇恨的是吃人的制度，而不是否认父母的慈爱和手足的情谊。这一点，过去我理解得很肤浅。

有三个晚上，巴老应正在成都视察工作的张爱萍将军之邀，看了川戏和曲艺。张老怕巴老疲倦，而巴老却坚持到底。他说："这是乡音，难得有这个机会。"

巴金还到了1956年去过的自贡市。

"旧的不在了，到处是新建筑，家乡的变化真大！"巴老不止一次地说。

巴老所到之地，总有不少读者请他签名留念。好几年来，巴老因患帕金森病，写字困难，但仍高兴地用颤抖的手签上自己的名字。读者感激地表示谢意，巴老却说："该我感谢你们，是你们买我的书，养活我。读者是我的'衣食父母'。"

四爸巴金

寻找童年的足迹

这次返川的最后一天——10月20日上午，巴老提出到文殊院去。文殊院位于成都市区北，是著名的庙宇，被称为川西"四大丛林"之一。我们设法避开了记者和接待人员。陪巴老去的都是家里人，巴老的女儿小林、女婿祝鸿生、侄女国烨、外侄孙李舒，还有我。出面接待的是宽霖方丈（省政协委员）。这是唯一的一次自由自在的活动。

那天，巴老穿一套蓝布中山服，还加上一件蓝色外套，头戴一顶前进帽，气色颇好。在文殊院大门前下汽车，巴老坐在手推车上，径自到了接待室。只在途中看了一看大殿的外观，这毕竟是他早年到过的地方。小林夫妇和国烨第一次来，便兴致勃勃地去参观。

宽霖和巴老两位老人，一见如故地开始叙旧。

"我年轻的时候到李府上念过经。"宽霖说。

"我父亲去世的时候，家里请和尚在文殊院念了三天经。"巴老则说，"所以想来文殊院看看。"

我这才明白巴老来文殊院的目的。原来巴老在怀念他的父亲、我的爷爷。我爷爷去世很早，那时我还没有出生，他的相貌我是从照片上看到的。我小时候听母亲讲，爷爷在广元县做过知县，我父亲、三爸和四爸（巴金）都跟着爷爷在广元县住了两年才回到成都。

"我父亲很喜欢我。他平时常常带着我一个人到外面去玩。"我突然想起巴老说的一句话，这是在他的散文《家庭的环境》中读到的。对了，就在这篇文章里，巴老描述过爷爷是戏迷，既喜欢川戏又喜欢京戏，还和演员交朋友。我父亲和几个叔父（包括巴老）组织新剧团时，爷爷还为他们编了一个叫《知事现形记》的剧本，演出时他曾看得哈哈大笑。我印象特别深的是巴老描写我爷爷去世的情景：当他和三爸坐在房间里，望着黯淡的清油灯光落泪时，我父亲忽然走进屋哭着说："三弟、四弟，我们如今没有父亲了……"

我在遐想，宽霖和巴老却在谈健身之道。

巴老比宽霖大几岁，宽霖很关心巴老的健康。他边说边比画，教了巴老一种健身法。为了便于记忆，宽霖把它编成几句话，并叫它为《长寿歌》：

> 行住坐卧处，经常手摸肋与肚；
> 感觉痛快时，两手肚下居；
> 四肢血脉贯注时，背拳摸肾部。

小林夫妇和国烊参观回来，已经到该回宾馆的时候。巴老和宽霖告别，感谢他殷勤的接待。宽霖送给巴老一串佛珠，并表示要求菩萨保佑巴老长寿。巴老不信神，但他愉快地接过佛珠。宽霖的友情显然使巴老感动。

在归途中，巴老又给下一辈讲笑话。说他小时候曾经想出家，但一看小和尚烧戒疤，害怕痛，又不敢当和尚了。

在场的晚辈，都记住了这个笑话。

我问巴老为什么那时候想出家，他说："感到社会黑暗，找不到出路。"我想起我父亲在1929年给四爸巴金的一封信上曾说："我两个没娘没老子的孩子，各秉着他父母给他的一点良心［指"对于人类的爱是很坚［定］的"——这也是我父亲的话］，向前乱碰罢了。"当然，我父亲和巴老的结果大不一样。我父亲的"不抵抗主义"导致他自杀；巴老的"大胆""反抗"，不仅使他冲出旧家庭，用笔倾诉他的爱与恨，成了反封建的战士，还熬过了"十年浩劫"，踏上新的旅程。

巴老这次回故乡，整整十七天。10月20日下午五时，他登上返上海的飞机。因为几年前摔坏了腿，行路不便，得有人搀扶。但巴老仍回转身，依依不舍地向送行人挥手。

望着飞机飞向蓝天，我默诵着巴老五十年前写的一段话：

> 我还年轻，我还要活下去，我还要征服生活。我知道生活的激流是不会停止的，且看它把我载到什么地方去！

四爸巴金

在生活的激流中"搏斗"。巴老,这是您的路,也是您给广大读者(包括给我)的精神财富。我感谢您,祝福您!

许多想见的人还来不及见,许多想去的地方还没有时间去,巴老又挥手告别家乡。他步上舷梯,站在飞机入口前不断挥手。真是"情悠悠,思悠悠,一步一回头"。巴老对送他的朋友说:"我还要争取回家乡!"

巴老回到上海后,经医生检查,健康状况良好。为了免除家乡人民的挂念,他很快写来一封信:"我已回到上海,正点到达。眼前全是上海的景物,仿佛做了一个美好的梦。十七天过得这样快!我说我返川为了还债,可是旧债未还清,又欠上了新债。多少人、多少事牵动着我的心,为了这个我也得活下去,为了这个我也得写下去。"

巴老,家乡人民多么殷切期待您再回来!

巴老又"回"成都了

1987年,八十三岁的巴老回到阔别二十六年的成都。在离开时他对送行的朋友说:"我还要争取回家乡!"然而,因健康原因巴老除去杭州休养外,再没有去过别的地方。虽然他多次表示:"我现在什么地方都不想

参加展览开幕式的巴金家人(右二为巴金的儿子李小棠)

去了，只想再回一次成都！"可惜疾病缠身，巴老的这个愿望终究没有实现，他在生前再也没回过家乡。

值得家乡人民感到欣慰的是，为了缅怀巴金先生，传承巴金精神，由成都市总工会、香港刘浩清教育基金会、巴金故居共同主办，成都市劳动人民文化宫承办的"巴金·成都"图片文献展，2011年9月1日在成都开幕。这次展览和有关活动，帮助巴老实现了他再一次"回"家乡的愿望，更使青年朋友得以近距离接近巴老，感受这位"20世纪的良知"的老人坚持说真话的心！感受他对祖国和对人民的爱！

分别写于1987年12月7日、1995年3月18日、2001年9月1日
整理于2018年3月20日

1987年巴金回乡纪要

10月3日

上午十时去省作家协会，向沙（汀）老、艾（芜）老报告巴老的行程。后又就此与张秀（熟）老通了电话。他们对巴老将在今天到达成都感到高兴。

鉴于巴老不愿惊动党政领导，我与许川（四川省委常委、宣传部部长）同志商量，下午就由我代表宣传部去机场迎接巴老。许川表示同意，并说："我们尊重巴老的意见。反正你是两重身份：一是巴老的亲属，一是分管文艺工作的部长。"

为记录巴老的行程，《四川日报》派了记者刘耀辉、摄影记者金嘉华，四川电视台派了记者徐先贵、曹钢，他们将参加巴老的有关活动。但暂不报道。

不惊动党政领导，巴老一定很高兴。但如果只是我和文艺处几位同志去迎接，未免冷清。巴老毕竟离乡二十六年，其间又经历"十年浩劫"，应该让巴老一下飞机就能感到亲情。于是我打电话给大姐（李国煜）、二姐（李国炜）、四姐（李国莹），请她们全家在蓉的成员，到时都去机场迎接巴老。

六时，我和秀涓（丁秀涓，我的妻子）、张仲炎（省委宣传部文艺处处长）、朱丹枫（省委宣传部文艺处副处长）出发去双流机场。巴老所乘飞机六时五十分准时抵蓉。等所有乘客下完，巴老由祝鸿生（巴老的女婿）搀扶下飞机，小汪（汪致正，我的女婿）立即把轮椅推去迎接。小林（巴老的女儿）和国煣（巴老的侄女）相继而下。所有迎接巴老的亲人簇拥而上，几个小家伙或叫太爷爷，或叫四外祖，巴老愉快地笑了。

迎接巴老的亲人有：大姐、大姐夫查坤培及其孙女查雅兰；二姐、二姐夫汪国权及其女儿汪俊；四姐、四姐夫李晋铭及其长子李舒、儿媳彭音、孙儿潇潇、次子李彦、孙儿淳淳；我和丁秀涓、女婿汪致正及外孙齐齐。

四川电视台副台长奉孝芬主动到机场迎接。

巴老住金牛宾馆九号楼。我和秀涓把巴老送到住地。巴老拿了几张照片给我。这是李斧（我的儿子）上月带珊珊（我的孙女）去美国时，途经上海，在巴老家拍的。

回家后，向马（识途）老报告巴老抵蓉有关情况。马老说，张秀老已与他联系，他们要抢在明天上午先去看巴老。

10月4日

一早，和秀涓去金牛宾馆。陪巴老在园内小转一圈。李舒为巴老推轮椅，途中停下拍照片多张。

九时半，张秀老、沙老、艾老、马老和陈之光（省作协副主席）来看望巴老。今年，张秀老九十三岁，巴老、沙老和艾老八十三岁，马老七十三岁，人称"五老聚会"。老友相聚，兴致很高。马老提议，七年后张秀老百岁，巴老、沙老和艾老九十岁，五老再相会。张秀老充满信心地说："我现在计划不止活一百岁，你们活到九十岁应比我更有信心。"张秀老再一次提出要一起去九寨沟玩。巴老担心体力不足。小林和小祝有些动心。巴老要我作决定，这是难题。

下午，巴老休息，我参加部务会。

六时，我和秀涓去二姐家吃饭。饭后，我、秀涓、二姐和国权一起去金牛宾馆看望巴老。

七时，杨汝岱（省委书记）、何郝炬（省人大常委会主任）和许川同志来看望巴老。杨汝岱问巴老的身体能否适应。巴老答："还可以。年纪大了，落叶归根，很想回家乡看看。"郝炬说："我在上中学时，就读过巴老的'激流三部曲'。"巴老说："写得不好。"许川说："巴老最好每年回'家'一次。"巴老说："争取。"

巴老送二姐一张很好的照片。也送了我一张，但很一般。我闹着换了一张，又要了一张珊珊和"狗狗蛋"（即晅之，巴老孙女的小名）的合影。

10月5日

一早，和仲炎一起到金牛宾馆。

八时四十分，大家陪巴老参观市容。先看东西干道，然后到商业场。我指给巴老看"商业场"三个字，是胡耀邦同志写的。巴老的少年时代，有不少活动在商业场。巴老的大哥（即李尧枚，我的父亲）在商业场一家公司工作过。当然，建筑完全变了。巴老正兴致勃勃地四周环顾，商业场管委会主任来"汇报"工作，电视台记者在摄影，引起一些群众围观。我知道巴老不喜欢招摇，赶快让巴老"撤离"。

按原计划，到锦城艺术宫。这是四川最好的剧院，刚建成不久。陈婉英（艺术宫经理，我开玩笑叫她"公主"）热情接待巴老。我陪巴老在接待室休息，小林等去参观艺术宫。"公主"要汇报工作，我建议她取消汇报，就坐着闲聊。工作人员拿出留言簿来请巴老留言。巴老用毛笔楷书"巴金"二字。巴老因患帕金森病，手抖，写字困难，但大家公认：这一次写得极好。

十时半，与巴老分手。巴老一行回金牛宾馆。我去省人民艺术剧院，参加吴雪（文化部原副部长）同志召开的座谈会。

在金牛宾馆，张爱萍（左）看望巴金

　　下午三时，我再去金牛宾馆。省广播电视厅和四川电视台负责人郑体仁（厅长）、卢子贵（副厅长兼台长）、陈杰（顾问）、奉孝芬等同志来看望巴老。因为四川电视台与上海电视台正合拍电视剧《家·春·秋》，话题就集中在电视剧上。为照顾巴老休息，仅交谈二十分钟。

　　大姐、二姐和四姐去看巴老，与巴老闲聊。巴老留她们共进晚餐。

　　获悉张爱萍（国务委员、国防部部长）同志和夫人又兰大姐来蓉，住金牛宾馆平房。我立即去看望他们，并报告巴老住在九号楼。张老表示要去看望巴老。

　　八时半回家。成都市东城区委来人，要求见巴老。上海电视台记者祁鸣来电话，他明天来成都采访巴老在成都的活动，并说是济叔（即李济生，我的叔父）叫他找我的。我感到为难，因为我们没公布巴老来成都的消息，除《四川日报》、四川电视台外，不准备接受任何记者的采访。

四爸巴金

10月6日

　　一早，到金牛宾馆看望张爱萍同志。他说要陪巴老看川剧，我说由我安排。张老十分关心川剧界的朋友，川剧界的朋友非常尊重他和又兰大姐。很多演员都乐意为他们演出。

　　上午让巴老休息。我转达了张老的意向，巴老也很愿看川剧。我又赶到省川剧院，听吴雪同志谈振兴川剧的意见。

　　下午再去九号楼。翻阅巴老随身带的相册，全是端端（巴老的外孙女）和"狗狗蛋"的照片，两人都活泼可爱。巴老说："一看见这些照片，什么烦恼都没有了。"我理解巴老的感情。我把随《白蛇传》访日演出的照片给巴老看，其中有巴老的日本朋友，如丰田正子。

　　八时，去锦江剧场看川剧。

10月7日　中秋节

　　一早，和秀涓赶到宾馆九号楼。

　　八时半，陪同巴老一行去新都。路并不远，但途中堵车，十时方到。秀老、沙老、艾老、马老和之光均已先到。先去宝光寺，后到桂湖。可惜接待人员多，县里的"四大班子"都来了人，记者也多，几乎没有摆成龙门阵。午饭本想吃豆花，但上了不少菜，豆花只有一碗，令人遗憾。

　　马老对我说："这叫什么游玩？人太多，连说话的机会都没有。"

　　巴老在途中讲，他小时候，父亲带他到新都玩。他一度迷了路，吓得哭了，直到父亲把他找到。我知道，巴老对他的父亲有很深的感情。

　　回宾馆后，让巴老休息。

　　下午四时，我的三个姐姐和姐夫及下两辈，共二十人，一起来给巴老拜节。先在客厅团聚，吃月饼，分别摄影留念。巴老一贯喜欢小孩，重孙辈的潇潇、齐齐、淳淳和兰兰围在太爷爷四周。淳淳把手上剩的月饼给四外祖。潇潇和齐齐忙说："他吃过的！"巴老说："小孩儿吃过的，是干净的，没关系。"便把月饼吃了，引起哄堂大笑。后又一起吃了晚饭。

杨汝岱同志来给巴老拜节，小坐片刻。

成都的中秋少见月光，今晚却有月亮，难得！小祝和小林把巴老推到室外散步。我和秀涓、李舒陪同。到了湖边，大家停下来休息。天蓝，有少许白云，月亮圆而明，湖水里有倒影。我说："巴老，月亮也为你回乡而出。"巴老高兴地笑了。

我永远忘不了这个中秋之夜！

10月8日

一早，和秀涓到金牛宾馆。

九时半，陪巴老去正通顺街（过去叫双眼井），参观故居原址。巴老出生在这里，除有两年随父亲去广元县外，在这里居住到十九岁。他每次回成都，总想来看一看。不过，老建筑已拆光，这里是战旗歌舞团的宿舍。沙老、艾老、马老和之光亦到场。歌舞团的领导和群众很热情，夹道欢迎，围观者亦多。小祝推着巴老坐的轮椅，四处看看。前副团长张耀棠不断地给巴老解说。不知巴老在想什么？记者忙着摄像摄影，我尽量避开镜头。不少人请巴老签字，说不服，也挡不住。后来，巴老在留言簿上签名。

离开歌舞团，巴老参观了双眼井（即两口井靠在一起）。巴金在陪同人员搀扶下，站在井边往下望。我想起巴老对我说过的一句话："只要双眼井在，我就可以找到童年的足迹。"

下午四时，东城区委书记、区长，商业场管委会主任，同来宾馆看望巴老，赠送一些老照片。巴老表示感谢。丁家骥（省广播电视厅副厅长）也来看望巴老。一共二十分钟。

小林、小祝、秀涓和祁鸣一起玩麻将。祁鸣昨晚从上海赶来了。我和李舒陪巴老聊天，讨论是否去九寨沟，难下决心。

四爸巴金

10月9日

一早去省川剧院，安排为张爱萍同志演出事。

到金牛宾馆平房，正遇张老和又兰大姐要去九号楼看望巴老。我陪同前往。张老很尊重巴老，多次向我表示支持巴老关于成立"文革"博物馆的建议，我早向巴老转达过。到了九号楼，见沙老已先到。巴老、沙老、小林和小祝一起接待张老和又兰大姐。张老和巴老虽然第一次见面，却像老朋友似的闲聊。张老表示年轻时就喜欢读巴老的小说，巴老则说自己当时是"乱写"的。张老还谈到50年代初期参观过巴老在正通顺街的故居，对后来拆掉故居表示遗憾。巴老则说拆掉就算了，不值得花国家的钱来重建。……这是一次难得的相会，我为他们的谈话录了音。可惜"觉悟"得晚了一点，刚开始的谈话没录下来。

下午，我陪张老和又兰大姐参观三星堆出土文物、锦城艺术宫和十二桥商代建筑遗址，直到五时半。我在宾馆吃晚饭。据李舒讲，巴老20年代的老友卢剑波（四川大学教授，40年代是我的中学教师）来看过巴老。我没在场，不知详情。

晚，张老邀巴老一起在宾馆小礼堂看川剧，并请巴老根据身体情况决定看多少，不一定看完。但巴老坚持看完了。我还请巴老用几分钟见一见演员，以便不另安排时间与演员会见。巴老也同意了。

10月10日

是否安排去九寨沟，的确是难题。

最主张去的是张秀老，尽管他已九十三岁，但身体健康。沙老和艾老没明确表态。巴老则担心力不从心。张爱萍同志认为可以去，一天走一处，休息好了又继续走。

一早去省委书记院，找汝岱和启璪（黄启璪，省委常委、秘书长）同志商量。他们均持慎重态度，最后决定：下午派人先给张秀老和巴老检查身体。

去学道街张秀老家。秀老说他身体健康，不用检查。

到省人民艺术剧院看四川方言戏《抓壮丁》。吴雪同志告别演出，饰李老栓。我看得很有兴趣，并向吴雪祝贺演出成功。

去金牛宾馆平房看张爱萍和又兰大姐。张老主张：明晚川剧演出，采取清唱的方式，可省去化装等麻烦。

再去九号楼看巴老。巴老说任伯培（20年代的朋友张履谦的夫人）刚来过，可惜我错过了见面的机会，我有四十多年不见她了。

回家吃中饭。

四时，去巴老那儿。大姐和她的朋友刘玉琼在。二门诊部周主任和林锷廉医生在为巴老检查身体。结论是：总的情况不错，但有隐性冠心病，不宜去九寨沟。

六时，汝岱同志在蜀风园宴请"五老"。我不在主宾席，又忙着处理一些事，不知交谈内容。启璪、许川同志参加。上海电视台记者祁鸣和四川电视电台记者徐先贵都很能喝酒。

10月11日

上午，巴老休息。

中午，巴老在芙蓉餐厅宴请"尧"字辈（与巴老同辈）的弟妹和八十二岁的侄子李静远。尧字辈的有七爸李西舲、十三爸李巨川、十八爸李德甫、二十三爸李尧述和十五姑李尧秀。还有陈家（巴老母亲娘家）表弟陈国志和邓家（巴老继母娘家）表弟邓培根。有一位叔父来了，因不知他在成都，没通知他。我向他解释，并表示歉意，他仍拒绝吃饭。有些"国"字辈（与我同辈）的侄儿侄女来看望了一下，未吃饭。巴老与亲人叙旧，我为之打杂。因为事前没给餐厅打招呼，服务人员急于下班，几下便把全部菜堆满圆桌，服务质量很差。

晚，为张爱萍同志组织川剧清唱和曲艺晚会，时长两小时，节目精彩。巴老应邀参加，并坚持到底。

四爸巴金

10月12日

上午去平房看望张爱萍同志和又兰大姐。我拿出《记事篇》（张老的诗集，四川出版）请张老题字。张老竟风趣地写了"承蒙关照"。后陪他们参观市诗书画院。

巴老去学道街看望张秀老。1960年，巴老回成都写作，曾与张秀老同住在这个大院内。我因陪张爱萍同志和又兰大姐参观，未去张秀老家。后听说，沙老也去了，还吃了赖汤圆。

下午先去看望巴老，他精神颇好。

六时，去蜀风园，参加省委宴请张爱萍和又兰大姐。黄启璪同志很支持巴老去自贡参观，她说已和毕局长（省机关事务管理局局长）商量，把巴老去自贡的火车安排好。

10月13日

一早，和秀涓一起去金牛宾馆。

先去九号楼向巴老问好。今天上午巴老没外出，将约周企何（川剧表演艺术家）、舒元卉（优秀川剧演员）来宾馆。巴老喜欢川剧，他们是巴老的多年之交。

九时半，陪张爱萍同志和又兰大姐参观出版社。先后参观了巴蜀、文艺、少儿、美术等四家出版社。张老兴致很高，所到这几家出版社，他都泼墨挥毫，留下墨宝。出版社选了些好书送给张老。

下午二时，到峨眉电影制片厂参加全国十六个电影厂召开的发行工作会议。

四时，巴老和张秀老、沙老和马老一起参观李劼人故居。李劼老是四老的挚友。四老参观了楼下楼上的每一间房子，谈起往事。在休息室，工作人员拿出留言簿让四老签名。巴老主动写下：

1987年10月13日巴金来看望劼人老兄，我来迟了！

四老又一起在劼老的雕像下合影。

这时候,吴希海(成都市委书记)、龚读纶(副书记)和方家祥(副市长)三位同志赶来看望巴老。他们送巴老一盆树,说:"请巴老把家乡的泥土带回去。"巴老感谢他们的盛情。

晚,再一次在宾馆小礼堂举行川剧演出。张爱萍同志说他陪巴老,巴老说他陪张爱萍同志。张爱萍同志要我说几句开场白。我说:"张老是国防部长,巴老是全国作协主席。一文一武均为川人,真是天府之国,人杰地灵。今晚,国防部长邀全国作协主席同看川剧,是川剧界的盛事。"大家对二老报以热烈的掌声。今晚的节目很精彩,巴老高兴地说:"乡音难得!"

与小林、小祝和国燦商量有关去自贡之事。

10月14日

本拟陪巴老参观百花潭公园,因雨作罢。

大姐、二姐、四姐、我和秀涓,到九号楼看望巴老。

下午四时,巴老会见省文联、省作协有关同志。出席的作家、艺术家有:马老、李焕民、黎本初、陈之光、唐大同、李累、流沙河、周克芹、崔桦、庞家声和卢成春等。马老主持,大家随意谈心。巴老说:"我从小就不大爱讲话,但有很多感情要表达,所以才写文章。现在身体不好,上气不接下气。我已经有二十六年没有回成都了,我一直想闻闻家乡的泥土味。到现在,我仍要汲取家乡的阳光、雨露,跟家乡的禾苗、树木一齐生长。同家乡在一起,同祖国和人民在一起,胸中燃起的火将永远不会熄灭。"谈到讲真话时,巴老说:"一个作家做人和作文都应讲真话,不能说我说的都是真话,但我力求不说假话。在'文化大革命'中我也被迫说过假话。"文艺家一致赞同巴老主张讲真话,认为讲真话难,听真话也难。李累慷慨激昂地说:"我年轻时就喜欢读巴老的《家》,自以为是觉慧,要反抗旧社会。现在,我坚决支持讲真话。"由此又谈到写"文革",巴老说:"不能忘记这个历史悲剧。"大家说,有人主张不写

四爸巴金

"文化大革命"了,这是错误的。难得的会见,历时半小时,大家还一起合影。

10月15日

陪巴老一行去自贡。省上为巴老挂了公务车。仲炎、丹枫和我同行。

路上主要是休息。我和秀涓、李舒与巴老闲聊。巴老在1956年去过自贡,也是旧地重游。我趁机向巴老介绍了一些自贡的情况,重点谈自贡川剧团、恐龙博物馆和自贡灯会。

近四时抵自贡。杜江(自贡市委宣传部部长)同志在车站迎接。住檀木林招待所,屋子很大。仲炎和丹枫用轮椅推巴老在招待所内散步。回房间时,巴老见卫生间也很大,说了一句笑话:"这是给恐龙用的。"

七时半,市领导刁金祥(自贡市委书记)、陆强(市长)、邢惠林(副书记)、刘极常(副市长)等同志来看望巴老。

大概是丢掉思想负担,我有一种轻松感。本想陪巴老聊天,但太疲倦,不到十时就去睡了。

10月16日

七时方醒,共睡了九小时,颇有精神。

陪巴老参观市容。自贡是山城,有特点。沿途有不少新建筑。

上午主要看恐龙博物馆,巴老边看边听解说,颇有兴趣。参观结束,在休息室里,主人送了两个瓷做的恐龙给巴老,并请巴老讲话。巴老说:"我来过自贡,想不到变化这么大。"

下午四时,与自贡文艺界人士见面。

五时半,市领导与巴老共进晚餐。

七时半,到自贡市川剧团看魏明伦的折子戏。过去,巴老看过《易胆大》《巴山秀才》的录像,称赞魏明伦有才华。今晚看的是《易胆大》《潘金莲》《巴山秀才》《四姑娘》几个大戏中的各一折。魏明伦坐在巴老身边。巴老不时看得发笑。演出结束后，因巴老上台不便，演职人员下台来看望巴老。巴老说："祝演出成功，谢谢大家！"

10月17日

八时半，魏明伦、蔡伟（副团长）、余从厚（饰《潘金莲》中的潘金莲）、杨先才（饰《巴山秀才》中的秀才）、陈世芬（最好的川剧帮腔）来看望巴老，并一起合影。

十时离开自贡，杜江同志送行。在车上，主要让巴老休息。下午四时抵蓉，熊清泉（省委办公厅主任）同志来接。

得李芹（我的女儿）和李斧来信。他们虽身在海外，也很关心巴老回乡之行。

10月18日

上午，巴老休息。

九时，与许川一起去四川教育学院，参加全国现代文学年会。王瑶、王西彦、马识途等著名作家和评论家出席。

下午四时，巴老在九号楼会见出版界一些朋友。出席的有王伟、吴正贤、杨字心、杨莆、李定周、戴安常、徐靖、曹礼尧、陈世五等。粉碎"四人帮"以后，四川先后出版了巴老的《巴金近作》（近作一）、《巴金近作　第二集》（近作二）、《回忆与探索》（近作三）、《心里话》（近作四）、《英雄的故事》（有关抗美援朝的全部小说和散文）、《巴金中篇小说选》（上、下）、《巴金选集》（十卷本）、《憩园》、《长生塔》（包括全部儿童文学）、《童年的回忆》，翻译作品《快乐王子集》《屠格涅夫中短篇小说集》（与萧珊合译）等著作。编辑们想见巴老，巴老也想见他们。巴老对四川出版界的朋友表示感谢。

姚志能（《四川日报》总编辑）同志同时也来看巴老。

今天，《四川日报》《成都晚报》刊登了巴老回家乡的消息和图片，

四爸巴金

四川电视台也播出了巴老回家乡的图像。

10月19日

一早,和秀涓一起去看望巴老。巴老的身体状况良好,没有不适的感觉。

九时,陪巴老一行去百花潭公园。先游园,人不多,是一次比较轻松的外出。车辐(作家、老报人)赶来看望巴老。然后看慧园的模型和已动工之处。巴老不赞成用国家的钱为他修复旧居。慧园是以巴老的小说《家》为蓝图修建的,供游人参观,巴老没有反对。有关人员向巴老介绍了关于修建慧园的设想,巴老用心听着。

四姐和四姐夫即将去昆明,来向巴老告别。他俩加上小林、国烨,我们一起在人工瀑布前合影。

中午,省委和省政协的领导设便宴招待巴老。冯元蔚(省委副书记、省政协主席)、黄启璪、许川、李培根(省政协副主席)等出席。同时,也招待了随行人员和记者。大家希望巴老经常回故乡,巴老一再表示感谢故乡人的盛情。

四时半,唐中六(成都市歌舞剧院院长)给巴老送录像带来。

五时,"尧"字辈的弟妹在芙蓉餐厅宴请巴老。我送巴老去,因人多,我到对门二姐家吃饭。这次巴老回川休息,因要保护巴老的健康,没有及时给长辈们报告。可能有的长辈有意见,我也没办法,只有请他们谅解。

10月20日

一早,去金牛宾馆九号楼。

与小林商量,来一次"秘密"行动。八时半,躲开记者和其他人员,陪巴老去文殊院。仅小林、小祝、国烨和李舒同行。

进了文殊院,先用轮椅推巴老在大殿前做短暂停留。方丈宽霖(省政协委员)热情接待巴老。小林等第一次来,便去参观。我陪巴老和宽霖叙旧。巴老说:"我父亲去世的时候,家里请和尚在文殊院念了三天经。"

宽霖说："我年轻的时候到李府上念过经。"宽霖教巴老一种保健法，巴老认真听取。两人谈得很投入，直到小林等参观回来为止。分别时，宽霖送巴老一串佛珠。在归途中，巴老说他小时候曾经想出家。我问为什么？他说不满旧社会，又看不见出路。以后，看见小和尚烧戒疤，太痛，又不愿出家了。

中午，巴老便宴请接待他的工作人员。

原说今天中午由我和三个姐姐请巴老吃小吃，因时间安排不过来，只得取消。巴老遗憾地说："这次回来，就是没吃到红油水饺。"

巴老交一本《长生塔》给我，是他送齐齐的。上面写道："齐齐，希望你做一个说真话的好孩子。巴金 八七年十月十八日。"

偶然谈到我离休后怎么办。讨论一会儿，似乎难处很多。最后达成共识：先读点书，学习两年吧。

五时，陪巴老一行去机场。马老、启璪、许川和文艺处同志到机场送行。握别时，启璪请巴老保重。许川说，盼巴老一年一度回家乡。马老说，等着巴老回来！我说，巴老表示争取后年回来，看家乡的变化。巴老说："感谢大家，我还要争取回家乡。"

所有亲人向巴老挥手告别！

除大姐因身体不适，四姐和四姐夫去昆明未到外，上次来迎接巴老的亲人都到了。还增加了四姐的二儿媳王小莉。

飞机在五时四十五分起飞。巴老带着家乡人的深情，离开成都。

2003年8月6日

故友情深

巴金与《雷雨》

读《作家文摘》第二四九期，有一篇文摘叫《废稿中发现的作家》。全文如下：

> 1933年，曹禺在清华大学念书时，他五易其稿，完成了处女作《雷雨》。
>
> 曹禺将《雷雨》投寄出去，曾被一些编辑废弃扔进纸篓里。后来，巴金意外地从纸篓里发现了这份手稿，他读后深感作者才华非凡，认为这是一部深沉的好作品。
>
> 在巴金的高度评价和积极推荐下，1934年7月，《雷雨》发表在《文学季刊》一卷三期上，立即引起了广大读者和评论界的注意。几个剧团争相演出，曹禺一举成名。（摘自9月25日《人民政协报》郑国柱文）

这种说法已经流传了很长一段时间。按这种说法，把《雷雨》扔进纸篓的"一些编辑"，实在太不负责任，差点扼杀了这位戏剧大师。如果没有巴金的"慧眼"，曹禺则很可能不能进入（至少也要推迟进入）文坛。但事实果真如此吗？

四爸巴金

1956年6月，巴金在北京前门饭店与曹禺（左）合影

70年代后期和80年代初期，我在四川人民出版社工作，因约稿和别的工作，经常去上海。凡到上海，都住在巴老家。当时巴老的身体较好。我白天陪他散步，晚上常谈到深夜。内容海阔天空，无所不有。

我问过巴老有关剧本《雷雨》的情况。巴老告诉我，1933年，靳以和郑振铎在北京创办大型文学刊物《文学季刊》。曹禺把他的《雷雨》送到《文学季刊》。曹禺和靳以不仅是好友，而且是换帖的兄弟。靳以看了《雷雨》以后，又送给别的编委看。由于意见不完全一致，靳以又不愿意退稿，所以放在抽屉里。当时，巴老正好到北京去看望沈从文，曾和靳以一起住在三座门十四号《文学季刊》社里，并认识曹禺。一次，巴老和靳以商谈如何进一步为刊物组稿，靳以谈到《雷雨》，巴老便要来看。巴老一口气把《雷雨》读完，几次流了眼泪，推荐给《文学季刊》发表。一贯谦逊的巴老连"推荐"也不承认，他说是靳以给他看的。

巴老与我交谈时，多次谈过曹禺很有才华，他不如曹禺。六十多年来，巴老和曹禺一直是亲密的挚友。在巴老主持文化生活出版社时，出版了《曹禺戏剧集》。粉碎"四人帮"以后，经巴老建议，四川出版了《曹

1982年，巴金在上海
寓所中和曹禺（左）散步

禺戏剧集》。长期来，巴老希望曹禺摆脱不必要的社会活动，把精力放在写作上。曹禺也多次告诉我，他不会辜负巴老的期望，拼命也要写出新作品。遗憾的是后来曹禺多病，长期住医院，只能把健康放在第一位。

与巴老接触几十年，我深知巴老不喜欢宣传自己，更不愿别人在颂扬他时贬低他的朋友。

1997年10月16日

何日再倾积愫

——怀念曹禺

清理信件,发现一大沓曹禺给我的信。绝大部分是70年代末期和80年代初期写的,共三十八封。怀着极大的兴趣,我认真细读了一遍,许多往事又出现在眼前。

我是受五四以来新文艺的影响成长的。从中学时代起,我最崇拜鲁迅、巴金和曹禺。曹禺所有的剧本我都读过,凡演出他的戏我非看不可。当时钱很少,买一张价格最低的票,站在戏台旁边看。有一次在沙利文剧场看演《原野》,几个国民党军人老说话,我干涉他们,差一点挨打。我从不会背书,但曹禺的戏却能大段大段地背出。我写过读《北京人》的心得,受到卢剑波老师的称赞。朗诵曹禺的剧本,许

1983年秋,曹禺(右)与李致摄于北京

多感人的情节和优美的台词，常使我流出眼泪。学张逸生演《日出》的乔治·张和《北京人》的江泰，成了我受欢迎的"保留节目"。

第一次见到曹禺，是在1964年暑期。当时我在共青团中央工作。曹禺是巴金的挚友。巴金的女儿小林来北京，住在曹禺家。曹禺带她来看我，并邀我一起出去玩。小林是我的堂妹，她叫曹禺为万叔叔，我理所当然也这样叫。当我们在台基厂大街的国际俱乐部喝冷饮时，我向万叔叔表达了对他的敬仰之情。以后我曾到铁狮子胡同看望过万叔叔。我从辽宁省参加"四清"归来不久就开始了"文革"，只在一个偶然的机会听说"中国的莎士比亚"——曹禺在剧院看大门。

粉碎"四人帮"时，我在四川人民出版社任革委会副主任。1978年我在庐山参加全国少儿读物座谈会，读完刊登在《人民文学》上的曹禺新作《王昭君》，激动不已。王昭君的一段独白，我至今记得：

> 我淡淡装，
> 天然样，
> 就是这样一个汉家姑娘。
> 我款款地行，
> 我从容地走，
> 把定前程，
> 我一人敢承当。
> 怕什么，
> 难道皇帝不也是要百姓供养。

我满怀激情赶到北京，在三里屯宿舍找到万叔叔。劫后重逢，热烈拥抱，该有多少话相互倾诉。不过我开门见山，很快提出要出版《王昭君》。我把四川出版的《周总理诗十七首》和郭沫若、巴金的新著给万叔叔看，这些书装帧设计和印刷质量首先吸引了他。正如以后他写信所说："作者可以欣赏一下自己的东西装潢在美丽、高雅的版本里。"我还表示可以在三个月内出书。万叔叔立即表示同意。

四爸巴金

巴老得知我们要出版《王昭君》，既为我们高兴，又多次叮咛要把书出好。也有人指责四川人民出版社是地方出版社，不该出曹禺这类大师的名著。我意识到这是出版界的一场变革和竞争，决心把书出好来回答关怀和指责。我和社长崔之富尽了最大的努力，和参与编辑出版的同志一起，终于在齐稿后三个月内把《王昭君》的精装本送到万叔叔手中。万叔叔立即回信：

李致同志：

　　《王昭君》新本收到，此书印得十分精致，见到的都一致说"好"。这要感谢组织工作者、印刷工人师傅、校对、设计、插图艺术家，以及所有的工作者们。这样迅速刊印出来，足见你社工作效率高，团结合作好。李致同志，你的话确是算数的。

曹禺
3月24日

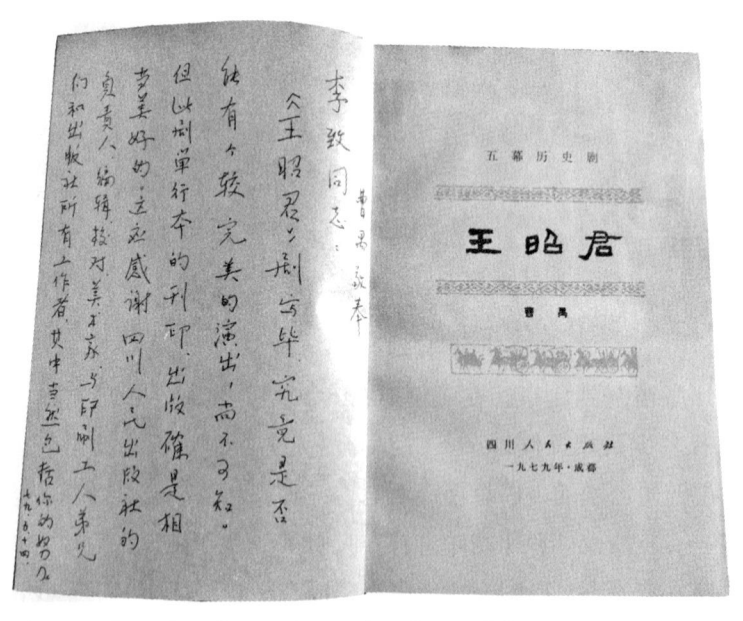

《王昭君》，曹禺著，四川人民出版社1979年版

后来，万叔叔还在给我赠书扉页题签：

李致同志：《王昭君》剧写毕，究竟是否能有个较完美的演出，尚不可知。但此剧单行本的刊印出版确是相当美好的，这应感谢四川人民出版社的负责人、编辑、校对、美术家与印刷厂工人弟兄们和出版社所有工作者，其中当然包括你的努力。

曹禺　敬奉
七九·五·十四

得到万叔叔的称赞，我们也很高兴。总编室把曹禺的信打印出来，送给参与编辑出版的同志。四川新华印刷厂的工人反映尤为强烈，他们说："印了这么多年的书，只有曹禺这一个大作家写信感谢我们。"万叔叔多次写信给我，说："《王昭君》印得那么好，朋友们都很欣赏，大约好稿子将源源而来，你们的努力是没有白费的。"还说："《王昭君》精装本实在美，实在大方，出国赠送，为国增光。"

从此我和万叔叔经常通信，多次在北京或上海见面。不久，我们又出版了他的《胆剑篇》。他告诉我，这个戏是困难时期周总理要他写的，以表现卧薪尝胆、自力更生的精神。1980年我们要求出版《曹禺戏剧集》，又得到万叔叔的同意。万叔叔多次赞扬四川人民出版社，有一次来信说：

我非常高兴看见四川人民出版社在《人民日报》上受了赞扬，这是你和四川人民出版社所有工作者应得的荣誉。我以为四川人民出版社是中国人民的出版事业，有远见，有干劲，严肃，负责的好同志，才能办出这样的事业。

万叔叔表示他要和四川出版社"生死恋"，即无论过去、现在和将来，他的著作全交四川出版。之所以用"生死恋"这个词，是当时刚上演了日本影片《生死恋》，给观众留下深刻印象。

每出一本书，万叔叔都要认真修改。在出《原野》前，他来信说：

四爸巴金

"我忽然发现写此剧本并非为了写'复仇',而是为了写'农民受尽封建压迫的一生和逐渐觉醒',我当时的觉悟不过如此。"还说:"《原野》重读,使我惊异昔日胆子确大,今日都大不如前了。"

万叔叔一直想写新剧本,包括把在40年代曾在《文艺复兴》杂志上发表前两幕的《桥》写完。他多次告诉我:"老巴再三要我减少社会活动,把精力集中在创作上。"万叔叔很尊重巴老的意见,曾在一封信上说:"来上海是为了避开忙不完的琐事,想第一,干本行,写剧本主要是按巴金的意思,把《桥》的下半部写完;其次,修改所有过去的剧本,算是一个定稿吧;第三,如可能,写个新的,或独幕,或多幕剧,限期在明年秋季完工。……时不待日,只有拼老命干。""我现在明白一件事,即,趁精神、体力还好,赶紧补过,把从前浪费的时间追回一点,写点东西,由你出版。"为了写《桥》,万叔叔躲到上海李玉茹阿姨家,他两次来信说:"需要安静与时间,不能受干扰。因此,北京人艺三十周年,我不参加,全国文联的会,也不去开了。"万叔叔还想写新戏。他知道我长期搞共青团工作,询问了许多胡耀邦的情况,并作了笔记。作为万叔叔的忠实读者,我多么期望他写出新的剧作呵!

随着时间的推移,万叔叔把我当成朋友,我们成了忘年之交。我每去北京或上海,必去看望他和李阿姨。有一次在上海,李阿姨亲自在家里做菜款待我。万叔叔曾写信说:"时间不多,年过七十,如再不赶写点东西,将遗憾终生。幸有你鼓励我,你多年对我的深厚情谊,催我前进。"对我和出版社同志为万叔叔提供的服务,他一再表示感谢。他在信中说:"感谢你的深情厚谊和'有求必应',使我想起在童年时在我父亲衙门里的后花园中的'神树',上面悬挂着很多小小匾和红布,上面一律写着'有求必应'字样。"这是对我过誉的称赞。真正"有求必应"的是万叔叔,他把全部著作给四川出版。我想起若干年后的一件事:我收集有各种版本的曹禺著作,不可能带到北京去请万叔叔签名。1984年12月,他以全国政协委员身份来成都视察工作,住在金牛宾馆。一大早我抱着各种版本的曹禺剧作(十几本)去找他。他刚要动身外出,却为我留下来。新修建的房间没有桌子,万叔叔竟跪在地毯上,以床为桌,一

这套20世纪40年代文化生活出版社出版的《曹禺戏剧集》，是巴金送李致的，1984年12月9日曹禺在成都为李致题签

本本地签名。工作人员不断催他走，我也多次说改日来取，而万叔叔却坚持签完。站在旁边，我被感动得眼睛润湿。

我们彼此思念，万叔叔一次在信中说："我最近常想，好人少，好朋友更少，谈得来的朋友也少，因此，朋友如你，有病便担心，这也是自私心重吧。总之，我不愿听到你病。""很想见你，一倾积愫。"愫者，真实的心情也。我同样有积愫要向万叔叔倾吐。万叔叔给我的信，先称同志，继称老友，后称致兄，充分反映了他对我这个后辈的友情。

1982年年底，我离开出版社到宣传部工作，万叔叔感到遗憾。其实，我愿意终生搞出版事业，并不想当"官"。但这是组织的决定，不能不服从。幸好我分工管文艺工作，且积极参与振兴川剧。1983年10月我和川剧晋京演出团一起到北京。作为全国戏剧家协会主席，万叔叔给以大力支持。事前他表示"万分欢迎，我与玉茹将多多学习，多观摩，一定要写篇学习心得，表示感谢"。万叔叔看了赴京演出的几个戏，主持了全国剧协召开的座谈会，听我介绍振兴川剧情况，并发表了热情洋溢的讲话。又著文赞扬：振兴川剧"有如空谷足音，预示着一个新的信息，一个新的行动即将来临"。事后还写信说："振兴川剧来京演出，大得成功，奋发首都

四爸巴金

20世纪70年代末至80年代初，四川人民出版社出版的几种曹禺作品集：《王昭君》《胆剑篇》《原野》《雷雨》《日出》《论戏剧》等

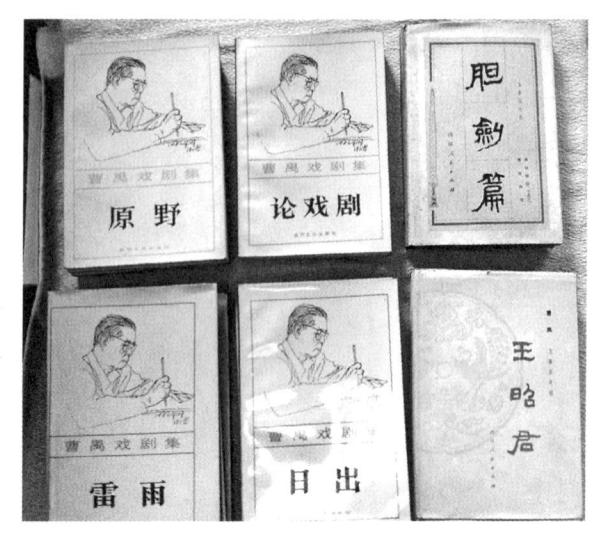

戏剧界，确立信心，至可庆贺。"万叔叔的支持对我们是巨大鼓舞，使我和万叔叔在出版工作之外，找到了一个新的共同点。

遗憾的是以后的若干年，我的工作繁重，到北京的机会大为减少，即使去多是参加会议，来去匆匆。哪有一倾积愫的时间？从1988年开始，万叔叔因肾功能不全住进医院。我虽去看望过一两次，但怕干扰万叔叔的治疗，只能把积愫压在心里。当年全国第五次文代会召开前夕，获知万叔叔被提名为主席候选人，我十分高兴。开幕式那天，突然看见万叔叔坐在轮椅上，立即过去握手问好。他则问我："老巴的身体怎样？"1990年9月下旬，我去北京参观亚运会开幕式。24日那天想询问万叔叔的情况，打电话到他家里，恰好他那天回家过生日，声音洪亮，情绪很好。以后，我多次从巴老家获知万叔叔病情稳定，也就放心了。万叔叔的夫人李玉茹是京剧表演艺术家，她为全力照顾万叔叔放弃了舞台生涯，十分令人感动。

翻看完万叔叔给我的三十八封信，重温了我和他的叔侄之情。我感到这些书信对研究曹禺有它应有的价值，便作了注释、写了《前言》，介绍给省剧协秘书长廖全京，请他在内刊《四川剧坛》上发表。为了取得万叔叔的同意，我给万叔叔和李阿姨写了信。很快得李阿姨在11月26日写的回信，对我准备发表这些信件，万叔叔和她很高兴。特别令我高兴的是李

阿姨说万叔叔病情稳定："他已进入八七高龄了，身体逐渐衰老，何况老而且病。能稳定，就不容易了。"我即将去北京参加全国第六次文艺家代表大会，到时我一定去看望万叔叔和李阿姨，把刊出的信面呈万叔叔。万叔叔十五年前曾在信上说："真想见你谈谈，也许待我八十几岁，你也老了，我再到四川看看你和其他的朋友。"万叔叔，现在您八十七岁，我六十七岁，您住院治病，该我去北京看望您和李阿姨。这一次总可以一吐积愫了！

在动身去北京前一天，12月13日下午，我打电话到华东医院向巴老问好。小林告诉我："万叔叔今天早晨三时逝世。正在做爸爸的工作，医生也在这里。"这个消息实在太突然，我接受不了，何况巴老。我深知巴老和万叔叔的深厚友谊。文坛佳话，是巴金读了《雷雨》，把曹禺介绍给广大读者的。但巴老从没有主动对我提到这件事。相反，巴老总对我说，曹禺比他有才华，要我们好好出版曹禺的书。多次叮咛："校对要注意，错字越少越好。"在编辑《巴金选集》时，巴老在信上说："最近我想用全力编好十卷《选集》，但我希望你们先出齐曹禺的十卷集。我的缓一点，慢一点不要紧。"巴老不要四川的稿酬，却希望给曹禺的稿酬高一点，因为曹禺的剧本质量高数量不多。巴老希望曹禺减少社会活动，把主要精力放在创作上。曹禺则说："巴老总关心朋友，病中还嘱你出书事。其实，使我最着急的，倒是目前，迟迟未能动笔，不能早些把《桥》写出来，使他徒徒关怀，不见成果，觉得对不起他。"但当巴老知道曹禺健康不佳时，则写信给曹禺说："今天我却要对你说：'要保重，把身体养好。'你安心养病吧。你的存在就是一种力量，千万不要轻视自己。我常从你那里受到鼓舞，这是真话。"另一封信上巴老说："这些天我天天想你，希望能有机会和你多谈谈。但你在医院，我也在医院，只好在梦里见面。我只有一句重要的话，保重身体，为了我们再见。"现在万叔叔突然逝世，巴老期盼再见的愿望幻灭，难怪巴老激动地问："不是都说曹禺的病情稳定吗？"

带着赶印出来的《四川剧坛》（上刊有《曹禺致李致书信》），我和出席全国文代大会的四川代表，于14日下午到达北京。当晚电视的《新闻

四爸巴金

联播》播放了全国文联主席曹禺同志逝世的消息，所有代表为之震惊。第二天我打电话给李阿姨，可是我的嗓子像给石头堵住了，不知该说什么。李阿姨主动告诉我："万叔叔去得很安详。12日下午我为他取回准备在文代会上穿的西服，发现他呼吸有些急促，脸上有点肿胀。医生诊断是肺炎，吃药、输液后有所好转。我们一起吃晚饭，他食欲还好。饭后要我早些回去休息。我回家打电话询问，他还在看电视。第二天凌晨3时55分与世长辞……"我们都再也说不下去。

我在16日上午到了万叔叔家，我和李阿姨紧拉着手。墙壁上万叔叔的遗像披了青纱，右边放着巴金献的花圈。我默默地在心里说："万叔叔，我来了，但来迟了几天！"我向遗像鞠躬，李阿姨在一旁答礼。我头晕脑胀，弄不清鞠了几次躬，可能有四五次吧！我断断续续地向李阿姨叙述了自己的悲痛心情。李阿姨把巴老发来的传真给我看，我认得出是巴老的亲笔：

中国文联转李玉茹、万方
　　请不要悲痛，家宝并没有去，他永远活在观众和读者的心中！

巴金
十二月十五日

李阿姨送了我一张复印件。巴老的传真充分表达了我和众多人的感情，对李阿姨是莫大的安慰。我再说什么也是多余的。我感谢李阿姨多年来对万叔叔的照顾，希望她保重。李阿姨把我带去的川酒和《四川剧坛》，放在万叔叔的遗像下。我一再仰望万叔叔的遗像，在心里对万叔叔说："我们何日才能再倾积愫？"

1996年12月26日

黄金般的心不会消失

单说李健吾是作家,并不准确,应该说是作家、戏剧家、评论家和翻译家。我上中学的时候,读过他的评论《咀华集》,根据巴金小说改编的剧本《秋》,还有他翻译的一些法国小说。可是我认识他却相当晚,是在1981年。

当时我在四川人民出版社任总编辑。经过史无前例的"十年浩劫",书荒十分严重。我和出版社(特别是文艺编辑室)的同志把再版现代作家的名著,当作自己的任务。因此必然会想起李健吾。1981年10月我去北京组稿,马小弥听说四川打算出李健吾的书,便主动陪我到李健吾家里。小弥是作家马宗融和罗淑的女儿,巴老在她父母去世后曾抚养过她和她的弟弟。我是在出版《罗淑选集》时和她熟悉的,情同兄妹。她是一个热情侠义的人,认识许多老作家,经常帮我们出版社的忙,我戏称她为文艺编辑室"驻京办事处主任"。沿途,她一个劲儿地给我讲李健吾的情况:说他很想工作,把损失的时间夺回来;有冠心病,上下楼都费劲;坚持锻炼,最近已有起色。

这以前,李健吾已和我通过信。原因是巴老有一次给我写信,把信装进给李健吾的信封里。李健吾主动把巴老错寄的信转给我,并在他给我的信上,按北方的习惯称我为"老佚"。到了李健吾家,小弥一见面就叫他

四爸巴金

"李伯伯",我也跟着叫他"李伯伯"。顺便说明一下,我在工作中认识许多巴老的朋友,虽是长辈,一般都称同志。除了当年的习惯之外,还因为我不愿打着巴老的旗号去招摇。只有对两个人的称呼例外,一个是李健吾,一个是曹禺。

李伯伯当时已年过七十。额头上有北方人常见的皱纹,身材瘦高,背略弓,讲话心平气和,十分慈祥。尽管我们第一次见面,却像多年的叔侄,毫无拘束。他对四川人民出版社早有了解。我还没有向他"汇报",他已给予称赞。加上小弥在旁边"帮腔",组稿"谈判"十分顺利。

接着聊天,谈到四川,谈到川戏。李伯伯说他跑过许多地方,最大的遗憾是没有到过西南。他十分喜爱川剧,我也是川剧迷,话题很多。他一再表示要来四川,我也表示不论在什么时候都乐意安排他的四川之行。他留我和小弥吃饭,我们不愿打扰,便匆忙告辞。

后来,李伯伯又为出书的事和我通了几次信。他老人家的字"龙飞凤舞",每一封信我都得认真研究和考证,才"八九不离十"大体看懂。同时,小弥多次来信告我,李伯伯坚持做气功,体质大有增强,我也为之高兴。

1982年10月,我意外收到李伯伯十二日的来信:

> 我将于本月之十八九日去西安市开外国文学理事会,开到月底,我即将赴成都,可能小弥陪胡絜青同志先到。到时,我将发出电报给你,请给我们夫妻准备住处。
>
> 健吾

这一下热闹了。老舍的夫人胡絜青和马小弥应邀先到成都,接着李伯伯和李伯母也赶到了。李伯伯在西安除开会外,还专门看望了一个老朋友。这位朋友是他早年在清华大学的同学,因脑溢血瘫痪。李伯伯去后为他拍照,与他合影。他这样重视友情,更加受到我的尊重。

李伯伯夫妇、胡絜青和马小弥结伴游览乐山,住在乌尤寺。"天下山水在于蜀,蜀之山水在嘉州。"李伯伯饱览了令人陶醉的风光,心旷神怡，兴致勃勃地登大佛寺，游乌尤寺，还过了索桥。他到处搜集介绍这些名胜的资料，准备回北京写文章。从乐山回成都，本来还打算参观其他一些地方，但小弥却对我说："李伯伯要赶回西安。"

我立即问："是不是身体不适？"

小弥回答："不是，他精神好着呢！主要是他在西安为老朋友拍的照片拿去冲洗，全曝光了。他要赶回去重拍。"

"难得来一次，多待几天不行吗？"

"他说他朋友身体非常虚弱，怕去晚了不行。"

我认为问题不会这样严重，去宾馆看望李伯伯，企图劝他不要太急。但看见他那真挚的表情，那样珍惜友情的态度，我深受感动。当时买车票不那么方便，我想办法很快为他买到票。他拿到车票时，脸上露出一丝微笑。

就这样，李伯伯和李伯母匆忙地离开了成都。

李伯伯回北京不久，巴老不慎把股骨摔断，住进华东医院。当时我

1982年秋，李健吾和夫人应邀参观四川人民出版社

的工作又突然发生变动,将调到省委宣传部。趁此空隙,我赶到上海看望巴老。我知道巴老和李伯伯的友谊,特别带上李伯伯的照片。在医院,我把照片给巴老看,并描述了李伯伯在四川的情况。巴老十分高兴,拿着照片一再深情地看他的老朋友,并说:"小弥来信宣传健吾练气功很有成效。"

谁也没有想到,就在第二天早上,家里接到北京电话,说李伯伯在昨天(11月24日)下午逝世。当时的情形是,李伯伯写文章后靠在沙发上,李伯母以为他睡着了,怕他受凉,去给他盖毛毯,突然发现人已经不行了。我1月前才和李伯伯相聚,许多事历历在目。这难道是在做梦?记不清是谁提出的,暂时不告诉巴老,以免他老人家悲痛影响治疗。我在上海的时间本来不长,既然已经向巴老滔滔不绝地讲了李伯伯的情况,现在只得闭口不谈。但心里极不平静。

1983年秋,我接连读到巴老的两篇随想录(后收入《病中集》),其中都谈到李伯伯。巴老在文章中提到"孩子们封锁了消息",以至于他对李健吾逝世"一无所知"。以后一个朋友从北京来忽然讲起健吾那没有痛苦的死亡,他才"恍然大悟"。还说:

> 我责备我女儿,但也理解她的心情,讲起来,他们那辈人、连长他们一辈的我的兄弟都担心我受不了这个打击,相信"封锁消息",不说不听,就可以使我得到保护。这个想法未免有点自私。

其实,我也是参与"封锁消息"的人之一,只是巴老不知道。我理解巴老的心情,也理解小林的心情。这些年来,小林照顾巴老是十分尽心的。去年我去杭州,亲耳听人称赞她是"孝女"。有这样一个女儿是巴老的福气。

巴老在文章中回顾了李健吾的为人和他们的友情。"文革"刚开始的时候,空气十分紧张。翻译家汝龙受到冲击,亲友和他"断了来往",李健吾的处境也"危在旦夕"。但李健吾不怕风险去看望汝龙,拿出两百元给他，说："你留着过日子吧！"当巴老还是"不戴帽子的反革命"的时候，李健吾的大女儿维音出差上海，给巴老带来汝龙的赠款五百元。汝龙后来告诉巴老说是李健吾的主意。不久李健吾的二女儿维惠也出差上海，带给巴老李健吾的赠款三百元。我不禁想起那"疯狂年代"，一旦谁被列入"重点"，众多的人立即划清界限。某些熟悉的人，为表白自己，不惜落井下石。李健吾这种"雪中送炭"的真情，是多么动人、多么可贵啊！我从这里进一步理解了李伯伯为什么在四川时那么急于赶回西安为老友补拍照片，可惜他竟先于那位老友离开人世。

巴老说：

想到健吾，我更明白，人活着不是为了"捞一把进去"，而是为了"掏一把出来"。好人？坏人？各人有各人的解释，但是我们国家目前需要的正是"掏一把出来"的人。

巴老说李健吾"掏一把出来"当然是指他一生，指他对文学事业的贡献，指他的为人。巴老还引用了汝龙赞颂李健吾的话："黄金般的心啊！"

"黄金般的心是不会从人间消失的。"这是巴老的结论。

1996年6月22日

故友情深

——巴金与李劼人的友谊

李劼人和巴金都是成都人。劼老以他的三部曲（《死水微澜》《暴风雨前》《大波》）再现了辛亥革命前后四川的社会生活，巴老则以他的三部曲（《家》《春》《秋》）描写了成都封建大家庭的没落。这两位受人尊敬的作家有很深的友谊，巴老一直把劼老当成他的"良师益友"。

我不知道二老是什么时候相识的。他们都曾是四川省的全国人大代表，每次全国人大在北京开会，便是他们愉快相聚的时候。他们在一起讨论国家大事。川剧演员廖静秋得了癌症，二老还有沙汀等联合建议为她赶拍舞台纪录片《杜十娘》。常和他们在一起的还有沙汀。沙老曾多次兴高采烈地向我讲述他们相聚的趣事：劼人要老巴请客，总邀约我一道去吃老巴的"标点符号"！

郭沫若早年曾称赞劼人是"中国的左拉"。巴老说"过去的成都活在他（李劼人）笔下"。"我愿意做一个'写到死，改到死'的作家"，这是巴老的愿望，所以巴老在《谈〈秋〉》这篇文章中特别提到："我很佩服比我年长十三岁的劼人同志重写（《大波》）的决心和毅力。"

1960年10月到1961年2月，巴老回成都写作。我当时工作忙，加上以后生病住院治疗，基本上没有参加巴老的活动。后从巴老的日记中看到，10月19日记有："六点前沙汀来，同去芙蓉餐厅，李劼人请客。"12月5日记有："三点李劼人来，谈到四点半，沙汀来，五点到张（秀熟）老房内。六点晚饭；饭后在张老客厅里……谈到十点（劼人九点离开）。"1961年元旦记有："十点前和张老坐车去沙汀处，约他们夫妇同去李劼人家。三点半午饭，五点返家……"在《巴金萧珊书信集》里，还可以看到巴老请萧珊代劼老买蚊烟。

劼老不幸在1962年12月24日逝世，这给巴老带来了很大的震动。巴老在25日的日记中写道：

> 上午八点得统战部电话，说成都统战部来电李劼人兄逝世，要我参加治丧委员会，十一点半去邮局发一唁电："四川省文联并转李劼人同志家属：惊悉劼人同志逝世，文艺界失去一位杰出的作家，我失去一位良师益友，深为哀悼，谨电吊唁，并致慰问。"《大波》终于成了未完成的杰作，这是万想不到的事情。劼人不仅是一位热血侠肠的好人，他还是绘声绘影的优秀小说家，也可以说他是成都的历史家，他的小说岂止是成都的风俗志……要是他能再写十年，那多好！他的死对成都人来说，更是一个不可弥补的损失。我也难找到像他那样的朋友。下午得沙汀航［空］信讲劼人的病情（十二指肠溃疡和肺炎），并说他已施过两次手术，子女已经回到成都。沙汀写信时心情沉重，可以从来信上看出来。

1963年1月5日，巴老给沙老的信谈到"到今天我还在为他［李劼人］的死难过"，摘要如下：

沙汀同志：

你的信收到已十天了。我天天说写回信，可是总有一些事情打岔。今晚上抽空给你写几行。劼人逝世我在25日早晨得到统战部转来的电话就知道了，所以在得到你说他病重的信之前就拍了

四爸巴金

唁电去。到今天我还在为他的死难过。他的死是文艺界一个损失，这且不说，我个人也失去了一位生龙活虎一般的热情的好朋友。他的印象太鲜明了，尤其是每年在北京开会相处的情景，他的声音相貌我至今还不能忘记。在这些天里我更常常想到你。我多么希望你保重身体，多写点东西。让我们互相勉励罢……你的身体怎样？是不是过了春节离开成都？别的话下次谈。

祝好

巴金
1月5日

巴老一贯珍惜友情，他从未忘记劫老。

粉碎"四人帮"以后，巴老积极支持四川人民出版社出版《李劫人选集》（实际是文集）。

1979年，巴老访问法国回来，我恰好出差北京，到首都机场接他。巴老告诉我，法国朋友问他"中国有哪些著名小说家"，他回答时首先提到李劫人和沙汀。

1987年，巴老回到阔别二十六年的故乡，与张秀熟、沙汀、艾芜和马识途欢聚，是文艺界的一件盛事。他们没有忘记老朋友，于10月13日一起（艾老因病缺席）去劫老的故居"菱窠"参观。大家一致认为劫老的塑像很像他，并在塑像下合影。在当年劫

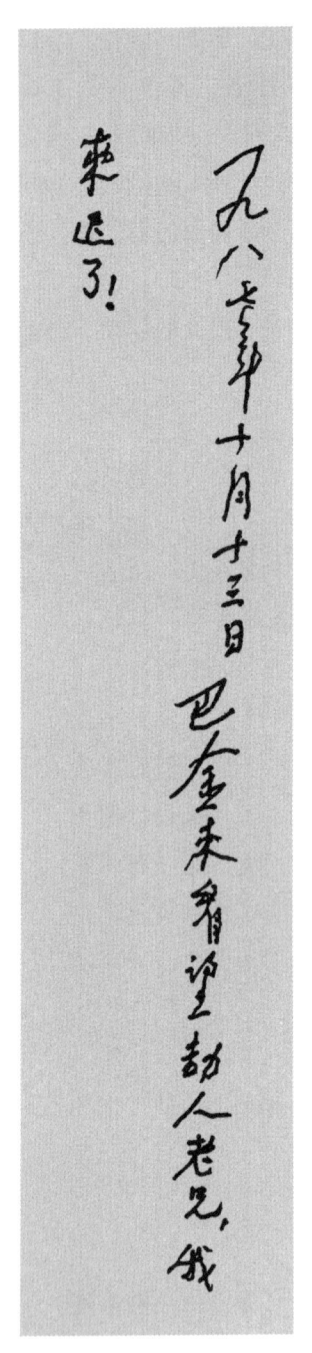

巴金在参观李劫人故居时的签名

故友情深

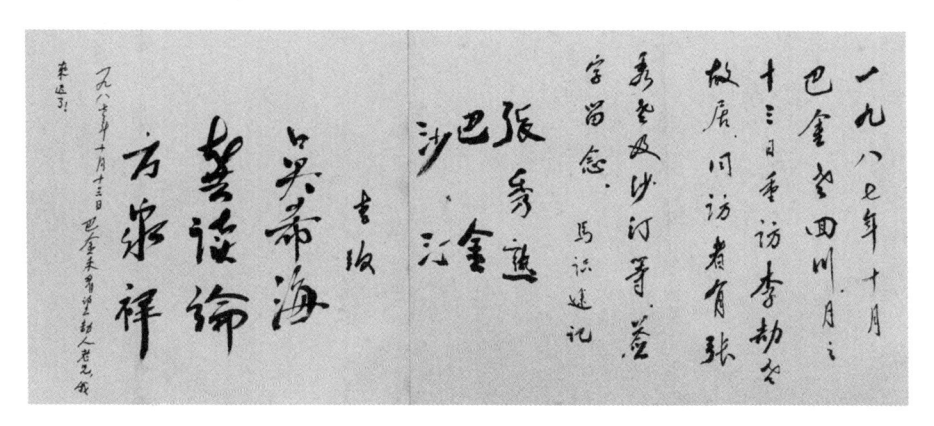

签名册手迹

老热情接待巴老、张老和沙老的客厅里,巴老告诉我:"1961年元旦,我们到这里来看望劫人,他请我们吃饭。"当几位老人在签名册上签名留念以后,巴老再次接过签名册,沉思片刻,拿出自己的笔,用颤抖的手写下:"一九八七年十月十三日巴金来看望劫人老兄,我来迟了!"这里的每一个字都浸透着巴老对故友的深切怀念。

1991年5月19日,巴老在给我的信上说:"托你一件事,6月20日李劫人故居举行纪念会,你替我送个花篮去。"

1995年12月19日

不忍告诉巴金

3月1日，马识途老人一早打电话给我，第一句话就问："你知不知道冰心去世了？"我说："不知道。前不久才在上海听说她已转危为安。"马老说："我是刚从广播里听到的。不知巴老知不知道？"我说："估计暂时不会告诉巴老。"

当天，我接到好几个电话。主要是记者想通过我了解巴老对冰心逝世的反应。我说，巴老的身体不好，我不能打扰他，估计家里暂时也不会告诉巴老。果然，上海《文学报》（3月4日）在报道《文坛世纪老人冰心在京逝世》的版面上，有条消息的标题是《不忍告诉巴金》。这是巴老的女儿小林表示的。为什么不忍告诉巴金？

巴金早年失去母亲，性格比较孤独。他从少年时期就喜欢冰心的作品，在冰心的作品中他得到温暖，跟着冰心爱星星爱大海。巴金至今还记得，1923年他离开成都老家的那年夏天，还和一个堂弟一起读冰心的《繁星》。巴金在30年代初，在北平随靳以第一次去看望冰心。从此冰心就把巴金看成是她的弟弟，巴金也把冰心看成是自己的大姐。巴金尊重冰心，称冰心是五四文学运动的一位元老，而他自己"只是这个运动的一个产儿"。

1988年巴金在为《冰心传》作序中说："她写了差不多整整一个世

1961年3月，巴金与冰心（前排右一）率中国作家代表团访问日本

纪。到今天还不肯放下笔。尽管她几次摔伤、骨折，尽管她遭受不幸、失去老伴，她并不关心自己，始终举目向前，为我们的国家和民族继续献出自己的心血。"

巴金和冰心一起出访过印度、苏联和日本。巴金非常珍惜和冰心在一起的日子。巴金送过我他和冰心访日的照片。1981年3月30日，巴金在给冰心的信上说："4月1日是一年前我们去东京的日子，那个时候多么值得回忆。"

冰心曾向采访她的记者说，她最喜欢巴金的人品，第一是巴金说真话，心口如一；第二是巴金对爱情很忠诚。巴金则颂扬冰心追求"真话"，将近一个世纪过去了，她还用自己做榜样鼓励大家讲"真话"，写"真话"。1990年7月27日，巴金在给冰心的信上说："许多人战战兢兢抱头摇尾的时候，您挺胸直立，这种英雄气概，这种人格的力量，我永远忘记不了！"冰心非常珍惜巴金的信，把它单放在一个盒子里。

冰心和巴金都喜欢带刺的玫瑰。1993年巴金九十岁生日冰心送去了

四爸巴金

在日本访问时，冰心和巴金经常一起拜访日本作家

用九十朵玫瑰缀成的花篮。巴金生病期间，冰心极为关心。1989年我到华东医院看望巴金。巴金指着一个木制的供老人看书的小书架，深情地对我说："这叫'书伴'，是冰心送我的。"这以前，1985年冰心送放大镜给巴金。巴金当时视力尚好，暂时用不着。但他说："我要好好地保存它，我知道不久我就需要它了。时间是无情的，要跟它斗，需要一些武器，我得做好准备。"这以前，1984年冰心送给巴金红参。巴金回信说："谢谢您送的红参，这是贵重药品，其实我已经用不着它了。我需要的是精神养料，补药吃得太多了。您的友情倒是更好的药物，想到它，我就有更大的勇气。"

因为疾病折磨，举笔重似千斤，巴金曾几次想停笔，但看见冰心仍在写，仍在呐喊，感到冰心像"一盏明亮的灯"，便"不敢躺倒，不敢沉默，又拿起笔来了"。前几年，巴金有两次向我谈到，如果不能工作，长寿就没有多大的意义。我不赞成他这个看法，对他说："任何人都有对社会做贡献的时候，也有不可避免的自然规律。您为人民做了很大贡献，即

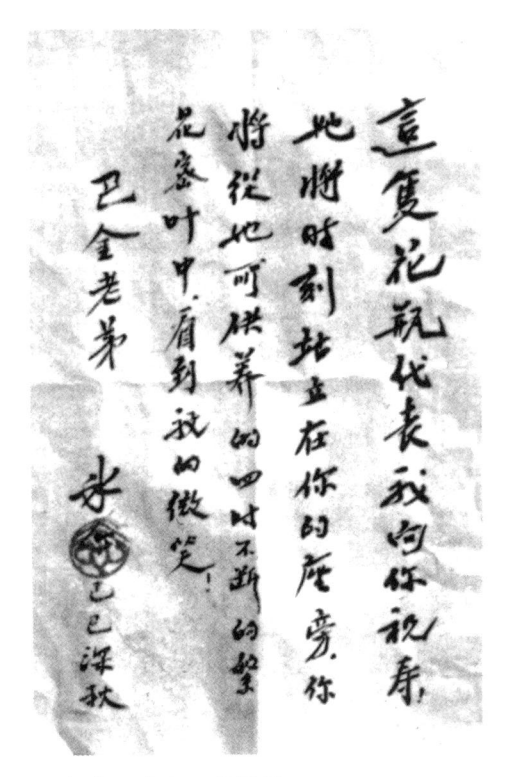

巴金生日时冰心的祝福

使将来不能工作,只要您健在,对广大读者就是一种力量、一种鼓舞。"

我清楚地记得,巴金最后是这样回答我的:"是呀!冰心健在,对我就是巨大的鼓舞!"

巴老九五高龄,病卧在床,谁忍心告诉他冰心老人已乘鹤西去?

1999年3月13日

|附|

巴金风骨今犹在
——《天津日报·北方周末》记者张星专访

一开始，我不知应该用怎样的目光打量他。因为他不仅仅是文学泰斗巴金的侄子，《我的四爸巴金》的作者，他还是四川省文联主席，一位从十七岁就参加革命并曾任中共四川省委宣传部副部长的老干部。

那天清晨，当我比约好的九点钟提前了一刻钟按响他家门铃时，立刻受到了热情的回应。当我所乘的电梯上升到这栋公寓的顶层，电梯门打开的时候，我看到，李先生已经身穿西服一身整齐地迎在电梯门口了。他个子不高，满头银发，和蔼亲切的目光中很有几分巴金的风貌。

他与我的交谈非常真诚。有问必答，有答必真。我没有给他限定访谈的具体题目，而是从他记忆中感受最深的片断谈起，自然而然地进入到巴金的心灵世界和对他一生的影响之中……

1942年，巴金第二次回到位于成都北门蓥华寺街的家，当时只有十二岁的李致就和他称之为四爸的巴金同睡在一张大床上。那时候李致见有许多青年学生都来找巴金在自己的纪念册上题词，便也模仿着做了一本"纪念册"请四爸题词，巴金并没有对年幼的侄子应付了事，而是非常认真地用毛笔给他写下了："读书的时候用功读书，玩耍的时候放心玩耍，说话要说真话，做人得做好人"四句话，在李致幼年的心扉上刻下了影响一生的烙印。

巴金曾说："人为什么需要文学？需要它来扫除我们心灵中的垃圾，需要它给我们带来希望，带来勇气，带来力量。"巴金一贯主张讲真话，为此他不断剖析自己。他说："我提倡讲真话，并非自我吹嘘我在传播真理。正相反，我想说明过去我也讲过假话欺骗读者，欠下还不清的债。我讲的只是我相信的，我要是发现错误，可以改正。我不坚持错误，骗人骗己。"在巴金晚年的力作《随想

《天津日报·北方周末》报道

录》中我们不能不被他这种凝结在字里行间的赤诚所感动。

"十年浩劫"开始的时候,正在团中央《辅导员》杂志社任总编辑的李致,很快就被作为"反革命修正主义分子"揪了出来,先是靠边站,继之进"牛棚",后被送到干校"劳动改造"。这期间,他与巴金难通消息,1972年萧珊(巴金的妻子)妈妈病逝,他得知同样已被"打倒"的巴金又遭遇了更大的打击,便决定利用回北京探亲的机会,在返回河南干校时借口看眼病绕道去上海看望四爸巴金。那是一次秘密的行程,一次终生难忘的相见!当已是成年人的李致再次和四爸同睡在一张床上的时候,三十年前在成都的情景再次浮现在眼前,分别的时候,正逢大雨,巴金把自己的雨衣穿在侄子身上,他们又一次紧紧握手,互道"保重!"李致淋着雨,流着泪,离开了上海……

往事依稀,虽然年已七十有七,但李致的思绪非常清晰,从他讲述着的目光中,我仿佛能看到天国中巴金正在倾听的神情,他也许会对他的侄子说:"把我的心带回去吧!"那是巴金九十岁寿辰时,当从成都前来祝寿的友人问他有没有什么要带给家乡人民时,他说过的一句话。

在回忆四爸巴金时,李致的态度是深情的,也是严谨的,他只讲述他经历的细节和片断,他心中最真实的感受,从不添加任何虚词。他虽然确定了要与我说普通话,但也会忽然间情不自禁地冒出几句四川话来。看得出,他虽然是一位从少年时代就参加革命的领导干部,但他又不是那种纯粹意义上的老干部,他同

四爸巴金

时又是一个文人,一个出身于那样一个弥漫着文学气息、逃也逃不出的大家庭,并且从少年时代就沉浸在五四时期新文艺的绚烂彩池中,被熏陶,被浸染,被沉醉……与其说他崇拜四爸辉煌的文学成就,不如说他更拥戴四爸的做人品质!"讲真话""做好人"成了他一生的信念。或许因为年龄,或许因为巴金对其大哥的深情的转移,这一对叔侄竟相知甚深,那同睡一张床的岁月,偷赴上海探望却不敢多语的无言时光,那多次的深夜长谈,那弥留之际留在彼此手心里的温暖与柔软……

采访是在一个初秋的上午,李致的家在他那所住宅楼的顶层,他的家人把楼顶修整成一个美丽的空中花园,身处掩映在绿树与小花之中的楼顶,笼罩在轻柔雾霭中的成都市区尽收眼底,空气中弥漫着川中特有的麻辣气息,让人有一种说不出的怀旧情绪;遥想当年巴金人生最初的日子,就是在这样一种空气中度过,虽然巴金的故居已无了踪影,但他的精神家园却因了他的作品和由这些作品延伸出来的电影和音乐,挥之不去地在故乡蔓延。直到后来我在成都的街巷流连,在四川大学旁一座绿意参天的竹园品茶时,都能清晰地感受到这种巴金式的忧郁和坚韧……我和李致的交谈,就在他们家空中花园里一间四面通透的玻璃房中进行,中午时分,阳光开始照耀,不觉间人已出汗了。正好又有客人来访,于是,我们结束了这次愉快的交谈,回到屋内。就在这时,我看到了书桌上那尊巴金的雕像,一瞬间被他吸引,也被他震撼!是啊!原来那无形中指引我前来拜访的正是他——

在我苍白孤寂的青春岁月里,曾经有过"很绝望、很悲凉"的日子,背诵着鸣凤投湖前的那段内心独白,我把巴金的《家》当成了自己人生的慰藉。如今,面对着这位伟大文学偶像的亲属,我却没有了当年阅读巴金时的那种激情与幻想。人事沧桑,心事沧桑,文学的魅力是想象,而这种想象又远远大于真实世界的一览无余。青春年华往往也是人生的梦幻时期,所以,青春加上文学,永远都不是成熟加上现实的对手。而巴金的意义就在于,他不仅写出了不朽的"激流三部曲",还写出了被誉为"世纪良知"的《随想录》……

记　者: 您虽然一直在当领导干部,但同时又是一个作家,您走上写作这条路与巴金有关系吗?

李　致: 那当然有关系了。我们家是真正的书香门第,我儿子在美国一所大学当终身教授。他收集到了在清朝乾隆时期我们李家祖先的作品，还有我的曾祖父的东西，李氏诗词四种。

记　　者：李家几代人都与文字、文学有解不开的渊源？

李　　致：我们李家是一个很大的家族，我父亲（巴金的大哥，《家》中觉新的原型）特别喜欢新文学。包括巴老看的一些新书报都是我父亲买回来先看，然后传给他的。我的三叔是一个很有名的翻译家，叫李林，抗战刚胜利的时候就去世了。巴老有一个大弟弟在宁夏，今年大概九十五岁了，解放前后搞过平明出版社，后来支援边区去了宁夏。我开玩笑地讲，在中宣部主编的《出版家列传》中，我们李家就占了两位，一个是他，一个就是我。我曾在四川人民出版社工作，从刚粉碎"四人帮"到80年代初期，川版书是很有名的。我的另外一个小叔叔是上海文艺出版社的编审，既能写书又能翻译。巴金的女儿李小林是上海《收获》杂志实际上的主编（杂志上标的是第一副主编）。巴老的儿子李小棠笔名李晓，是获过全国奖的青年作家。我们家搞出版的就有四位，搞写作的更多几个。我受"五四"以后的新文学、新文艺包括戏剧、电影的影响很大。抗战时中国一批最著名的话剧演员都集中在成都和重庆，我受他们的熏陶和感染。十四岁读初中时，我的第一篇作文就变成了铅字，印在了我们学校的校刊上。那时校刊只登老师和校长的文章，一年只选一篇学生写的，所以我很受鼓舞。

记　　者：这件事对您的少年时代是一个特别大的鼓励？

李　　致：是。我们是教会学校，我们的校刊只在每年校庆时出一刊。之后，我又陆续在成都、重庆的报刊上发表了一百多篇文章。那时候年轻，主要是喜欢小说和诗歌。我是十七岁时入的党，去年刚好是六十年党龄。我从喜欢新文艺到参加学生运动、加入地下党，然后做地下工作……

记　　者：您也经受了这么多运动和磨难，但您仍然能像巴老一样坚持说真话，这是非常难得的。最难能可贵的是，"四人帮"揪出来之后，许多人把许多罪行与错误都怪到别人身上，很少有人肯检讨自己。但巴老就勇敢地从自己开刀，写出了《随想录》，这在当时的中国来说，是一件非常了不起的事。

李　　致：我在"文革"中挨批斗是很多的，说我是"胡风反革命集团"的小爬虫，我不服啊，我就在会上高呼"毛主席的革命路线万岁！"他们见我不服就打我，因为拉着我做"喷气式"，才没有把我打倒在地……

四爸巴金

记　者：在这个社会里生存，完全不讲违心话几乎是不可能的。但是很多人不愿意承认，巴金却勇于承认。这是非常难，也是非常可贵的。

李　致：我刚才给你讲我自己，我有很多限制词，我也讲过违心的话，讲过假话，我特别限制在"文革"期间。比如别人喊"打倒刘邓""打倒彭罗陆杨"我也得跟着喊。其实讲真话，是做人起码的一个标准。但是经过"文革"之后，人们却很难做到这一点了。

记　者：是不是因为巴金是您的四爸，您对他更熟悉，更有一种贴近感，从而更喜欢他一些呢？

李　致：从我上初中起，我就喜欢鲁迅。巴金写的东西，我最喜欢的是《家》，有人说是写的我们家，但不完全是。巴老承认有两个人是真实的，一个是我父亲——他的大哥，一个就是曾祖父高老太爷。这也只能说他们的性格是真的。但文学毕竟是虚构的。这是他自己说的，别人对号入座的就多了。比如有人说，巴金是觉慧，巴金说，觉慧身上有他自己的影子，但并不完全是他。巴金的另一篇小说《憩园》，写一个破落的园子里边发生的事，园子的旧主人姓杨，类似《家》中的克定，比较接近巴老五叔的形象。但不能简单化对号。像我的曾祖父，书中的高老太爷，其实还是有一点开明的。为什么这么说？因为我们家当年有许多照片，清末民国初年的时候，一般人都不愿意照相，说是照相机能把人的魂给勾走，但是曾祖父却照相。又比如他送他的两个儿子——我的两个叔祖父到日本去留学。我的父亲因为是长房长子长孙留在家里（他是承重孙）。巴金和他哥哥李林，被送到了外国语专科学校读书。李林（我的三叔）是燕京大学毕业，然后在你们天津的南开中学教书，周汝昌、黄裳、黄宗江等都是他的学生。

记　者：20世纪30年代，巴金曾写过一篇《做大哥的人》，记述了您父亲的一生。对于您父亲的自杀身亡，巴金写道："我不能不痛切地感到我丧失了一个爱我最深的人。"1965年，巴金在《谈〈家〉》一文中提到您父亲时，又说，"他是我一生爱得最多的人"。足见巴金与您父亲之间的至深情感。这种情感是不是也会带给您？

李　致：当然会。我与巴金之所以亲，血缘关系很深。他当年出去的一些路费都是我父亲为他筹措的。但更主要的还是巴金的做人。我最欣赏巴金的就是他的"生命的意义在于奉献，而不在于索取"，我非常赞成他的"人各有志，重要的是做人",还有"说真话"……他的很多观点,是这些精神上的因素把我们拉近,而不仅仅是亲属关系。

记　者：您写作用笔还是用电脑?

李　致：我从办离休手续到现在已经十年了,这十年我写了大概五十多万字,我也学会了电脑打字,我会发邮件。我的"脑龄"有七年了。我现在还兼着四川省文联主席,我的老伴长期生病,生活不能完全自理,我没有精力写长篇。我这人生的七十多年,经历了许多事,国民党关过我,"四人帮"也关过我。我写的总题目叫"往事随笔"。已经出版了《往事》《回顾》《昔日》等几本书。

记　者：有人说,作为作家的李致与作为宣传部副部长的李致判若两人。您怎么看?

李　致：肯定是有一定区别的,但不会分得这么清楚。巴金称翻译家汝龙是"黄金般的心",说他一生不是为了"捞一把"进去,而是自己"掏一把"出来。我当年入党也是这样的动机。

记　者：其实也可以以此来形容巴金,他就是一颗"黄金般的心"。

李　致：谈巴老不能不谈王尔德的童话《快乐王子》,故事写一座城市里有一尊快乐王子的雕像,身上贴满纯金叶子,一对眼睛是蓝宝石做成的,剑柄上嵌着一颗大红宝石。他看到住在这个城市的许多穷苦人,于是让一只准备南飞的小燕子把他身上的金叶子和宝石一一啄下来,送给那些需要帮助的穷苦人。直到最后自己变成一个瞎眼的、难看的、光秃秃的雕像,小燕子感动地不再南飞,冻死在它的脚下……读到这我豁然开朗,巴金不就是我们这个时代的"快乐王子"吗? 新中国成立以后,巴金是唯一没有领取工资、仅靠稿费生活的专业作家。他在四川出书都不要稿费,钱捐了出来,建立基金又不允许以他的名字命名,更不允许恢复他的故居。他在给我的一封信中曾这样写道："我不希望替自己树碑立传,空话我已经说得太多,剩下的最后两三年里我应当默默地用'行为'偿还过去的债。我要做一个普通的老实人。我没有才华,没有学问,没有本领,只有一颗火热的心,善良的心。"

记　者：能谈谈您的父亲吗?

李　致：我父亲去世时我才一岁多,谈不上什么印象。他是自杀的,家庭突然破产,他是一个大大的好人,比如你是亲戚,他带着你做生意,赚了钱是你

四爸巴金

的，赔了钱是他的。后来他做股票生意，赚的钱人家拿走了，但赔的钱要他来还。在他生病期间几家银行倒闭家庭破产他承受不了了，觉得对不起这个家，就自杀了。我在很长一段时间不能理解我父亲。我母亲，还有四个姐姐，生活非常艰难。直到我上中学以后，读了巴金的小说《家》和散文《做大哥的人》才对父亲有所了解。巴金说，我父亲是"一方面信服新的理论，一方面依旧顺应旧的环境生活下去。顺应环境的结果，就使他逐渐变成了一个有双重人格的人"。新华社记者赵兰英采访我后这样写道："在李致心里，四爸巴金胜过亲生的父亲；时常苦恼不被人理解的巴金，却多次说李致是比较了解他的。"这种说法我是认同的。

记　者：您和巴金之间的通信有多少？

李　致：巴金给我写的信，很难精确地进行统计，大概有三百封，其中有五十封在"文革"中被抄家抄走了。我现在还保存了二百五十封信。我给巴金写的信更多。在20世纪80年代后期，他把我写给他的信送回来了。还专门给我写着："我本想保留着它们，多么好的资料啊！终于决定请你自己保存。以后你替我整理资料，用得着它们。"我在学电脑时，已经把这些信都输入电脑了。四川人民出版社最近刚刚出版了《巴金的内心世界——给李致的200封信》一书。

记　者：您最后一次见巴金是什么时候？

李　致：2005年，巴金去世时，我去给他送终，撒骨灰时我也是跟船到东海。在他弥留之际，我一直都在他身旁，为了减轻他的痛苦，医生给他大量地注射镇静剂。病房是不允许进去的。当我赶去之后，小林就说，五哥，你去把手洗干净，去跟爸爸握手。我进去握了大约有半个小时，我发现他的手很柔软，帕金森病人的手一般都是很僵硬的，可我握他的手却很柔软。在这握手的半个小时里我想起了很多很多往事……

2007年1月5日

附 录

读《家书——巴金、萧珊书信集》后致李致的三封信

◎ 李 累[①]

给李致的公开信写完了，才来说几句写这封信的来由。

我念初中二年级读了巴金的小说《家》。从此，巴金及其作品，就留在我心里，活在我心中了。我历来自认为是觉慧，在公开的会上也这样讲；我强调的是觉慧精神，而且肯定在今后的任何时代，都有那个时代的觉慧。可见，我一生的所作所为，受巴金的影响很大。1994年10月，我满七十周岁。刘沧浪深知我尊爱巴老，多次到成都新华书店购买《家书——巴金、萧珊书信集》（后简称《家书》），直到1995年2月中旬，每次扑空，这个生日礼物就不能落实了。

我曾将这个情况告诉李致。不几日，李致送来《家书》一册。我读了若干封信后，便给李致写一信，倾吐我对《家书》的思绪。之后，我觉得这些信所表达的思绪与联想，可见天日，便决定公开了。这就是来由，也算是公开信的引言，更主要的是，这封信是我对巴老的思念与祝福。

1995年3月11日夜，李致读了信后，打电话告诉我巴老的病

---

① 李累（1924—1995）：曾任四川省戏剧家协会主席。

四爸巴金

情明显好转,已经可以下床,并用助步器散步,他未去沪探望。我了解真相后,也不想更改这一说传,恰好,它反映了许多读者关心着巴老的健康。

一

李致兄:你送来的《家书》,令我大为惊喜。不是因为我们共姓一个李,也不是因为我与《家》一样是三弟兄,而是旧时代我们有类似的遭遇、相同的命运、近似的思想,因而在感情上是相通的。你家的《家书》,我虽没有读完,却已把它当作我的家书了。

你可以想到,我会放下正在阅读的书刊,包括近来从电视上看了影片《复活》又重读托翁的小说《复活》,专注地阅读《家书》了。

1995年春,我从上海的报纸得知巴老又住院了,因此,我对扉页那张照片,巴老摄于1994年春的影像,就特别凝视良久。老人家病了,我不知道病情。自夏公走了以后,寿星只留下冰心与巴金了。

我不相信天意。刚写到这里我才发现,我是读完了1952年2月25日萧珊与巴金互写的信后(同年同月同日),才写这封信的。偶然抬头,台历正好是1995年2月25日,那么,我读的两封信正好是四十三年前的今天写的信了。读书停下来了,不无缘由,我被萧珊的信感动了。巴金还在北京作去朝鲜的准备工作,萧珊就望到金秋来临,仿佛巴金已经从朝鲜回到北京了,她一定在九月带着女儿小林去北京与巴金相会。多好的一个妻子,多好的一个母亲,多好的一个女人——一个代表赴朝志愿军亲属的普通女人。听这一段话,萧珊在信中说:"这几天的报纸上整天在登载美帝在朝鲜发动细菌战争,害怕极了,我没有办法在看到朝鲜战场任何消息时不联系到你,因为就在现在,在我的想象里你已是他们中间的一个了。"所以,我也肯定地说萧珊是志愿军的一个亲属,又是亲属的代表。

四十三年前的信,还萦绕在我的心怀,由于信中的真挚的亲情。《傅雷家书》也曾搅动过我的思绪,那来由是另一特色所引起的。

暂时写到这里吧,因为我的眼睛看到自己的字都模糊了。

1995年2月25日夜
巧合日拙书

二

1995年2月26日,星期天,刘沧浪来我家,他听朋友说,巴老病重,你已经去上海了。老实说,我听了心里有点慌张,没料到巴老的病情变化得有点陡,只能暗中祝福,愿他老人家转危为安。这时,我用得着萧珊在1959年4月16日信中说的一句话:"但许多时候情感和理性并不一致。"

我非常重视这一句话。这句话朴素、真实,很典型,这是人类生活历史现象的高度概括,已经过长时间的检验。不要说普通老百姓,连中外历史中的许多伟大人物在不少时候的思想与行动中,同样是"情感和理性并不一致"的。此刻,我对巴老的生死,情感和理性的矛盾,使我非常焦虑与苦。

听天安排吧!

昨天读《家书》,我是从信件开始的。今晚,不知怎么的,我又返回卷首,又一次重读《怀念萧珊》了。巴老思念着萧珊,曾说:"她是我的生命中的一部分,她的骨灰里有我的泪和血。"

我每读一次《怀念萧珊》,都经历着一场劫难,经历着心灵的绞痛,我完全被巴老的泪和血淹没了。我不相信中外任何一个评论家能理智地分析、研究《怀念萧珊》。因为它不能用文章、散文之类来称谓,所以不可能"解构"。《怀念萧珊》,是一场祸患逼得巴金流淌的泪和血。这流淌的泪和血,如江河,如大海,不只是巴金的,也有你的我的他的,应该说是一代中国人民及其子孙的。还是巴老说得好:"她的结局将和我的结局连在一起。"

我接着读《家书》。许是萧珊在某一封信中谈到,她听巴金的一个

四爸巴金

朋友向她说，巴金之所以晚婚，是因为成了家，就有了牵挂。果然如是，有了家有了牵挂。在巴金赴朝的半年多时间里，他们往来的书信，大都是牵挂，特别是萧珊。她多么思念、担心巴金呵，生怕他有一个闪失；只要二十天以上接不到巴金的信，她的心就被沸腾的油锅熬炼着，烧焦了还耐着脾性在等待。1952年5月7日，萧珊给巴金的信写完了，落款了，她情不自禁地又添了一句："常给我看到你的字，不必太多，一个，一个字，亦让我知道你好。"这不是最足以说明萧珊的牵挂之情吗？其实，巴金写给萧珊的信已是够多的了，一有空歇，在火车的车厢里写，爬在朝鲜老乡房间的铺上写，在前线的防空洞里写，点着蜡烛在大树下写，真是一百多次地叫萧珊放心，放心，他生活得很好；还一次又一次寄了照片，证明他长得好，比在家里还胖了。

这亲情是动人的。

当然，牵挂之情不限于家庭。师生间，朋友间，同志间，上下级间，只要是有了人与人亲善的关系，也有牵挂之情的。此刻，我不正牵挂着巴老的病情吗？我像下一辈的觉慧牵挂着上一辈的觉慧，我像觉慧牵挂着觉新。我在四川人民艺术剧院召开的演出《家》的座谈会上发言，曾说我这一辈子有两本书不可能作理智的分析，也不可能说得清楚，一本是巴老的《家》，另一本是《红岩》，因为我的思想和感情、血和泪，与书中的人物命运搅和在一起了。你可以想象，我也难以描述现在我对巴老的牵挂。

既是家书，就必然谈到儿女的情况。那时（指巴金两次赴朝期间），女儿小林上学，并学弹钢琴，儿子小棠，从刚学会说话到满两岁。萧珊的每一封信，几乎都谈到儿女；我读到问小棠爸爸在哪里？小棠说："爸爸在玻板下面。"（指巴金的照片），忍不住笑了起来。萧珊谈得最多的是对孩子的教育问题。萧珊在1953年9月20日写给巴金的信，这个内容最充分。信中谈到小棠（三岁零二十天）："这孩子脾气很急躁，个性又强，实在是个问题……有一天他打人，十二小姐告诉他打人不好，小林就问：妈妈为什么打我？"谈到小林（近八岁）："妹妹小气，整天问我喜欢不喜欢她……这孩子胆子真大，①我骂了她一顿。弹琴时总要使你生气，不然不好好弹。"在另一信中又说："这孩子这学期功课很差，上一次期中考试，读书、写字都得一个'下'，实在很糟。"巴金就此问题回信只说了一句："小林顽皮也得讲讲她，不要骂，慢慢讲道理也许更有用处。"（1953年11月8日，朝鲜。）

今天，读四十二年前的家书涉及有关孩子的教育问题，我认为仍很有嚼头，很有意义。小棠打人不对，但是小林提出的问题："妈妈为什么打我？"多么新鲜、尖锐、真实又极富生命力！从有文字的历史开始，直到今天，这个问题依然存在且较难回答更难以解决。我如实地说：我与萧珊以及同辈们，对儿童与少年的教育，都因受了传统教育方法中的糟粕：打和骂。自从小林当了妈妈，也没有从这种束缚中解放出来，并不例外。巴老在《随想录》中曾"三说端端"（端端是巴金的外孙女）。文章说而今入学的儿童少年，"现在好像只是背着分数的沉重包袱在登山"。这话说得多动心呵。岂止是端端，岂止是我的读初中的孙女孙儿，这是一个普遍现象！有时，还会发生儿童少年逃亡与自杀的悲剧。

几百年前的教育或教学方法：灌输与责难，今天依然在家庭与学校流行。我今天（1995年2月27日下午），还告诉儿子，教育的责任在于启发孩子自觉的学习与做人。我还推荐巴老的"三说端端"这三篇文章供他阅读。这三篇文章涉及全国教育中的几个重大问题。所谓的"高、升、重"。具体说来，就是高分数、升学率、重点学校三个问题。就在1995年2月中旬的《人民日报》一版头条新闻，发表了一老学者向党中央、国务院对教育改革的建议，同样涉及这三个问题。这三个问题整得家长、教师、学生人心惶惶。巴老是在1983年正式提出来的，十二年了，悬置未决，今天有人提出来，到底怎么办？

"实践是检验真理的标准"讨论有多少年了？

"两手硬"提了多少年了？

李致兄，我向你倾诉，也是写给你的一封家书呵。

---

① 指放了学不回家，与一个小朋友到另一个小朋友家里耍了一小时多点。

果然，萧珊在反思自己了，她在信中谈小林："这孩子真多情。……有时候我平静地想想，我有许多不足处。"她比我真诚，比我勇敢。1954年9月15日，因为小林学钢琴的事，她给巴金的信更坦率直白："我叫她回来，把她骂一顿，我很伤心，我哭了。她也哭了。事后我很失悔，我的教育也许根本不对，叫我怎么办呢？今天她很乖，明天就会忘记的。"老实说，我都是七十一岁的人了，方才能做到听儿女对我的意见。其实，真正的人，凡做了对不起人的事，或者用打骂方法教育亲人，无论是朋友、平辈、晚辈，虽说自己是老人了，都应该向对方认错。

巴老送给萧珊的"一片朝鲜的红叶"，我一想到就特别的欣喜。就在寄红叶这封信中，巴金写道："现在是11月12日下午1点20分。这里开始下雪，松针沙沙地响着。红叶在我的笔记本里夹了两个月了。"我按两个月的时间倒退回去，重看1953年9月13日巴金写给萧珊的信："这里一天水声不绝，虫声不止，鸟声不停，整夜都可以听见小溪流水声，倒像是一个避暑胜地。"在这两个月的时间里，巴金住在连队里。许是停战协定已经签了字，我所摘引的两小段，确有点诗情画意了。粗略的计算，巴金摘红叶，夹红叶，寄红叶，是近五十岁的人了，这举动显得多么年轻，多么火热。记得，我读从维熙的《析梦》，曾向你写信，谈到我对巴老的看法，他老人家如火如雪，文情如火，心境如雪。今天我更可以说，他寄给萧珊的一片红叶，正显示了他的青春是美丽的。

1995年2月28日夜

三

《家书——巴金、萧珊书信集》，我从1949年9月读到1961年2月4日，我没有统计多少封信，只知道除序言19页外，又读了462页。特别是从1960年7月下旬开始的信件，似乎我都在巴老旁边的。其一是我参加了全国第三次文代会，四川代表团团长是沙汀，我们也住在西苑大旅社。其二是巴金赴成都写作，我不仅知道还有缘与他同餐一次。萧珊在1960年10

月10日写给巴金的信,听说沙汀答应为《人民文学》写一作品,而忘却了萧珊代表《上海文学》向沙汀约稿早在《人民文学》之前,因而写道"这件事我很伤心,沙政委完全把《上海文学》忘却了……沙政委如果不给我一篇好稿子,未免说不过去"。我自然笑了。萧珊幽默地称呼"沙政委"自有来由,正如我们背着沙汀昵称他"沙连长"一样,因为他是四川省文联主席,职工与一连的人数相差无几。正如巴老说的"人刚过去不便谈这些事"(1960年11月7日),就此打住了。

我早知道由于巴金、李劼人、沙汀的呼吁,才抢拍了已患癌症的廖静秋主演的《杜十娘》。巴老并为廖静秋在国内外找治癌的药品。他与许多川剧演员交朋友——书信中偶尔涉及来往情况,但很少具体谈一下川剧艺术。唯独1961年1月24日给萧珊的信提到了,特录于下:"上星期六我请川剧二团演了一次《生死牌》。不单是我看得流泪,沙汀也揩了几次眼睛,张老的太太一直在用手帕。川剧有一些改动,但仍然激动人心。"

《生死牌》是从别的剧种移植过来的一个川戏。我曾多次看过演出。这个戏写一个清官,为了一个民女的冤案日夜不安,因为各种压力逼得他非判斩刑不可。他的亲生女儿和另外两个姑娘,悉其情,分担忧,争着舍身抢救民女。清官无法,只好高竖三牌,牌背各写生死一字,抢着死牌者,便去顶命,救出民女。抢得死牌的,是清官的女儿,这女儿为了援救别人,绑赴刑场,而她的父亲还得监斩,瞪着眼睛看着亲生女儿人头落地。这个故事是动人的。导演是黄宗池,参加演出的有司徒慧聪、杨淑英、颜树等。其中有一场戏,是清官在斩期前夕的深夜去牢房最后探视女儿,冤案不许翻,生死终别离,如此处境,女儿还苦言不能尽孝,父亲自然地向女儿跪下了。导演的艺术处理,演员唱做均绝,全场观众无不哭泣,真正是动人极了。我曾写评论《死中求活》,专谈《生死牌》的导演艺术,发表在《四川日报》上。在振兴川剧期间,我曾向导演黄宗池与刘芸等演员提出可再演《生死牌》,不知是什么原因,此戏如石沉海底。

李致兄,你能呼吁再度演出《生死牌》吗?

巴老1960年10月9日晨来成都,1961年2月8日晚离成都,整整住了四个月。除完成一本短篇集外,巴老主要是写一部中篇小说《团圆》,这即是后来根据《团圆》拍摄的电影《英雄儿女》，用巴老自己的话说，"关于抗美援朝的写作也就算告一段落"。

值得注意的，这四个月是全国人民挨饥受饿的日月，饿死与肿病患者不计其数——而他们的书信，对这样的经济大局，只有平淡的记叙，比如巴金回家前，曾在信中说："张老（张秀熟，四川省副省长）说要送我豆豉、豆瓣。那时是否会找到这些东西，也难说。我就只给你带了点花生米和花生糖，但数量很少，花生米只够你一人吃……"（这点东西，也是当时的成都市市长李宗林对巴金的应该的特殊照顾——括弧内的句子是我的注释）。而在上海的萧珊，1961年1月29日写给巴金的信上说："这个月粮食已解决，粮食店给我十五斤临时补贴（就是说我并不申请加粮），我们已换回两稀一干了。自然小棠是吃干饭。"当时的四川，每干部每月的粮食标准是十九斤，我曾问过读小学的儿子李燕："你的理想是什么？"他毫不思索答复我："当饭桶。每顿吃一百斤米。"这简直是卓别林的悲喜剧素材了。巴老有一颗火热的心，萧珊有一副善良的心肠，他们当然知道全中国人民饥饿的苦情，为什么在书信中不多说几句，发出一点感慨呢？

更值得注意的是，巴金在朝鲜生活了一年，1980年他在日本东京发表讲演，谈到抗美援朝时，曾说："在这个斗争最尖锐的地方，爱与憎表现得最突出，人们习惯于用具体行动表示自己的感情：可歌可泣的英雄事迹天天都有。这些大部分从中国农村出来的年轻人，他们以吃苦为荣，以多做艰苦的工作为幸福，到了关键时刻，他们争先恐后地献出自己的生命……我离开以后第二年又再去，因为那些人、那些英雄事迹吸引了我的心。"为什么1952—1953年在朝鲜的生活素材，偏偏在1960年来成都写作呢？

大家都知道，1959年庐山会议上的"反右倾"，制造了以彭德怀司令员为首的天大冤案。薄一波在《若干重大决策与事件的回顾》一书中写道："据1962年甄别平反时的统计，在这次'反右倾'斗争中被重点批判和定为右倾机会主义分子的干部和党员，有三百几十万人。而这些干部和党员，大都是敢于讲真话、敢于反映实际情况和敢于提出批评意见的同志……"这对我们党是非常大的损伤,对国家和人民的事业是个重大损失,巴金写的《我们会见了彭德怀司令员》,由新华社播发,在全世界有广泛影响,他不可能没有思想上的负担和压力,而1960年第四季度,"反右倾"的风险还有余波,巴老不可能不感触到和思索到他所面临的艰难处境——我尊敬的巴老,不顾个人安危,偏偏要写彭德怀具体指挥的战争中的英雄儿女。我无法表达对巴老由衷的崇爱。

1995年3月2日

我已读完《家书——巴金、萧珊书信集》(1949年9月9日至1966年7月30日)。1966年的书信,都短,节奏急迫,萧珊与女儿见面谈话的机会都极少,小棠要妈妈告诉爸爸站稳立场。显然,邪恶的大风暴来临了,所有的人,都将在"文化大革命"中遭殃受罪。

这册《家书》是巴金萧珊的女儿李小林编的。

我记起巴金的《讲真话的书》,你和丁秀涓是特约编辑。李致兄,这是必然中的偶然的巧合。

应该说《讲真话的书》有一信,即是巴金在1987年10月24日《给李致的信》,也是巴金的一封家书。当我重读这封信时,引起我不少回忆。

1987年9月,巴金返川,生活了十七天,他给李致的信中说:"短短的十七天,像投了一粒石子在池水里,石子沉在水底,水面又平静了。但是我心里并不平静。"十七天中,李致兄,也许是你征得巴老的同意,安排了他老人家与成都的少数文艺工作者见面,我有缘参加了。大家都知道巴老身体欠安(特为他在沙发间放了一张藤椅,起坐方便),发言极短。记得当时我说了:"巴老。我读了你的《随想录》,你提倡讲真话。巴老,根据我的经历,说真话真难呵。"他立即答复说:"是的,说真话难——"他停顿了两分钟光景,又只补了一句:"要么不说话,说话,起码不能说假话。"我之所以提出"说真话难"这个问题是因为粉碎"四人帮"后,我在文学艺术某些问题上与分管文艺的省领导有不同意见,自己说了真话因而挨整,给我小鞋穿。座谈之后,分批轮流与巴老合影。当时，我心里发热，便悄悄地向《四川日报》摄影记者金嘉华商量，我要与巴老单独照一张相，请他抢一个镜头，他点了头。又不知为什么，我突然拉住庞家声走向巴老身旁，说："他演觉新，我是觉慧，巴老，我们照一张相吧。"果真，这个镜头被金嘉华抢拍下来了，至今我保存着。

与巴老见面后，我便去仁寿黑龙潭主持歌剧创作会议了。我将与巴老的简短对话如实地介绍给大家，提倡这次创作会议说真话。会议过程中，张加力同志听到歌剧剧本的某一作者对他的作品提出了意见和批评，十分反感，他便在会上说了一句："听真话更难。"于是，"说真话难，听真话更难"便广为传开了。

这封信写完了。而你已去上海看望巴老，巴老的病情，我这颗心还悬着哩。

1995年2月25日—3月3日

扫码共享
走近巴金